新 潮 文 庫

川端康成初恋小説集

川 端 康 成 著

新 潮 社 版

10480

目次

平成二十六年、鎌倉の旧宅で伊藤初代から川端康成にあてた十通の手紙と、川端の投函されなかった初代宛の書簡が九十三年ぶりに発見され、大きな話題を集めた。そして、川端にとっての初代との悲恋の意味が改めて問われる契機ともなった。

この作品集では、伊藤初代との交際をテーマとした「ちよもの」を集成した。実際の出来事を素材とした作品を一群とし、さらに川端の女性観が窺えるものや、後年この恋愛から着想されたと思しい作品をもうひとつのグループにまとめた。

初代との交際は小説から紀行、随筆と、多ジャンルで描かれ、濃淡さまざまに川端作品を彩っている。また、発表点数も本作品集に収録しきれぬ広がりを見せている。そのため、読者が参考にする一助として、巻末に「ちよもの」作品一覧も添えた。

（新潮文庫編集部）

川端康成 初恋の頃

写真提供：川端康成記念会
桜井靖郎（P８下、P10下左）
三明慶輝（P10上）

東京帝国大学在学中の川端康成

川端のアルバムに貼られていた
伊藤初代の写真

誰が何と云つたつて
僕を信じていらつしやい。

僕が十月の二十七日に出した手紙見てくれましたか。君から返事がないので毎日毎日心配で心配でぢつとして居られない。手紙が君の手に渡らなかつたのか、お寺に知れて叱られてゐるのか、返事するに困ることがあるのか、もしかしたら病気ぢやないか、本当に病気ぢやないのかと思ふと夜も眠れない。ともかく早く東京に来るやうにして下さい。恋しくつて恋しくつて早く会はないと僕は何も手につかない。二十七日に出した手紙にはいろいろ詳しく書いたが、あんなことは君の都合でどうでもよろしい。僕は君の云ふ通りにして上げる。早く何とか思ふ通り返事して下さい。唯、一人で旅することは僕が心配だし心細いから止めて下さい。必ず迎ひに行く。そして何とかして汽車に乗れたらそれでよろしい。東京に来てからのことで心配なことがあるなら、それも君の思ふ通りにしてあげる。厭なことなぞ決してさせない。父様の方は安心してゐなさい。台湾の方も僕が責任持つて好くしてあげる。国へも帰してあげる。家に詫びたいことが山ほどある。国へ帰るにしても、東京にしばらくゐる間不自由ないやうにと思や考へてゐたが急なことだし、思ひ通りにならない。そんなことは辛棒して下さいね。誰が何と云つたつて僕を信じていらつしやい。君の言ふ事何でも承知してあげる。早く手紙下さい。毎日どんなに暮してゐるかと、手紙が来ないと泣き出すほど気にかかる。僕は十日前後に必ず行く。知れてもいいから、汽車にさへ乗れたら大丈夫だ。君が悪く人から云はれる所は僕が皆代りに引き受けて上げる。お父様の方は安心していらつしやい。病気ぢやないか。病気なら病気と葉書（はがき）だけでも下さい。君の思ふ通り書いて下さい。

ちよ様

投函されなかった初代宛の手紙

本郷カフェ・エランにて。
マダムの山田ます（後）と初代

私には非常が有るのです。

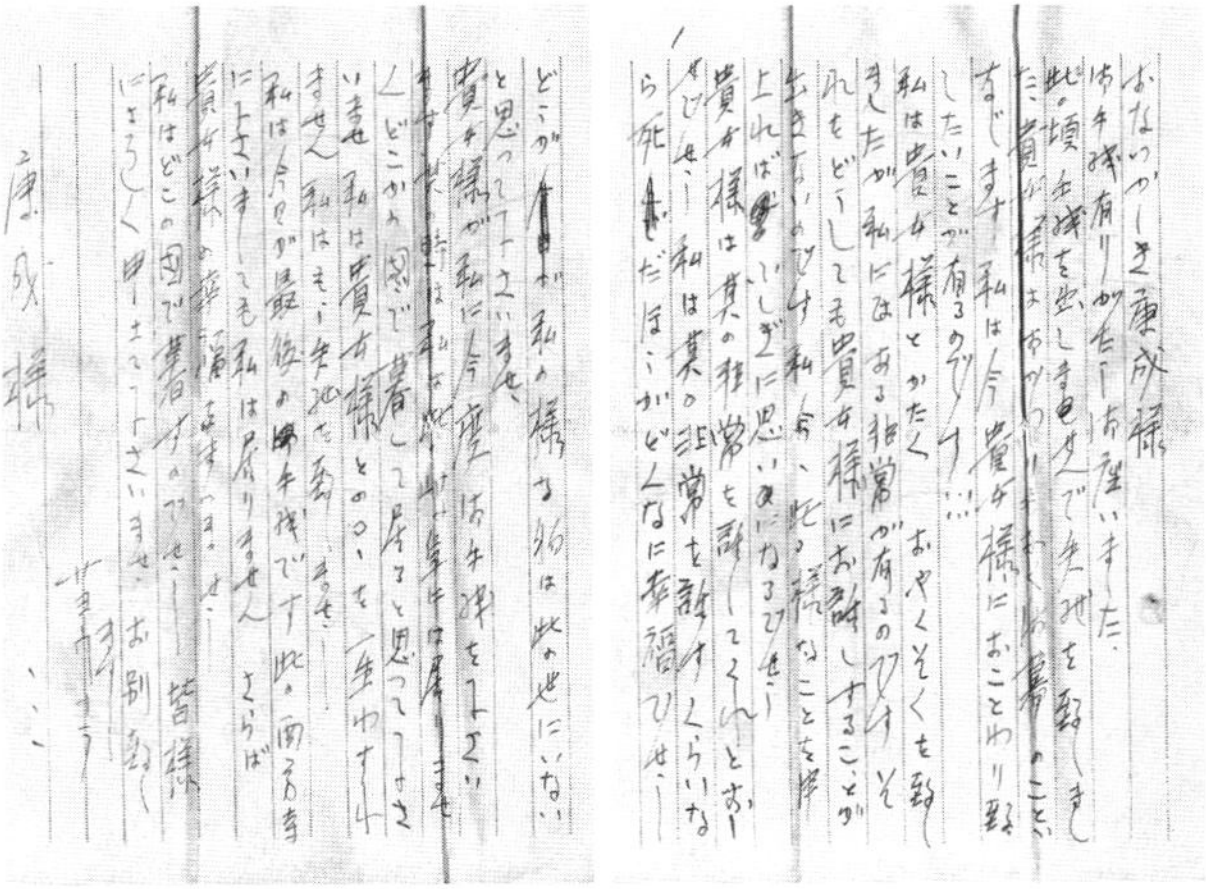

大正十年十一月七日付初代書簡、川端との絶縁を通告した「非常」の手紙

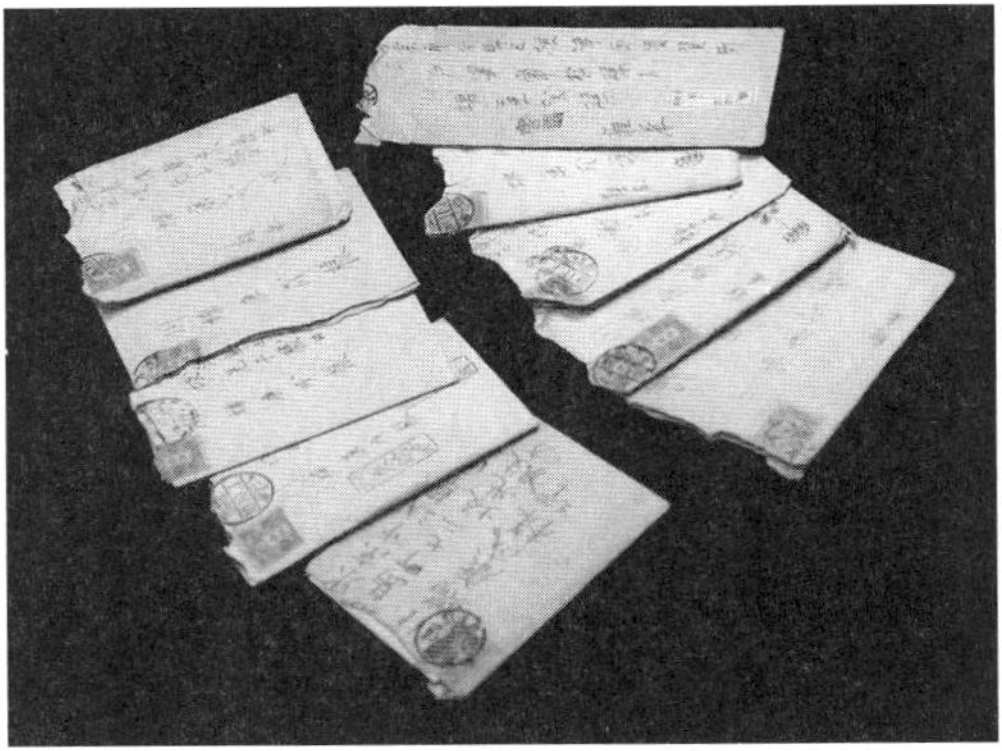

大正十年九月から川端に送られた初代書簡

川端の帝大時代の同級生・三明永無《みあけえいむ》（右）と川端、初代

佐多稲子（左）と初代。初代は佐多の小説「レストラン洛陽」のモデルにもなった

一高時代の川端

川端康成初恋小説集

I

南方の火

一

秋の初めから雨が多かった。

岐阜にいるみち子を俊夫と柴田とが訪ねて、三人で長良川《ながらがわ》に臨んだ旅館に行った日も、朝からの雨のままに暮れてしまった。旧暦七月の満月の夜であったが、雨のために鵜飼の船も出なかった。

東京に帰ってから俊夫は頭の中にいつも長良川の早瀬の音を聞いていた。晴れた日にも、雨景色の物寂《ものさ》びた都会の岐阜にいるかのように思われがちだった。みち子と過した日が心にしみついているのであった。

そして十月になってから、二度目に来た岐阜の朝も重い雨雲が今にも落ちそうであった。

俊夫と柴田は停車場前の宿で朝飯を食って、郊外の田舎町へ行った。名産の雨傘と岐阜提燈《ぢようちん》を作る家が多いその町の澄願寺という真宗の寺へみち子は養女に来ているのである。二人が九月に来た時は俊夫を宿に待たせて、柴田がみち子を誘い出しに行ったので、俊夫は寺へ初めて行くのだった。

澄願寺には門がなかった。道に立停って、境内のまばらな立樹《たちき》越しに奥を窺《うかが》っていた柴田が云《い》った。

「みち子がいる、いる。ね、立ってるだろう。」

俊夫は柴田に身を寄せて伸び上った。

「梅の枝の間に見えるだろう。……和尚《おしよう》の壁塗りを手つだってるよ。」

そう云い云い柴田は境内へ歩き出した。

落着きを失っている俊夫には、その梅の木さえ見分けがつかなかった。けれども壁塗りと云う言葉は俊夫をふと寂しくした。

見えないけれども、小さい板に水でこねた壁土を載せて背つぎの上の和尚に捧《ささ》げているみち子の姿が持つ感じが心に浮んだ。顔を紅《あか》らめそうになった。――

九月に会った時、柴田がみち子に手相を見てやろうと云った。みち子は敷いていた座布団《ざぶとん》の下に両手をしっかり隠してこばんだ。彼は腕をとって、握っていた掌を碁盤の上に開かせた。ずっと後にみち子が唐突に顔を紅くしてひとりごとのように云った。

「岐阜にいると土方の真似《まね》までさせられるのでいやになってしまう。」

「どうして……。」

「寺を建てるのにいろんな手つだいをさせられるんですわ。大工になったかと思うと、このごろは壁塗りで左官屋ですわ。壁土をいじることだけは、いやでいやでしょうがない。……」

荒れた手の弁解をしているのであった。東京にいた時には指の細く伸びた手をしていた。しかし、

「いやですわ。わたしいやですわ。手相なんか見てもらうのは大嫌いですわ。どうせ悪いんですわ。」と叫ぶように云っていたみち子は、不恰好《ぶかっこう》に大きくなった手を見られたくないだけではないのかもしれなかった。指先を抑えられながら、小刻みに掌を動かして柴田の眼を逃れていた。叱《しか》られてからあきらめたように静かにした。

俊夫自身が手相を見せるのは、たとえ戯《たわむ》れでもいやなのであった。自分の弱点をさらけ出しでもするように恥《はずか》しいのである。手相と人間の運命との関係を決して信じているのではないし、玄人《くろうと》に判断させたこともないのだが、何とはなしに人には隠していたかった。

みち子の手相を見て、柴田は笑い出したが、俊夫ははっと驚いた。その掌には普通

の人とは何倍か知れない多くの筋がごたごたにこんがらかっていた。

「何だい、これは。何が何だか分りゃしないじゃないか。どうしたんだ、滅茶苦茶《めちゃくちゃ》だよ。」

「僕のも、これだよ。」と云って、誰が見てもあきれる程に無数の筋が混雑している掌を俊夫は碁盤の上に出してみせた。

「まあ、ひどい。」

みち子は自分のを忘れて笑った。

「こんなのは苦労が多いんでしょう。きっと悪いんですわ。誰だってそう云いますわ。」

「そうとも限らないさ。」と云って、柴田は当り障《さわ》りのない見立てを述べていた。

みち子はおとなしく聞いていたが、手を膝《ひざ》に戻すと云った。

「ええ、何とか仰《おっしゃ》ってるわ、真面目《まじめ》くさった顔をして……。」

それで皆が笑ってしまった。柴田は女の手相を見たがる癖があるだけのことである。

そしてなにげなく笑っているが、俊夫は手を見せる時に卑屈な心のときめきを感じていた。続いて、生き生きした思いを自分一人に盗んでいた。珍らしい手相の似通いをみち子に認めさせ、それを偶然投げ与えられた綱として、みち子というものにおどおど攀《よ》じ登ろうとしていた。

そして自分とみち子を一つにして眺めて、そこに新しい感傷を見出《みいだ》していた。

俊夫は手相学のことをいささかも知らない。常々自分の手相を凶だと我流で思ってはいたが、惨苦に満ちていても波瀾《はらん》に富むかもしれない生涯の予言が、掌に書かれているのかしらと、時たま空想した。それを楽しむ若気があった。そしてみち子の手相を見た瞬間に、自分の過去とみち子の過去と二つの追想が一つになって迫って来た。その気性からも予想出来るみち子の未来の変転を見たように思った。その思いの底には、自分の未来の傍にみち子のを置こうとする願いに似た弱々しいものが動いていた。なぜだか、それは寂しい静かな気持と軽い焦立《いらだ》たしさとが交った感じであった。俊夫だけが手相を種にひそかに一人相撲をつづけていた。

しかし意味のないかのように装《よそお》って手を見せた時から、自己嫌悪《けんお》を感じ初めていた。下らない手相なんかにこだわって、しかも何気ない顔をしている自分の卑屈を非常に誇張して自己嫌悪を強めていた。俊夫のよく嘗《な》めさせられる最もにがい感情であった。

実を云えば、京都の停車場で柴田と落合った時に、岐阜に途中下車することを少しためらった。学校の夏休みの終りに一しょに上京する約束には、みち子を訪ねるということが暗に含まれていた。柴田はその年の春にも岐阜でみち子に会っていたし、一人でも行くだろうが、俊夫にはとうていその勇気がないから、柴田につれて行ってもらうということになるのである。東京でもみち子の前では、俊夫は柴田や西村達の影のようにしていた。その後もみち子は柴田によくなついていた。そして彼は友人の前でも女に露骨に向う男であった。

久しい年月、俊夫は自己に蔽《おお》いかぶさっているいろいろのものから解脱《げだつ》することを祈念していた。洗い落したいいろいろなものがしみついていて、俊夫を限りなく孤独に暗鬱《あんうつ》にしていた。それらは境遇や身体やその他のことから来ていた。しかしだんだん明るい心になりかかっていた。みち子が東京でみていた頃とはだいぶん変って来ている。

そうした俊夫は柴田と一しょにみち子に会うことを軽く恐れた。いやな自分を感じる機会を与えられて、そのいやな自分の姿をひそかに眺めつづけて堪えがたい思いを味《あじわ》うかもしれなかった。しかしみち子に会うことは夏からの強い興味であった。

「俊さん、たいへん元気におなりなさいましたのね。」と俊夫が座をはずした時にみち子は柴田に云った。みち子にもそう見えたのであった。

みち子を見た最初から俊夫は楽にくつろげたのであった。女に対している自分と、その自分を傍から厭《いや》がっている自分とが、両方から縛り合って、窮屈にされるのが常であった。そうなると俊夫の全体から女に働きかける総《すべ》ての表情が奪われてしまって、ほかの男がいれば第三者の位置に直《す》ぐ逃げるのであった。それは女馴《な》れないからとか恥しいからとかだけではなかった。ところがその時は珍らしく自由にみち子に向いて行った。そしてみち子は柴田と俊夫に殆《ほとん》ど分け隔てなく話しかけ、柴田はいつもとちがって穏かに俊夫に席を分けていた。それが俊夫には意外だったので、元気づけられた。俊夫自身もまたその頃不思議におしゃべりになっているのであった。半年ぶりに帰省すると、郷里の人々はその変りようを驚いていた。

柴田がみち子を迎えに行っている間に、俊夫は雨の中を電車で長良川を見に行った。岐阜公園に寄って名高い名和昆虫研究所の標本を見て帰って来ると、みち子は宿に待っていた。軽い風邪でお針の稽古《けいこ》通いを休んでいたので早く来られたのであった。

俊夫が部屋に這入《はい》ると、二人は六畳の極《ご》隅のほうに小ぢんまり対《むか》い合ってトランプをしていた。みち子は手のトランプを畳に置いて、ていねいにおじぎをした。頭を上げる時に少し顔を紅くした。

みち子の姿から素早く俊夫は非常に新鮮な感じを受けた。東京の記憶を裏切られ、想像を破られたところに生れる軽い驚きが、彼の心にいい感じをぽたりと落した。いい顔になったと直ぐ思った。見ちがえるほど健康そうになっていた。それよりも、姿全体から出る気持がすっかり新しかった。

心の掌におとなしく小さく載っけられそうな気がした。静かなすなおな親しみを感じさせた。家庭の娘らしくなっていた。彼はそれらのことをみち子に予期していなかったのであった。

東京でみち子を養っていたカフェのおかみの悪い趣味を、田舎風にでなく洗い落していた。右寄りに分けた髪が白粉《おしろい》のない顔の左の眉尻《まゆじり》をちょっとかすめるまで額に垂れて、束髪に結んでいた。めりんすの単衣《ひとえ》を着ていた。

たっしゃそうになったと、俊夫は幾度も云った。

「だいぶ大きくなったね。」

そう云ってみち子の姿に視線を拡《ひろ》げていた。すると、娘らしい体に大きくなっているが、じっと見ているに従って、今云った言葉を自然に云い変える気になった。

「みち子、それではほんとうに大きくなっているのかね。」

「大きくなっているさ。」と柴田が云った。

「十六になったんだね。」

「ええ。……俊さんとはほんとにしばらくでしたのね。ちっともお変りになっていませんわ。」

そして宿の女中が昼飯を聞きに来たのを断って、俊夫は今見て来た長良川へ二人を誘った。自動車に乗ると、それの疾走から受ける感覚が不思議にも彼のみち子に対する心持を増々安易にした。

金華山の影が屋根に落ちる宿へ行った。縁側から長良川の南岸へ下りられた。岸には薄《すすき》や萩《はぎ》がまばらで、遊船会社の鵜飼見物船が並んで寄り添うていた。その上に注ぐ雨に初秋の色が見えた。白い長良橋が少し左に架っていた。橋を渡る電車の音を俊夫達は幾度も遠雷と聞きちがえた。鵜飼見物の季節も過ぎていたし、雨なので、客はほかに一組か二組しかなかった。ゆかたに着替えると皆が直ぐに縁に出て早瀬と向う岸を見晴した。

女中が昼飯の膳《ぜん》を運んで来て、二つを床の間の前に並べ、一つをずっと下座に離して置いた。料理を取りに女中が立って行くと、柴田は床の間の一つと下座の膳を辷《すべ》らせて、親しい席に直した。客が少いためか、塩むしのあわびや鮎《あゆ》のフライに添えた十《とお》六《ろく》豆は少し古い臭《にお》いがした。俊夫はみち子に食うなと云った。それでもみち子は二口三口箸《はし》をつけた。家と部屋の構えが泣くほど、どの料理もまずかった。それをみち子は黙って食っていた。女中が飯を装《よそ》ったり茶を入れたりする度に恥しがって、「おおきに。」と関西言葉で礼を云っていた。よしてくれればいいのにと彼は思っていた。

俊夫と柴田はひたすらみち子をいたわって、楽しませよう楽しませようと気を配っていた。東京でそうだったのがつづいて、裏には女として感じている心持が流れていながら、表には半ば以上子供に対するようにさらりと振舞っていた。みち子にはその裏表二つがはっきり感じられていた。そしてみち子はとげとげしない穏かな好意を楽に受取っていればいいのであった。その好意は極自然にみち子にしみこんで行った。からだの線が柔くなり、身のこなしが子供っぽくなり、物云いがぽっぽと軽く躍り初め、知らず知らずに、岐阜弁が不覚にも交って来た。幼稚な勝負事なぞをしているうちに、人前と云う意識を傍に投げ出して、身を忘れて喜んでいた。その姿を男が眺めていてもみち子は気づかない、それが俊夫や柴田を甘く明るくした。何かを嬉《うれ》しがる時のみち子は男好きのする女である。

「実にいいところだね。長良川ってこんなにいいとは思わなかった。……来年の夏、卒業論文を書きに来ようかしら。」

そう柴田がふと云ったのが、俊夫をとんと打った。

夏の初めにみち子を岐阜に訪ねて来た渡瀬という法学士の話が出た。みち子のいたカフェのおかみと結婚して大連《だいれん》へ行った片岸法学士の友人で、前からみち子を真剣に欲しがっているのだが、みち子はその男をひどく嫌っていた。

渡瀬と船で鵜飼を見たことを詳しくこともなげにみち子が話すので、柴田が云った。

「結婚してくれというようなことを云わなかったか。東京で脣《くちびる》に接吻《せっぷん》させてくれって頼んだそうじゃないか。」

「そんなこと……。」

みち子は頬を紅くして頼りなげに笑った。

「ほかに誰か来なかった。」と俊夫がきいた。

「いらっしゃいましたわ。岐阜に来て直ぐ冬に中学生の方が来ましたわ。庭で呼んでいるから誰だろうと思って出て行ってみると、その方ね、雨が降っているのに梅の木のところで傘をさして、しょんぼり立っているんでしょう。寒いんですわ。寒いから家へおはいりなさいと幾度云ってもどうしてもはいらないんですもの……。」

「それで、何か云った?」

「仰いません。そのまま帰っていらっしゃいましたわ。」

その少年の心を感じる少しの表情も見せずに、みち子は薄っぺらに笑っていた。

俊夫は少年の傘に落ちた冬の雨が、自分の心に落ちる音を瞬間聞いた。


（大正十二年七月、「新思潮」）

南方の火（二）

二

みち子の声にも風邪ごこちが軽く現れていた。小娘らしい色々な媚《こ》びに艶《つや》めいた霑《うるお》いはないが、激しい気象とちらちら光るすばしっこい心の閃《ひらめ》きとがそのまま写った声音を前から持っていて、みち子の言葉つきは男の心を一直線に惹《ひ》きつけるのであった。みち子全体が東京にいた頃から可愛《かわい》げのない可愛いい小娘であった。年の可愛さのない、みち子一人の可愛い味がある。

その声が風邪で少し幼なげに聞える。

そして俊夫と柴田はみち子の風邪に対する心遣いと河原から向う岸の眺望を惜むのとで、宿に着いて障子を明けたり閉めたり、細目に開いてみたりしていた。しかしそれもいつのまにか明け忘れたまま夕暮に近づいて行った。

夕暮近くは雨のために少し早く来ようとしていた。

俊夫は床の間の前に座布団《ざぶとん》を並べて、ごろりと肱枕《ひじまくら》にからだを横に休ませた。すると急に身疲れを感じた。午前からみち子に向ってばかり働きつづけていた心が、ふと自分に戻って来た。みち子の姿が二つの眼を縦に並べて見上げると初めて無意味に写った。白けてしまった。向う岸の長良村を埋めている林の緑をぼんやり眺めた。瀬の音と雨の音が耳の底か（ママ）静かに染めているような気がした。俊夫に好もしい音のない孤独の感じが訪れて来た。みち子の相手を柴田にまかせてしまったような安易さで、黙ってみている、自分は脱《はず》れてしまった。障子の（ママ）明けたり閉めたりして柴田までが甘くなっている愚かさを省みて虚《むな》しく思えた。

柴田は座を立って行った。みち子は黙ってうつむいていた。俊夫はなにげなく横になったまま話しかけた。

『みち子も一度東京へいらっしゃい。』

『ええ。行きたいんですわ。』

『来年の桜時分がいいね。平和博覧会が始まるし……。』

『ええ。』

みち子はその言葉を自分の心のなかにぽつんと落すような調子で答えて、うなだれてしまった。自分の姿をじっと眺めている風であった。

ふいと顔を上げて固い表情をして云った。

『わたくし、もしかすると近いうちに行くかもしれませんわ。』

『そりゃいいね。お寺の人と?』

みち子はまたうつむいていた。黙って自分一人の思いに沈む時のみち子には、わき目に小憎いほど片意地なところと、孤独の感じがあるのである。

首を起して真直ぐに俊夫を見返すと急に紅《あか》くなって、きっぱり云った。

『いいえ。行くなら一人ですわ。』

『一人で!』

言葉と表情は俊夫の身を起させしゃんと座らせた。

『一人でだって?』

みち子は声が震いかかるのを静かに沈めた勝気でぐっと抑えた硬い声で、静かに云った。

『そのほうがわたくしには幸福に思われます。』

『え?』

みち子の云うことは全く唐突であった。一人で東京に行くと云う意味が分らなかった。「幸福」なぞと云う漢語も、俊夫の耳にひっかかった。

みち子は身近のものをはたと弾《はじ》き返して憤《いきどお》っているような表情をした。打明けようと決心すると、急にみち子の勝気が恥しがらせた。みち子は前から話題の多いおしゃべり自分の身上話

（未完）

南方の火

名産美濃紙《みのがみ》の雨傘や岐阜提燈《ぢようちん》を作る、古い家の多い一筋町《ひとすじまち》だった。澄願寺には門も塀もなかった。

「三千子がいる、いる、立っている。梅の枝の間に見える。」

道に立って、庭木越しに奥をうかがっていた朝倉は、調子づいて境内へ歩き出した。

「和尚《おしよう》の壁塗りを手伝っている。」

私はその梅の木さえ見分けがつかなかった。十月初めの木々は、まだひと色に近い青葉でもあった。

けれども、水でこねた壁土を小さい板に盛って、背つぎの上の和尚に捧《ささ》げている三千子の姿が、見えもしないのに、私の胸騒ぎの真中へ、ひと滴《しずく》の感じを落した。

本堂の正面から、私達は生《なま》の材木を踏むような新しい階段を昇り、新しい障子を開いた。屋根瓦《やねがわら》を置いただけと云っていい、普請《ふしん》中の本堂は、がらんと広く、虚《むな》しく、無住の廃寺よりも反《かえ》って荒れて見えた。壁下地の竹の間渡《まわたし》や木舞《こまい》が裸のままで、その竹の編目から、外側だけ塗った粗壁がぶつぶつふくれ出していた。その土はまだ水を含んで黒く、部屋を冷やしていた。縁《へり》のない安畳が柔道の道場のようであった。飾りも天井もない屋根裏が、つかまえどころなく高かった。粗末な白木の仮台の上に、古びた仏像が裸で据えられて、それに向い合って坐《すわ》った私達は、落ちつきようがなかった。

ただ一隅に、三千子の東京から持って来た、鏡台がぽつんと置いてある。それが際《きわ》立《だ》って艶《なま》めかしく、反って傷口のように感じられた。

一段低い庫裏《くり》は床板へ藁筵《わらむしろ》を敷いただけだった。その藁筵を素足で踏んで、三千子が出て来た。私は彼女の足の大きいのが思いがけなく、甲が痩《や》せて爪先《つまさき》の開いた、この足から先《ま》ず、現実の彼女が私の頭に入って来た。

彼女は挨拶《あいさつ》をすませると、目《め》尻《じり》から下瞼《したまぶた》で小さく笑って、

「名古屋へいらっしゃいましたの？」

「昨夜は静岡で泊った。名古屋は今日見物するんだが、僕と伊原君だけ行くのを止《や》めて来たんだ。」と、朝倉は私と示し合せてある通りの嘘《うそ》を云った。

三千子が東京で働いていたカフェーの客というだけの縁故で、わずか半月の間に二度も岐阜まで会いに来るのは、穏かでないので、養父母の手前をつくろうために、名古屋方面の修学旅行のついでに立ち寄ると、私達は彼女に手紙を出して置いたのだった。だから前夜は、汽車のなかで催眠剤を飲んでいたのだった。

その夜汽車には、本物の修学旅行帰りの女学生の団体が二校も乗り込んで、女学校が買い切った客車へ、私達二人がまぎれこんだように、少女ばかりが溢《あふ》れていた。通路にまで新聞紙を敷きつめて、身動き出来なかった。少女達は背と背でもたれ合い、隣りの少女の肩に頬を載せ、膝《ひざ》の荷物に額を落し、旅疲れの眠りに入ったなかで、私は一人目覚め、三千子の面影をもとめていた。この年頃の健康な少女は、眠るということが一つの自然な化粧であるか、手入れしない生な皮膚がぽうっと柔らいで白くなり、髪が目立って来る。和歌山の女学生と名古屋の女学生とで、総体にきれいだが、名古屋の少女達は髪が豊かであった。みんな三千子より一つか二つ年上であろう。しかし、年下の三千子にはこんな幼げがない。客車いっぱいに積み重なったような寝顔から、私は三千子に似た顔をさがしあぐねていらいらした。やがて、頭に描こうと目を固く閉じた。もどかしさが一層つのるばかりであった。肉眼でじかに見なければつかめない、心の力では得られないものを、私はもとめてあせるのだった。東京での一月間も同じだった。

そして今、私の前に着疲れた木綿の単衣《ひとえ》で坐った三千子を見ると、これが三千子なのだろうかと、熱病じみた空想が一時に消えて驚いた。いたずらな頭の興奮から、ほっと安らぎはしたが、それだけ力の抜けた味気なさに似た。最初の一目に、彼女の顔の欠点ばかりが一時に写った。この娘が美しいのか美しくないのかの判断もつかないようだった。東京であんなに思い描いていた三千子とは、なんのつながりもないような気がするが、とにかく三千子がここにいる。この顔かしら。それにまだ子供じゃないか。この子供と結婚とを結びつけて考えるのはおかしい。さっきの女学生達よりもずっと子供なんだ。腰が小さいので、坐っている膝が不自然に長く伸びて見えた。私はなにも云わずに帰りそうな気もしたが、呼吸が楽になったように落ちつきもした。

この子供なんだという感じは、去年見た三千子の裸を私に思い出させた。――東京の小さいカフェーで、私は軽い目眩《めまい》がしたので、鏡台のある三畳に寝させてもらった。銭湯から帰った三千子は私の傍で化粧しながら、白粉刷毛《おしろいばけ》で鏡台をかたかた叩《たた》いて、たわいなく笑いころげたりした。しばらくして、部屋がふと明るんだと思って目をもたげると、隣りの茶の間に真裸の三千子が細く立っていた。浴衣《ゆかた》をぱっと脱ぎ棄《す》てて、新しい色を腰に巻いているところだった。その色が空気に映ったのだ。直ぐ水色の単衣が斜に上げた彼女の右腕から辷《すべ》って、背を隠した。そして店に出ると、テーブルに乗っかって、歌を歌いながら、夏の宵に電燈を入れた。こんなに子供だったかと、その時も私は思いがけなかったものだ。

（昭和九年七月、「文學界」）

南方の火

一

……………………………………

時雄の外に学校友だち三人だった。弓子の父の戸籍謄本《とうほん》を貰《もら》おうとすると、役場員が皆窓口へ立って来て、けげんそうに時雄達を眺めた。

父の源吉は小学校の小使だとここで分った。学校は役場の直ぐ隣りだった。土曜日で教員室に一人残っていた女教員が大学生四人の気負い気味の様子に驚いたらしく、固くなってものも言えなかった。お茶を持って来た小使を紹介しておいて席を外した。

「外でもないのですが、あなたのお嬢さんの弓子さんにこの頃何か変ったことがないでしょうか。」

と、変な風に学生の一人が切り出した。小使はひどく驚いた早口だった。

「はあ、実は気でもちがったんじゃないかと心配して居ります。四五日前に突然国へ帰るから金を送れと言って参りまして……。」

「はあ。」と学生がうなずいた。

「僕達はそのことでいろいろお話したくて参ったのですが。」

そして小使を宿屋へ誘い出して来て、時雄が弓子と婚約をした、それを承諾してくれと、四人がかりで説き伏せようとした。小使は出された料理に箸《はし》をつけもせずに、一口でも食べればことわれなくなると思ったかのように、両手をきちんと膝《ひざ》に置いて黙り通していた。

二

弓子の父が小学校の小使だと分って、時雄は一安心だった。女の子供を東京へうっちゃりっ放しにして置くような父親は貧しいにきまっている。しかし小学校の小使なんかを勤めているのなら、まんざら悪い噂《うわさ》のある男でもなかろう。そう思ったから時雄は娘との結婚を承知してくれと頼んでみる気になったのだった。父親がやくざ者だったりしたら、黙って帰ってしまうつもりだったのだ。

一体彼は弓子を愛すれば愛する程、彼女の父の罪を責めたくなるのだった。小娘の彼女がこんなに苦労をしなければならないのは父の愛が薄いか働きがないかであることは明らかだった。とにかく、十や十一の頃から遠く離れて自分で自分を養って来た娘が今幸福にはいる道——若い時雄は弓子の幸福は彼との結婚の外にあろうはずがないと固く信じ切っていた。——その結婚を父親がかれこれ言える道理はない。遠くまでわざわざ来たのも、こちらが礼儀を重んじればこそだ。若《も》し不承知なら、二人が勝手に結婚するまでのことだ。相談に来たとはいうものの実は報告に過ぎないのだ。今更それを嫌だと拒めるだけのことを、お前は娘にしてやりはしなかったのだ。

学生達はこんな気持を胸に持っておっかぶせるような調子だった。父親にもそれが分って胸苦しそうに言葉がとぎれ勝ちだった。

「本人が何と申しますか、手紙で聞いてやりました上で……。」

ところがその本人は学生達の武器だった。彼等は父親よりも娘のことをよく知っていた。父親は離れていた六年の間に去年たった一度それも二時間程しか娘に会っていない。

「弓子さえお世話になりたいと申して居りますなら、私としてはもう娘と一緒に手をついてお願いいたしますんです。けども、継母でございますから、なおのこと女房にも話してみなければなりませんし、一度よそへやりました者ですから養家の方へも相談しませんと、私の一存ではほんの心持しか申し上げられないんでございます。」

そして四人の大学生の見送りにまごつきながら玄関で宿のおかみさんにおどおどと腰をかがめて行く老人の木綿服が、時雄はひどく寂しかった。

彼は弓子のために感じ易《やす》くなっていた。心が温かく濡《ぬ》れていた。さっきも学校で腰をかがめながら茶を運んで来る恋人の父を見ると、それが彼女に似ているからなおのこと、彼は顔を上げることが出来なかった。こんな風に使われることを止《や》めて貰って自分が養いたかった。

その夜、駐在所から宿帳を持って帰った女中が、直ぐ学校へ来てほしいという小使のことづけを伝えた。

宿直室だった。当直の教員が敵意を含んだ堅苦しい姿で坐《すわ》っていた。時雄の肩を片手で押しつぶしそうな猛々《たけだけ》しい大男が鋭い目だった。時雄は一目見てなんとはなしにがっかり疲れを感じた。小使は妻のところへ帰らなかったのだ。他人の教員に相談したのだ。時雄を鑑定させようとしているのだ。父親に抱いたさっきまでの柔らかい気持が濁って来た。

彼の友人達は言葉をつくして教員を説いた。それで事情が初めて呑《の》み込めた様子だった。

「しかし佐川さんは……。」と、教員は時雄のために小使を「佐川さん」と呼んだ。

「第一本人の気持が分らぬと言われるのです。」

時雄は弓子と婚約した確《たしか》な証拠を見せなければならない場合になった。弓子と見ず知らずの男、でなくとも弓子の嫌っている男が弓子と婚約したと父親を騙《だま》し、逆に父親が許したからと弓子を強いるのではないかとも、疑えば疑えるのだ。

時雄は弓子の恋文と写真とを持って来ていた。二人で写した写真を見せた。弓子は白いベンチに坐っていた。そのうしろに時雄が立っていた。友人が言った。

「ずいぶん大きくおなりでしょう。」

「はい。」と一言呟《つぶや》いて老人は涙を落した。じっと娘を見つめたままうなだれてしまった。父親の心一ぱいの愛が素直に感じられて、娘を渡せと脅迫しているような気持が時雄は一時に挫《くじ》けた。

三

去年二三時間会ったことがあるにしても、父の頭に浮んで来る弓子は二人が別れた頃と同じような十一二の子供のままの姿にちがいない。事実まだ数え年十六の小娘なのだ。それが結婚の約束を取り交したと聞いても父親は到底信じられないだろう。娘が傍で恋のある少女らしい素振りを見せでもしていればまだしもだが、遠く離れているだけになお夢としか思えないだろう。あんなに幼くて小さい胸へ荒々しい足で踏み込もうとしてと、相手の男の向う見ずが腹立たしくなり、娘のか弱さがいたいたしくなるだろう。それからまた、さも一人前の女のつもりで男に約束してしまうような――もうそんな年頃になっているのかと、父親は寂しい驚きを感じると同時に、彼の頭の中の娘の姿が泥水を浴びて濁ってしまうだろう。

時雄は父親からも弓子を庇《かば》いたかった。男を受け入れることは知っていても拒むとは知らない程純だと思わせたかった。自分を恋すると言われたら、ぽうっと男の掌に乗っかってしまう程純だと思わせたかった。弓子は唯《ただ》さらわれた小鳥で、時雄が婚約という芸当を教え込んだのだと見せたかった。

だから、彼は弓子の恋文を婚約の証拠として父に見せる気にはなれなかった。それを読む時の父のにがにがしい心持が目に見えるようだった。その手紙にはこんなことも書いてある。

「私にも今日までに沢山の人から手紙を下さいました。愛とか恋とか書いてありました。その返事をどう書いてやればよいのか私には分りませんでした。

私は私をあなた様のお心におまかせいたします。私のような者でもいつまでも愛して下さいませ。

私が手紙に愛ということを書きましたのは、今日初めて書きました。その愛ということが分りました。」

また時雄が結婚してくれと言った時にも、弓子が二十過ぎの勝気の女のようにはきはきと返事をしたので、却《かえ》って彼はひどく驚いたのだった。感情の幼い小娘だと父親に思わせたがっているように、時雄自身もまた弓子を「二八《にはち》の乙女」と思っていたからだった。

手紙と同じ意味で写真も小使に見せたくなかった。この通り恋人ですという風にさも当然らしく男の前に坐っている娘の姿を、だしぬけに目の前へ突きつけられたら父親の心は白けるだろう。――ところが小使は涙を落した。こんなに美しく大きくなったのか。唯それだけを素直に受け取った親心だった。なんと危っかしい婚約者達だろうと、写真の二人の若さを気づかうことさえ忘れてしまっているのだ。それを感じると時雄も素直に頭が下った。素直さで話がすんだ。

翌《あく》る日曜の朝、時雄はまた一人で小学校へ寄った。友人達は馬車で先きに停車場へ行って待ち合せることになっていた。朝寒の小使室の囲炉裏にはもう火があった。

昨夜の教員が乗合自動車を小学校の門へ廻してくれた。小使と二人で見送ってくれた。間もない正月に弓子を連れて来ると、時雄は約束した。自動車に乗ると直ぐ、

「手を袂《たもと》に隠さねばならんような――弓子にそんなみじめな暮しをさせはしませんよ。」と、時雄は言いたかった。その写真は婚約の日の幸福だ。二人とも感情の高い清らかさだ。しかし、弓子の膝に右の袂が幕のように拡《ひろ》がり、彼女はその下に両手を隠している。

四

岐阜市の裁判所前の写真屋だった。

「髪は？」と時雄が小声に言った。弓子はひょいと彼を見上げて頬を染めると、子供の素直な軽さでぱたぱたと化粧室へ走って行った。

ちらちら薄黒い裏を見せながら古びた絨毯《じゅうたん》の上を渡って行く紅《あか》い鼻緒の上草履――そんなものまでが彼に弓子を感じさせた。弓子は化粧室の壁の鏡で髪を掻《か》き上げた。その動いている肱《ひじ》だけが入口の冷たい壁からこぼれて見えた。それを見ただけでも時

雄は夢のように幸福だった。微笑が温かくこみ上げて来た。

弓子は髪を結う暇もなく養家を出て来たのだった。彼女が気ぜわしく帯を出すらしく、簞笥《たんす》の鐶《かん》がかたかた鳴る音を、時雄はさっき彼女の養家のお寺の本堂で喜びの木琴のように聞いたのだった。その時の乱れた髪が弓子は始終気になるらしかった。

しかし男の前では恥かしくて化粧の真似《まね》も出来ないらしいほんの小娘だった。だから、初め時雄と一緒に行った水澤《みずさわ》という学生を加えて三人で写す時には、彼女は海水帽を脱いだばかりのようにほつれた髪だった。それからもう一枚二人で写したのが、弓子の父に見せた写真だった。

弓子が化粧室を出て来ると、写真師が生真面目《きまじめ》に、

「どうぞそこへお二人でお並びになって。」と白いベンチを指さしたが、時雄は弓子と並んで坐ることが出来なかった。うしろに立った。彼の親指に弓子の帯が軽く触れた。その指の仄《ほの》かな体温で彼は弓子を裸でだきしめたような温かさを感じた。また小声に囁《ささや》いた。

「手を前に出すと大きく写るよ。」

だから出来上った写真を見ると、弓子の右袂が幕のように膝に拡がって手を隠している。簾《すだれ》を掛けたような大きいベンチが弓子を小さく載せて不調和に拡がっている。

背景の雑木林の絵が画面を一層田舎町の公園の風景にしている。時雄は久留米絣《くるめがすり》に学生帽をかぶっている。公園を散歩している恋人連れのつもりだろうが、なんと古臭い写し方だ。そしてまたなんと幼い恋人達だ。

時雄はこの写真を見る度に瞼《まぶた》の裏に清水をそそがれた思いをする。それ程弓子の魂がじかに感じられる顔の清らかさなのだ。しかし膝に拡がった袂はいつも彼を刺すように痛ませる。弓子の半襟や指の爪《つめ》まで美しく見せたい気持が胸一ぱいだったにしても、なぜ醜く膨らんで荒れた手を隠せと言ったのだろう。それに腹も立てずに袂を膝へ拡げた弓子が、彼は哀れでしかたがなかった。彼は写真の前に頭を下げて詫《わ》びた。――そしてそれにつけても一日も早く手もとに引き取ってクリームやレモンを荒れた手に塗ってやりたくてたまらなかった。

写真を取った日より一月程前、九月の始めのことだった。夏休みが終って京都から東京へ行く途中、時雄と水澤とは岐阜に寄って弓子を長良川べりの鵜飼《うかい》宿へ連れ出した。金華山の影が宿の屋根へ落ちていた。縁側から長良川の南岸に下りられた。岸には薄《すすき》や萩《はぎ》がまばらで、遊船会社の鵜飼見物船が並んでいた。早瀬の色が初秋だった。長良橋が左に見えた。その上を渡る電車の音を時雄達は幾度も遠い雷と聞きちがえた。月が明るくて鵜飼は休みだった。

女中が飯を装《よそ》ったり茶を入れたりする度に弓子は恥かしがって、「おおきに。」と関西言葉で礼を言った。

客が少いせいか塩むしのあわびも鮎《あゆ》の塩焼きに添えた十六豆《とおろく》も少し古い臭《にお》いだった。時雄は弓子に食うなと言った。それでも彼女は二口三口箸をつけた。ひどくまずい料理を黙って食う彼女はいじらしかった。

唐突に水澤が手相を見てやろうと言い出した。

「いやですわ。私いやですわ。手相なんか見て貰うのは大嫌いですわ。どうせ私の不幸が書いてあるんですもの。」

弓子は敷いていた座布団《ざぶとん》の下に両手をしっかり突っこんで顔を真赤にしながら激しくかぶりを振った。その拒みようが時雄を驚かせた。

五

弓子の掌は葡萄《ぶどう》の葉脈のように入り乱れた細かい線に蔽《おお》われていた。気の狂った運命の盲の蜘蛛《くも》が黒い幻影に怯《おび》えて走り廻りながら吐いた糸のような手相だった。それを弓子は見せたくないのか、水澤が座布団の下から摑《つか》み出した手を固く握りしめて、

「いやですわ。きっと悪いっておっしゃるんだわ。誰だってそう言いますわ。」と叫んでいた。

水澤はその手首を抑えて碁盤の上へ指をむりやりに開かせた。

「なんだ、これは。こんなにひどく乱れた線は見初めだね。我手には果していかなる悪魔の住めるぞって、サムエル前書にあるやつだね。――これは実に神経質で、移り気で、一生運命の静まる時がないんだ。つまり不幸の波に漂っているんだよ。」

「どうせそうなの。もうおっしゃらないで。」

「結婚だけ見てやろう。――ほら、これが感情線だよ。この根元の支線が上を向いているのはいいんだ。愛情が強くて温かい。だけど感情線を小さい線が沢山横切っているから、愛情が落ちつかない。君が浮気者なんだね。感情線がここで切れているね、ここが太陽丘と言って、つまり自分の高慢から失恋するしるしだよ。その上に水星丘の婚姻線が金星帯の裾《すそ》に触れているし、その先きの細い線がこんな風に火星の野に走っているし、感情線と智能線とが入り交っているし、どう見たって君の結婚は木の葉のように嵐《あらし》に吹き飛ばされている。しかし婚姻線が感情線に近づいているから、十四から二十までの間に結婚するね。この人差指から紅差指へ行く弓形の線を金星帯っていうんだが、こんなにはっきりしている人は感じが鋭くて賢い代りに、気分が変り易いし、直ぐ腹を立てるし、些細《ささい》なことに感動するし……。」

弓子はすきを見てきゅっと掌を閉じてしまった。

「もういや。もっともらしい顔してなんとかおっしゃってるわ。」

水澤は最後に手首の線を見ようとした。時雄ははっと頬を紅らめて思わず叫んだ。

「おい。」

手頸《てくび》線は女のあるものを現わすと、時雄はいつか水澤に教えられたことがあるからだ。弓子のそんなものを考えて辱《はずかし》めるのはたまらなかった。彼は体が硬《こわ》ばって顫《ふる》い出しそうだった。

それでなくても水澤の言葉が一々彼を脅《おびや》かすのだった。彼は一年振りに弓子を見た瞬間から彼女を虹《にじ》の人形のように抱き上げたくなったのだった。

その碁盤の上で五目並べをし、夏の初めに東京からわざわざ弓子を岐阜へ訪ねて来た渡瀬という法学士の噂が出た。二人で船を出して鵜飼見物をした時のことを弓子が詳しく話した。

水澤がこともなげに言った。

「結婚してくれというようなことを言わなかったか。東京で脣《くちびる》に接吻《せっぷん》させてくれって頼んだそうじゃないか。」

「そんなこと……。」

弓子は顔を紅くして、ひどく寂しい笑いを見せた。

「ほかに誰か来なかった。」

「いらっしゃいましたわ。岐阜に来てすぐ冬にやっぱり東京の中学生の方が来ましたわ。庭で呼んでいるから誰だろうと思って出て行ってみると、その方ね、雨が降っているのに梅の木のところで傘をさして、しょんぼり立っているんでしょう。寒いんですわ。寒いから家へおはいりなさいと幾度いってもどうしてもはいらないんですもの……。」

「それで、何か言った。」

「おっしゃいません。そのまま帰っていらっしゃいましたわ。」

その少年の心を感じる少しの表情も見せずに、弓子はなにげなく微笑《ほほえ》んでいた。時雄はその少年の傘に落ちた冬の雨が自分の心に落ちる音をふと聞いた。

弓子が藪《やぶ》から棒にひとりごとを言った。

「岐阜にいると土方の真似までさせられるので厭《いや》になってしまう。」

「どうして。」と時雄は驚いて弓子を見た。

六

「寺を建てるのにいろんな手つだいをさせられるんですわ。大工になったかと思うと、この頃は壁塗りで左官屋ですわ。壁土をいじることだけは、いやでいやでしょうがありませんわ。」

弓子は二時間も前に見せた荒れて大きい手のいいわけをしたのだった。彼女があんなに手を隠したのは手相が悪いばかりではなかったのだ。

そんな弓子だと知ると、時雄も水澤も弓子を明るく楽しませよう楽しませようと、目立たない自然さで彼女をいたわった。その日風邪ごこちでお針の稽古《けいこ》を休んでいた弓子の体を気づかって、彼等は川瀬に向いた障子を、何度も明けてみたり、閉めてみたり、細目に開いてみたりした程だった。

この穏かな好意は弓子にしみこんで行った。からだの線が柔らかくなり、身のこなしが子供っぽくなり、物いいがぽっぽと軽く踊りはじめ、知らず知らずに岐阜言葉が出るようになった。

弓子は何かを嬉《うれ》しがる時が一番男好きのする小娘だった。

しかし時雄達の汽車の時間が近づくと弓子は力なげにこんなことを言った。

「この間から日本地図がほしいんですけれど、家へ幾ら頼んでも買ってくれないんですの。」

「日本地図？　そんなものをどうするの。」

「地図を見て逃げ出すんだろうって、うちで言うんですもの。」と弓子はこともなげに笑った。時雄がふと思いあたったように言った。

「君の生れた岩手県がどのへんにあるか見るんだね。」

弓子は恥かしそうに笑っていた。

彼女は小学校を尋常三年で止めたから日本地理も習っていないのだ。日本の地図が頭の中にないのだ。日本の国がどんな形をしているかをおぼろげに思い浮べることも出来ない娘——時雄はそんな人間が世間にいることを忘れていた。

「岐阜からはずいぶん遠いよ。」

「そうなんですってね。」と弓子はうつむいて自分の胸の中の何かをじっと見つめている片意地な姿だったが、ふいと顔を上げた。その頬は急に寂しい色だった。

「私もしかすると近いうちに東京へ行くかもしれませんわ。」

「お寺の人と？」

彼女は頬を染めてきっぱりと言った。

「いいえ。行くなら私一人ですわ。」

「一人で。どうして。」と時雄は肘枕《ひじまくら》から起き直った。

「その方が私には幸福に思われます。」

彼女は身近のものを弾《はじ》き返すような腹立たしい調子でしゃべり出した。自分の孤独をつぶてのように投げつける勝気な顫え声だった。

「岐阜の人間は卑屈ですわ。みんな卑屈ですわ。」と養家や町を罵《ののし》り出した。壁塗りなぞはまだいいのであった。生花の稽古友達が中学生から手紙を貰うと、世間はそれが弓子のことだと言い触らす。三味線なんか家にありもしないのに、澄願寺の娘は三味線を弾いて芸者みたいに歌を唄《うた》うという。頭痛で寝ているとふて寝だと起されるし、起きて気ちがいのように働くと、そんな無理をして死んでしまえと笑われる。

「毎日喧嘩《けんか》の仕通しですわ。十日もものを言わないで泣き続けていてやるんですわ。」

それならと、時雄は目の前が明るく開けたように感じた。弓子と結婚出来るのだ。彼はその時まで弓子は養家で幸福だと思っていたのだった。彼女を岐阜から動かせないものとあきらめていたのだった。

ところが停車場へ行く自動車の中で水澤が思いがけなく大胆に弓子の肩を抱いた。

弓子は腕の重い肩を小さくして寂しい頬を微《かす》かに染めていた。

時雄は友人の腕の下の弓子の膝へ金包みをそっと置いた。

「これで日本地図でも買い給《たま》えね。」

しかしそれが一月後には時雄は水澤と連れ立って、結婚したいと言いに岐阜へ来たのだった。

その日も弓子は和尚《おしよう》の壁塗りの手伝いをしていた。

七

名産の雨傘や岐阜提燈《ぢようちん》を作る家の多い田舎町だった。その町の真宗寺が弓子の養家だった。澄願寺には門がなかった。道に立ちどまって境内のまばらな立木越しに奥をうかがっていた水澤が言った。

「弓子がいる、いる、梅の枝の間に見えるだろう。——和尚の壁塗りを手つだってるよ。」

胸が揺れている時雄にはその梅の木さえ見分けがつかなかった。しかし、水でこねた壁土を小さい板に載せて背つぎの上の和尚に捧《ささ》げている弓子の姿が、見えないのに、感情の滴《しずく》を彼の心に落した。

本堂の正面から彼等は新しい木の階段を上り、新しい障子を開いた。——前の九月には水澤が弓子を誘い出して来るのを停車場前の宿屋に待っていたので、時雄はこの寺を見るのは初めてだった。

屋根瓦《やねがわら》を置いただけと言ってもいい普請《ふしん》中の本堂はがらんとだだっ広くて、屋根裏の見える高さも無住の廃寺じみた虚《むな》しさだった。壁下地の竹の間渡《まわたし》や木舞《こまい》が裸のままで、外側だけ塗った荒壁が竹の編目からぶつぶつ覗《のぞ》いていた。その土はまだ黒く湿って部屋を冷していた。柔道の道場かなんかのように縁のない畳だった。

低い白木の仮台の上の仏像と向い合って時雄達は坐っていた。

東京から持って来た弓子の鏡台が一隅に際立《きわだ》って艶《なま》めかしく見え、それが却ってい たいたしい感じだった。

庫裏《くり》の床に敷いた藁筵《わらむしろ》を素足に踏んで弓子が出て来た。

これが弓子であろうかと、時雄は一月間ばかりの熱病じみた空想が破れた軽い驚きを感じた。彼は東京で人間の心の力に許されたよりもっとはっきり、肉眼でじかに見るように弓子の顔を思い浮べようとして、もどかしさでいらいらしていたのだった。

そんないたずらに頭を疲らせる空想から放たれて、彼は今甘い安らぎにほっと息が静まったにちがいなかった。しかし彼の前に着疲れた単衣《ひとえ》で坐っている弓子は、東京で彼が思い描いていた弓子となんのつながりもないような気がした。

そしてこの小娘が美しいのか美しくないのかさえ分らなくなってしまった。最初の一目に弓子の顔の欠点ばかりがぱっと大きく写った。こんな顔だったのかしら。それにまだほんの子供なんだ。腰が小さいので、坐っている膝が細長く見える。こんな子供と結婚とを結びつけるのはおかしい。

——彼は去年見た弓子の裸体を思い出した。

弓子がいた東京の小さいカフェで、時雄は軽い目舞いがしたので鏡台のある部屋に寝させて貰った。湯から帰った弓子は彼の傍で化粧をしているうちに、牡丹刷毛《ぼたんばけ》で鏡台をかたかた叩《たた》きながらたわいなく笑いころげた。それから暫《しばら》くして、ふと部屋の色が変ったと思って彼が眼を動かすと、隣室に真裸の弓子が細く立っていた。身につけたものをさらりと落して、新しい色を腰に巻いているところだった。その色が空気をほっと染めたのだった。直ぐに水色の単衣が斜に上げた彼女の右腕から辷《すべ》って背を隠した。こんなに子供だったのか。その時も彼は十五の弓子を二十の女のように思っている自分を驚いたのだった。

養母と入れ代りに弓子は立って行った。半幅帯の結び目がちょこんと小さいので、貧しげな腰のあたりが若芽のように折れそうだった。上半身と下半身との、この何かをはにかんでいるような力ない接《つ》ぎ目が、彼女を小娘でも女でもなく、ただ頼りなげに背丈を高く見せた。

そしてその姿とひどく不釣合に大きい素足が時雄の目一ぱいに拡がった。藁筵の家を歩いたり、壁土をこしらえさせられたりした足だ。

養母は左の下瞼《したまぶた》に大きな黒子《ほくろ》が一つあった。その目の輪郭から彼に嫌なものが伝わって来た。

養父は「院政時代の山法師」、「雲突くばかりの大入道」、こんな二つの言葉が直ぐ浮ぶ姿だった。この逞《たくま》しい和尚は非常に耳が遠かった。

この二人やこの住いがあの鏡台のような弓子に荒々しく触れている——時雄は自分の肌のどこかが痛むように感じた。

八

時雨《しぐれ》が白蚊帳《しろがや》のように空を流れて来た。隣りの傘屋で庭に干し並べた新しい雨傘をすぼめるらしい紙の音があわただしく聞えて来た。

「小っちゃ、碁盤をここへ出せ。――ちっちゃ。」と和尚が弓子を呼んだ。

「ああ、重い、重い、重い、重いな。」

生木かと思われる五寸の碁盤がよろよろする弓子のか細い腰を折りそうだった。

汽車で寝ていない時雄はうっかりすると盤面の石がぼうっと霞《かす》んでしまった。それに耳の遠い碁敵はひどく無愛想なものだ。彼が見損じをして思わず声を立てても、足りないと分った碁を投げると言っても、相手は素知らん顔でぴしぴし石を打ち続けていた。彼は壁にかかった弓子の単衣物をちらちら盗み見して、碁を忘れ勝ちだった。

箪笥の横の壁に汗でくずれた紺飛白《こんがすり》の単衣がかかっていた。大きい井桁《いげた》の模様が藍《あい》で散らしてある。ふとそれを見つけると、その濃い藍色が時雄の感情に沁《し》み通って来た。藍の井桁が懐《なつか》しい少女の匂《にお》いのように彼の胸一ぱいに流れ込んで来た。彼の眼がその藍と融け合って、子供心の幼い涙が落ちそうだった。甘悲しい恋に似たものが胸を染めて来た。

彼が碁を打っている間、弓子は本堂の裏の窓際に水澤と立っていた。時雨の通った後は、この秋に珍らしい日の光が庭の椿《つばき》の葉に照り返して、二人の姿を鮮かに浮き立たせていた。それだのに、その弓子よりも傍にかかった単衣物の藍色のほうが彼の心にひたひたと触れて来た。なぜであろう。なぜかは分らないが、

「ああ、感情が皮膚を脱ぎ捨ててしまっているのだな。」と彼は気がついた。眠るともなく覚めるともなく弓子の空想ばかりに溺《おぼ》れていた日々の疲れが一時に感じられるようで、彼の碁はますます脆《もろ》くなった。

そこへ酒の用意が出来た。この田舎では前の日から準備してあったらしい食膳《しょくぜん》だった。さもこの寺の甘やかされた小娘らしくお酌をする弓子が時雄には不思議だった。時雄は頭が疲れているせいか食べ物を一箸口に入れても吐きそうだった。

食後弓子だけを残して養父母が立ち去ったのを幸いに、一二杯の酒で顔の赤い彼は仏像の前にごろりと横になった。五月も前の「女学世界」を開いて見せる弓子はいかにも此寺《このてら》の娘らしい。

柳ケ瀬《やなせ》の菊人形と公園の名和昆虫館とを案内する――それを口実に家を出して貰おうとして、弓子は和尚を仏像の裏へ引っぱって行った。水澤が時雄の耳に囁いた。

「弓子が君の手紙を見られたんだとさ。」

「え？」

「読みかかっているところを和尚に取られたんだそうだ。――和尚がひどく怒ってね、今度僕達が来ても内で遊んでもらえ、外へは出さないと言ってるそうだよ。」

「それじゃとても家を出すまいね。」

「そう言っていたって、和尚は気がいいんだから、僕達を見れば出さないとは言えやしないよ。」

「だけど手紙を見られてるとは知らないから、平気な顔で昼飯の御馳走《ごちそう》になったりしていられたんだね。考えれば僕達がこの寺へ来ることからして間違っているんだからね。」

その手紙に時雄はこんなことを書いた。——

名古屋方面への修学旅行のついでに十月八日には岐阜へ寄る。その時会って、君の身の上について是非話したいことがある。その時までは何事も堪え忍んで喧嘩をせずに家に居れ。若しどうしても家を逃げ出し東京へ来なければならないなら、電報を打て。岐阜まで迎えに行く。若しまた一人東京に来ても必ず他の人のところへは行かず、真っ先に水澤さんか僕のところへ来い。このことを夢々間違えるな。この手紙は見たら破るか直ぐ焼け。

そんな手紙を見られた今日も明るい喜びで彼等を迎え、家の人の前でこだわりなく振舞っている弓子の気持が時雄の胸に迫って来た。

簞笥の鐶を木琴のようにかたかた鳴らせて弓子が帯を出した。木綿のまじった松葉色のセルには初夏のよごれがそのままだった。臙脂《えんじ》色《いろ》の襟が少し黒ずんだ首の色をよけい沈ませていた。

九

送りに出た養父と養母とは、今晩岐阜へ泊るのなら宿屋へ行かずにうちへ来い、待っていると、繰り返して言った。その親切は時雄を心苦しくした。弓子までが庭から普請中の本堂の薄暗い屋根裏を見上げて寺の娘らしく言った。

「うちでお泊りなさいましな。こんなだけれど寝られますわ。」

庭続きの雨傘屋で水澤が傘を買った。なぜだか弓子は傘屋の奥の帳場で顔を紅くしながら、仕事場の職人達の前をついと走り出て道に一人たたずんで待っていた。気がついてみると、道の向う側に並んだ傘屋の仕事場の古めかしい格子《こうし》窓《まど》にも職人達が立って一せいに彼等を眺めていた。

しばらく行って、弓子は天満宮の境内へ近路《ちかみち》を折れた。桜の落葉が思い出したように立ち上って鳥居のぐるりを走った。水が美しいので名高いと、弓子は青い苔《こけ》の小川を覗き込んだ。境内の裏の畦道《あぜみち》から直ぐ広い道へ出た。正面に稲葉山の円い重なりが見えた。右手に色づいた稲田が開けていた。

足の早い水澤がとっとと歩くので、足駄の弓子は敷きつめた小石がつらそうだった。時雄は後れて弓子と歩いた。今日は体臭のないような娘だと思った。鉛のように肌が蒼《あお》かった。そんな彼女に秋の日射《ひざ》しが白っぽく落ちて、なお美しさをなくしてしまった。快活が底に沈んで、自分の奥の孤独をじじゅう見つめている風だった。

「それより早く歩けない？　それで一生懸命か。」

「ええ。」

「おい、もっとゆっくり歩いてくれ。早く歩けないそうだ。」

「そうか。」

水澤は時雄に呼ばれて暫く足を緩めていたが、すぐ二人を残してずんずん先きへ行った。その水澤の暗示はよく分っていたが、時雄は宿屋に落ち附くまで弓子に何も話さないことにきめていた。

ひょっこり弓子が言った。

「矢野さんおいくつですの？」

「え。——二十三だよ。」

「そうですか。」とぼんやり言ったきり弓子はまた黙ってしまった。

東海道線の陸橋で水澤が二人を待っていた。そこから弓子は遠くを指さして見せた。

「あすこに踏切が見えますでしょう。あの踏切を越えてよくお使いに行くんですけれど、東京へ行く汽車を長いこと眺めていますわ。」

岐阜駅から電車で長良川へ行った。

九月に三人で遊んだ南岸《みなみぎし》の宿はこの間の嵐に雨戸を破られて休んでいた。四五人の裸男が川原にしゃがんで、早瀬を上る舟を曳《ひ》いていた。

長良橋を渡って北岸の鐘秀館へ行った。時雨がまた音もなく来ていた。通された二階の八畳は川面《かわも》へ開いていた。廊下へ出て川上から川下まで見渡さずにはいられぬ爽《さわや》かさだった。金華山の緑が向う岸に雨で煙っていた。その頂きには模擬城の天主閣が浮んでいた。

しかし、トランプなぞをしているうちに、だんだん弓子の手がだるそうになって、折々洩《も》らす笑いが死んで来た。これを見ると時雄も何も言わずに東京へ帰りたい程弱々しくなった。夕方湯が沸いた報《しら》せで水澤が一人気軽に立ち上って部屋を出ようとすると、時雄は頭の中のものがばたばた倒れるようにあわてて、廊下で彼に追い縋《すが》った。声がうわずっていた。

「君、先きに弓子によく話してくれよ。」

「弓子にはもう言ってあるよ。」

「え。いつ。」

「寺にいた時から話してある。君の手紙を見られたと弓子が言ったから、若し寺を出られないようなことがあれば、せっかく東京から君が何しに来たか分らなくなると思って、君と和尚と碁を打っている時に弓子を呼んで言ったんだ。」

「そんなこと夢にも知らなかった。それで弓子はどう言った。」

十

「弓子の気持を一口に言うと、君に好意はあるんだが、直ぐに返事は出来ないんだ。」

時雄はこのあたりまえの言葉が、何だか思いがけないものに感じられた。

「まだ考えているんだよ。」

「それで弓子はさっきから病気のように蒼い顔をして沈んでいたんだね。」

「そうだ。――まあ湯の中でゆっくり話すよ。」

「で、弓子にどう言ってくれたんだ。」

「矢野さんが君を望んでいる。お前の身にとってこんないいことはないと僕も思うし、それに第一非常に似合いだと言ってやった。」

似合い——この平凡な言葉が時雄の顔を赤らめさせた。そしてその言葉から彼は水澤の眼に写っている自分というものを感じて、ふと寂しかった。弓子は気性が強い、時雄は弱い、彼女は明るい、彼は暗い、彼女は賑《にぎや》かに浮いている、彼は寂しく沈んでいる。

「どうせ寺にはいられやしない。国へ帰ったところでお前は田舎にいられる女じゃない。小娘一人で東京へ行ったってろくなことはない。大連《だいれん》のおばさんなんか頼りになると思うのは間違いだ。お前の気性では、親きょうだいのある家へ嫁入りは出来やしないと、よく言っておいた。それは弓子自身でもよく分っているんだが……。」

「じゃあ返事はとにかく、僕からも話すだけは話してみよう。」

時雄は四分と湯につかっていずに、そそくさと体を拭《ふ》いた。

「なるべく永く湯にはいっていてくれ。早く出て来られると困るよ。」

彼が二階へ階段を上って来ると、その階段をしょんぼり見下しながら弓子が手摺《てすり》を握って立っていた。そのまま黙って逃げ出そうとしているかと思える姿だった。部屋にじっと坐っていられなかった姿だった。

「おや。どうしたんだ。」

「まあ！　お早いお湯。もうお上りなさいましたの。」

なにげなく見せようとした微笑を半ばで硬ばらせたまま弓子は廊下を彼について来た。

「ほんとうにお早いわ。」

「烏《からす》の行水だ。」と時雄は弓子を振り向きもしないで短く言い棄てた。彼が手拭《てぬぐい》を衣桁《こう》へ掛けに行っている間に、弓子はひっそり碁盤の向う側に坐った。何もかもぼやけて見えなくなった眼をじっと膝に落していた。彼が歩き寄ってその前に坐っても見ようともしない。もう瞬《まばた》きも出来ず心を縮めて待っている。

「水澤さんから聞いてくれたか。」

さっと弓子の顔から色が消えた、と驚く瞬間に、ほのぼのと血の帰るのが見えて、首まで紅く染まった。

「ええ。」

彼は煙草《たばこ》を銜《くわ》えようとすると、琥珀《こはく》のシガレット・ホールダーがかちかち歯に鳴る。

「それで君はどう思ってくれる。」

「私はなんにも申し上げません。」

「え?」

「私には申し上げることなんぞございません。貰っていただけば、私は幸福ですわ。」

幸福という言葉が彼の良心を飛び上らせた。

「幸福かどうかは……。」と彼が言いかかるのを、さっきから細く光る針金のようにぴりぴり顫えていた弓子の声が鋭く切った。

「いいえ、幸福ですわ。」

時雄はぐっと抑えられて黙った。――何が人間の幸福で何が不幸か、そんなことは神ならぬ誰に分ろう。今日の結婚は明日の喜びか悲しみか分らないのを、ただ喜びであれと祈り、喜びであろうと夢見る。だからと言って、明日の喜びという言葉で今日の結婚が買えるか。形のない幸福と、見透《みとお》せない明日と、それは希望としてこそ真《まこと》であるが、約束に用《つか》っては嘘《うそ》である。――しかし、そんな理窟《りくつ》が何になろう。この娘が素直に幸福ですと言う心根を感じればいいではないか。その夢を護《まも》ってやるべきではないか。この娘が自分と結婚すれば幸福だと信じている。

十一

「ですから私の籍を一旦《いったん》澄願寺へ移して、それから貰《もら》って下されば、私は嬉しいんですわ。」

弓子が直ぐに戸籍のことなんか言い出したので、時雄はひどく面食らった。こんな時にそんなものが彼女の頭に浮んで来ることさえ思いがけなかったが、まるで自分の体を品物かなんかのように言う弓子の口振りに釣り込まれて、彼も感情がかった言葉づかいを切り上げられるのは楽だった。

「大連の小母《おば》さんもお前のゆきたい人があればゆけっておっしゃっていますし、おっさま（和尚さま）だって、よそへやるならうちからやるが、とにかく籍をくれって父に申しているのですから、出ると言えば出してくれますわ。」などと言っているうちに、弓子は両肩を落して体を柔らかくした。

「君も知っている通り僕には親兄弟が一人もないし、君はお父さんがあっても、それは……。」

「ええ、よく分っていますわ。」

「それから、今君が身のおきどころにも困っているのにつけこんで、こんなことを言い出したんだと思わないように……。」

「そんなこと。そんなこと思いません。」

「これから後、僕は小説を書いてゆく。」

「ええ、知っていますわ。私はそんなことに何も申し上げませんわ。」

弓子が軽々と先廻りするので、時雄は口をつぐんでしまった。黙ってしまうと彼の休らいだ心は澄んだ水のようにひたひたと遠くへ拡がって行った。眠ってしまいたいようだ。

「この娘が自分と婚約してしまったのだ。」と弓子を見ると、

「この娘がか？」と信じられないものに目を見張る子供のような驚きを感じた。不思議でたまらなかった。そんなことをした無鉄砲な弓子が可哀想《かわいそう》でならなかった。何だか世の中の一切が音のない遠い景色に見えた。

「お湯があきましてございます。」と女中が来た。

下の廊下で水澤が口笛を吹いていた。湯から上ったよと、彼が報せに寄越したのだ。

「はいって来たらいいだろう。」

時雄が衣桁から彼の濡《ぬれ》手拭を渡すと、弓子はその親しさを素直に受け取って部屋を

出て行った。

彼女が湯から帰った時水澤は部屋にいなかった。彼女は時雄のほうを見ずに床の間へ行き、手提袋をさぐってから障子を明けて廊下に出た。部屋の中で化粧するのが恥かしいのだろうと思って、彼はそのほうを見ないでいた。

暫くして電燈のともる拍子に廊下を振り向いた。弓子は川瀬に向いてうずくまり、欄干の上に顔を押しあてて両手で眼を抑えていた。

「あ、そうか。あ、そうか。」

隠れて泣いている弓子の気持が彼に沁み込んで来た。彼に見られると弓子は直ぐ立ち上って部屋へはいって来た。紅い瞼で実に弱々しく身をもたれかかるような微笑を見せた。

そこへ水澤が帰った。夕飯の膳が出た。長良川の鮎がみごとだった。弓子は新しい顔だった。風呂場《ふろば》には紅も白粉《おしろい》もなかったし、廊下でも化粧しなかったのに、朝から蒼黄色かった肌がさえざえと白く澄み、頬が初めて薔薇《ばら》の花びらを貼《は》ったように色づいている。病人が娘になった。寺にいる時から水澤に言われたことを思いつづけて顔色が沈み切っていたのだろう。

寺を出しなに結い直す暇もなかった髪を湯で撫《な》でつけて少しおでこに見える。そして眉《まゆ》や目や口がはっきりしたので、ぽつんぽつんと離れて幼く見える。湯が心まで温めたように、どこかぽうっとしている。

夕飯がすむと、弓子は水澤と廊下に出て、早瀬を染めて来る夕暮を眺めながら早口にしゃべっていた。時雄は膨らんだ感情で寝ころんでいた。白く低い早瀬の向うに町外れの灯が浮んでいた。

「出てみないか。」と水澤が呼んだ。弓子が籐椅子《とういす》を立ち上って、時雄の傍へ持って来た。そして彼の肩のところでひとりごとのように言った。

「午《うま》が祟《たた》っていたんですわね。」

自分が丙午《ひのえ》生れのことを思い出しているのである。

十二

「丙は陽火なり。午は南方の火なり。」と「本朝俚諺《りげん》」に出ている。時雄はこの言葉が好きだった。火に火が重なるから激し過ぎるというのだ。弓子は火の娘なのだ。

「丙午の二八の乙女」――この古い日本の伝説じみた飾りも彼が夢見る弓子を美しくする虹だった。その上に弓子の星は四緑《しろく》だった。四緑は浮気星だ。四緑丙午だと思うことは一層彼の幼い感情を煽《あお》り立てるのだった。

――美しくて、勝気で、強情で、喧嘩好きで、利口で、浮気で、移り気で、敏感で、鋭利で、活潑《かっぱつ》で、自由で、新鮮な娘、こんな娘が弓子と同い年の丙午生れに不思議に多いことを、時雄は六七年後の今でも信じている。そして丙午生れの娘の自殺が多くなって新聞や雑誌の問題となった頃に、この不思議を彼と同じように認めているという人が沢山現れた。

しかし、これを彼は不思議とも迷信とも考えなかった。ちゃんとしたよりどころがあると思った。丙午の娘は戦いの娘だからだ。彼女らは明治三十九年生れだから、日露戦争の娘なのだ。三十九年に生れた娘の多くは三十八年から九年にかけて母の胎内にいたのだ。あの戦いと勝利との国を挙げての激しい感情が彼女らの胎教だったのだ。また凱旋《がいせん》兵士の子供は三十九年に生れたのが多い。彼らは満洲やシベリヤの野で明日の命も知れぬ殺人狂になって唯《ただ》戦っていたのだ。その凱旋兵士と本国に待ちわびた女との物狂おしい歓《よろこ》びの結合によって宿ったのが、丙午の娘だと思えば、何とも言えぬ凄惨《せいさん》の気に打たれる程だ。彼女らが男を殺すのは当然である。

そして弓子なんかは丙午生れのために自分の一生が不運だと信じこんでいるらしかった。九月に会った時にもさもあきらめているかのように言うのだった。

「東京へ行ったって、どうせ私には水商売がいいんですわ。丙午ですもの。」

だから彼女が、

「午が祟っていたんですわね。」と言ったのは、時雄との婚約でつきまとって来た不運からぽっと浮び上った喜びの声なのだ。そうした過去を振り返って、ここに新しい自分の明るさを見ようとしているのだ。

それから彼女は過ぎ去った日々の苦しみや悲しみを思い出すままにとりとめもなく拾い上げて、子供のようにせきこんでしゃべり出した。おしゃべりは彼女の美しさであった。その仄白《ほのじろ》い頬に触れているような和やかさに微笑んで聞いていた時雄が、ふと川上を眺めて叫んだ。

「あ、あの篝火《かがりび》は鵜飼《うかい》船だ。」

「あら、鵜飼ですわ。」

「ここへ流れて来るんだろう。」

「ええ、ええ、この目の下を通りますわ。」

金華山の麓《ふもと》の闇《やみ》に篝火がぽつぽつ浮んでいる。

「六艘《そう》か。七艘か。」

篝火は早瀬を近づいて、もう黒い船の形が見え始めた。焔《ほのお》のゆらめきが見え始めた。

鵜匠が、中鵜使いが、そして舟夫《かこ》が見える。楫《かじ》で舷《ふなばた》を叩き声をはげます舟夫が聞える。松明《たいまつ》の燃えさかる音が聞える。舟は瀬に乗って彼らの宿の川岸へ流れ寄って来る。船足の早いこと、弓子はもう篝火の中に立っている。舷で黒い鵜が驕慢《きょうまん》な羽ばたきをしている。ついと流れるもの、潜るもの、浮び上るもの、鵜匠の右手で嘴《くちばし》を開かれ鮎を吐くもの、水の上は小さく黒い魔物の祭のようで、一舟に十六羽いるという鵜のどれを見ていればいいか分らない。

「あら、鮎が見えますわ。」

「どこ、どこ。」

「ほら、あすこにあんなに泳いでいますわ。」

鵜匠は舳先《へさき》に立って十二羽の鵜の手縄を巧みに捌《さば》いている。そして、時雄は篝火をあかあかと抱いている。弓子の顔に焔が燃え映っている。彼女の一生に二度とない美しい頬を彼はちらちら見ている。彼らの宿は下鵜飼にあった。

長良橋の下を流れて消える篝火を見送ってから、三人は弓子を寺へ帰しに宿を出た。時雄は帽子もかぶっていなかった。

水澤は柳ケ瀬で彼らだけが乗客の電車をぷいと、二人で行け、と言わぬばかりに下りてしまった。

十三

弓子に別れて来て宿屋の寝床に身を伸すと、時雄もさっきの彼女と同じように彼の過去の日々のことが頭一ぱいに浮んで来た。やっぱり乞食のように愛情に飢えたみなし児《ご》の日々だったからだ。父と母とは顔も知らない。別れて育った姉は十五で死んでしまった。だからこんな時思い出す肉親は祖父一人だった。時雄が十六になるまで生きていてくれたのは祖父だけだった。祖父の半盲の眼の白い星や、つるつる剝《は》げた頭の茶色の斑点《はんてん》や、匂いを楽しんださふらんの花畑や、二十年も突き古した桜の杖《つえ》や、そんなものまでが故郷の風景と一緒にまざまざと見えて来た。

その祖父に、これが嫁です、と弓子を見せる――いや、祖父は見えないのだ。老病で顫《ふる》う手が弓子の顔や肩をさすり廻すだろうか。それがおかしくて時雄は一人で笑った。そしてそれでいいのだった。祖父は彼のすることをなんでも素直に眺めていてくれるにちがいないのだ。その外に結婚のことを相談しなければならぬ人もなかった。その祖父も死んでいるのだ。

そんな時雄が空想する結婚は、夫となり妻となることではなかった。彼と弓子との二人が二人とも子供になることだった。子供心で遊び戯《たわむ》れることだった。彼も弓子も幼い時から家庭を失っていたから、ほんとうの子供心で暮したことがない。だから二人で力を合せてその埋れた子供心を掘り出したかった。弓子を東京へ呼んでどうして子供らしく遊ばせるかということしか彼は考えていなかった。

子供らしい日々のなかったことがどんなに自分の心をゆがめていることかと日頃から思い悩んでいた彼は、結婚でその痛手を癒《いや》せると初めて自分の前に明るい人生の道が見えた喜びだった。彼の愛は弓子を子供にするだろう。弓子の愛は彼に子供心を取り戻させるだろう。二十三の彼と十六の弓子とは夫となり妻となるには若過ぎるかもしれないが、子供になるには年とり過ぎているくらいだ。自分にはないと思っている子供心へのあこがれから、時雄はこれまでも十五六の少女ばかりを恋の相手として思い描いていた。ところが弓子は十六だ。十六の少女と一緒になれる——これだけでも奇蹟《きせき》のように美しい夢だった。

そんな気持を彼はさっきもぶっきらぼうな言葉で弓子に言ったのだった。

「弓子も早く東京へ来て思いきりのんきに子供のように遊ぶんだね。」

「そんなこと——そんなこと勿体《もったい》なくて出来ませんわ。どこかへ奉公して働きますわ。」

こんなことを言う弓子だから一度は子供に返さなければいけないのだと、彼はいたいたしいのだった。

二時間程して水澤が宿屋へ帰って来た。帽子を脱ぐと額が疲れていた。

「おや、君のほうが先き帰っているのか。」

「どこへ行って来たんだ。」

「君こそどうしたんだ。弓子は？」

「停車場の前から車に乗せて帰したよ。」

「ただそれだけか。」

ぐっと突いて来たその言葉を、時雄は思わず弾き返した。

「それだけだ。」

水澤は子供だなという風に黙ってしまって寝床へもぐり込んだ。

「それじゃ僕が悪いことをしたかな。」と暫くして水澤が言った。

彼はぷいと電車を下りると柳ケ瀬の奥の遊廓《ゆうかく》へ行ったのだった。女は綺麗《きれい》だったが、どうしてもあの時が来ない。目を閉じて遊女を彼の恋人と思い込むと、やっとすんだそうだ。

「僕のほうもなんとかしなければ……。」

その独りごとは時雄の胸に響いた。水澤は故郷にいる恋人のことを言っているのだ。電車に残して来た婚約者達が行きつく姿を思い浮かべながら遊廓へ行った水澤の気持は、時雄にも感じられた。

「僕のほうとちがって君たちの話はすらすらと運びそうだ。しかし……。」

「うん。」

時雄は水澤の言い渋ることが分った。――接吻《せっぷん》の機会は飛石のように続いてはいない。女が男の言うままになろうと思う時は花火のように短い火だ。

十四

翌《あく》る朝目を覚ますと、時雄は枕元《まくらもと》の時計を見て水澤を呼んだ。

「おい、ちょうど十時だね。」

「うん。」

それは弓子が来る約束の時間だった。しかし催眠剤がまだ利《き》いているのか、そのまま二人とも十二時まで寝てしまった。弓子が来ない。昨日の今日約束を守らないなんて、時雄には信じられないことだった。

　彼は廊下に出て長良橋を渡って来る人を一々眺めていた。橋の遠くを歩いている女は皆弓子に見えた。川風で頬が冷たくなった。とうとう彼女を待ち切れずに昼飯を二時に取った。

「何か起ったんだね。きっと寺で出さないんだ。——よし、僕が連れ出して来てやる。」と水澤が袴《はかま》をつけて出て行った。

　時雄はいらだたしさをまぎらわすために掃除に来た年増の女中と五目並べをした。彼は自分の頭が常になく冴《さ》えているのを感じた。女中は女の病の激しい痛みで十日に一度は自分でモルヒネを注射する、そんなことをあけすけとしゃべった。

「おしっこして来るわ。ちょっと待っててね。」と煙管《きせる》でぽんと灰吹きを叩《たた》いて碁石を投げながら小走りに部屋を出て行った。

　時雄は笑って廊下に出た。橋の上から水澤が大きく傘を振って見せた。それと一緒に弓子が手を振っていた。

　彼女が一人部屋へはいって来た。坐《すわ》りもせず、挨拶《あいさつ》もせずに、汗ばんだ額に乱れた髪をまつわらせて、のうっと立ったままだった。時雄はそれに突きあたりそうに近寄って行った。

「ありがとう。よく来てくれたね。」

「昨日はありがとうございました。」

「え？　――家で出してくれなかったのか。また壁塗りか。」

「壁塗りはもう昨日でしまいですわ。」と彼女はむっとしたらしい調子だった。

「冬の蒲団《ふとん》に綿を入れていましたの。」

時雄はそんな弓子が不思議だった。家の人が出さないと言えばどうにもならない弓子が不思議だった。

間もなく宿を出て裁判所前の写真屋へ行った。

柳ケ瀬で夕飯を食った。料理屋を出しなに弓子は、時雄の雨傘を下足番から受け取って持って行った。彼のものだと自分を感じている弓子の気持――それが彼女にもう沁み込んでこんな素振りを見せるのかと、彼は温かく寄り添われた喜びだった。

柳ケ瀬を散歩してから菊人形を見にはいった。その小屋の中で西洋手品を見ている時も、彼は風呂敷包をわざと丸い棒の上に置く風をした。弓子がそれを拾って帯の上に抱いていた。彼は一人で微笑するために便所へ行った。

東京へ帰る夜汽車で時雄は催眠剤のジアル・チバを二錠飲んだ。三等室の座席の上から床に転がり落ちても知らずに眠っていた。東京駅の石段を踏みはずして倒れた。本郷の友だちの家へ着くと足が利かなくて二階の階段を這《は》い上った。いつもとはがらりと変って気ちがいのように快活にしゃべり立てる彼を、友だちはあっけにとられて眺めていた。彼は昨夜の劇薬でふらふらしながら親しい三人の友だちの家から家へ弓子との婚約を報せて廻った。

毎朝目を覚ますと喜びの涙がぽろぽろ枕を濡らした。

それだのに一月と経《た》たぬ十一月の七日には弓子の奇怪な手紙だった。

「おなつかしき時雄様。

お手紙ありがとうございました。お返事を差し上げませんで申しわけございませんでした。

私は今、あなた様におことわり致したいことがあるのです。私はあなた様と固くお約束を致しましたが、私にはある非常があるのです。それをどうしてもあなた様にお話しすることが出来ません。私今このようなことを申し上げれば、ふしぎにお思いになるでしょう。あなた様はその非常を話してくれとおっしゃるでしょう。その非常をお話すくらいなら、私は死んだほうがどんなに幸福でしょう。どうか私のようなものはこの世にいなかったものとおぼしめして下さいませ。

あなた様がこの手紙をお読み下さいますその時もう私はこの岐阜には居りません。どこかの国で暮していると思って下さいませ。私はあなた様との　〇！　を一生忘れはいたしません。私はもう失礼いたしましょう。私は今日が最後の手紙です。この寺におたより下さいましても私は居りません。さらば。私はあなた様の幸運を一生祈って居りましょう。私はどこの国で暮すのでしょう。お別れいたします。さようなら。」

十五

その日時雄は秋岡さんの家で松尾という新進小説家に紹介された。才能のある若い者同士を引き合せる——そんな風に時雄が感じた秋岡さんの温かさだった。

三人が湯島の料理屋を出ると、すっかり電燈の街になっていた。秋岡さんは人通りの中に立ったまま大きな蟇口《がまぐち》から札を出して時雄にくれた。明日の引越しにいる金だ。弓子を迎え取るために二間の二階を借りたのだった。

それから二人は切通の坂を下りて上野のほうへ歩いた。背の低い秋岡さんは冬とんびの円い肩を時雄にぶっつけるように寄せて来ながら新作小説の筋を話して聞かせた。この文壇の大家と肩を並べて道を歩くだけでも学生の時雄には気持が花やぐことだった。それに彼はこの世にあると信じられないような親切を秋岡さんから示されているのだった。

東北の町で弓子の父に会って来てから四五日後のことだった。時雄は秋岡さんの書斎に坐ると直ぐに切り出した。

「実はお願いがあるんですが……。」

「うん。」

「岐阜にいる娘を一人引き取らなければならなくなったのですが。」

「結婚するのか。」

「直ぐそんなことはしないんですが。十六ですし。」

「十六だって一緒になればただ眺めてもいられんじゃないか。——しかし十六は若いな。君の重荷になるばかりだよ。二三年待ったほうがお互いのためによくはないのか。」

時雄は弓子の境遇を手短かに話して、一日岐阜に置けばそれだけ根性が曲ると言った。

「君がそう思うのならそれもいいが、今からそんな苦労をして君の才能が圧《お》しつぶされてしまわなければいいがね。第一、生活のあてがあるのか。」

「それで何か私に出来るような仕事があればお世話していただきたいのです。」

「うん。」と力強くうなずいて秋岡さんは待っていたように言い出した。——結婚当座の費用は僕が出してやろう。小説が出来たらすぐ雑誌に紹介してやろう。来年の春洋行して妻子は故郷へ帰して置くから、留守番としてこの家を君に貸してあげよう。その間の君の生活費は月々僕の妻から送らせることにしよう。また僕の洋行中は原稿の世話を高橋――秋岡さんの親しい文壇の大家――に頼んで置いてやろう。――そして時雄はただ秋岡さんの仕事に必要な歴史書を図書館で写して来たり、洋行の留守の用事を足せばそれでいいのだった。

彼は聞きながらあっけに取られた。涙を落すまいとしてものも言えなかった。秋岡さんの家を出ると土を歩いていると思えなかった。彼は秋岡さんからこんな恩恵を受けるいわれがなかった。本屋へ飜訳《ほんやく》の紹介状を書いて貰えるくらいが関の山だと思っていた。

彼は有名な作家をむやみに訪れる文学志望者の一人として五六度秋岡さんの門を叩いたに過ぎない。しかも四五月ぶりでひょっくり現われた虫のよさだ。友だち仲間の同人雑誌に出した短篇小説を一つ見せたきりだ。その小説を最初に褒めちぎってくれた先輩が秋岡さんだった。時雄はそれで行手に光りを見たのだった。今度の親切もあのたった一つの小説で認めてくれた才能を愛してのことだと思うより考えようがなかった。

彼は芸術精進の一念に燃えた。また恋が彼の心を清らかに高めていた。彼は何を見ても明るかった。

上野広小路で秋岡さんに別れてから、時雄は団子坂の下宿にいる水澤を誘い出して冬の安座布団《ざぶとん》を五枚買った。それを受け取って置いてくれるように、明日引越す家へ寄って門口から頼むと腕を摑《つか》まえて引っぱり上げられた。

頬の色の鮮かな女の子が細君の膝《ひざ》を枕にして眠っていた。ゆっくり目を開いて時雄を見た。その眼に血の筋が美しく浮んでいた。

「この子が毎日申しますのですよ。お姉様はいつおいでになる、いつおいでになるって。いらっしゃればお湯へ一緒に連れて行っていただくんだって、今からそんなことを申してるのでございますよ。」

そして浅草の下宿に帰ってみると、弓子の手紙だ。

岐阜、十年十一月七日、午後六時と八時との間——郵便局の消印だ。

「昨夜だ。昨夜弓子はどこで寝たのだ。非常。非常。非常とはなんだ。」

十六

時雄は膝の風呂敷包が転がり落ちるのも知らずに下宿を飛び出した。電車が待っていられなくて小島町から上野広小路まで線路を走った。走りながらまた弓子の手紙を読んだ。

――岐阜の寺へ直ぐ至急電報を打って、東京の警察へ捜索願を出して、今夜の終列車で岐阜へ行って、もうこうなれば養家の両親の前に身を投げ出して力を合せて弓子を捕えるのだ。これだけのことははっきりしているが、彼の頭は硝子屑《ガラスくず》のように硬ばっていた。

団子坂へ行く電車の吊革《つりかわ》に摑まりながら彼はまた弓子の手紙を読んだ。団子坂の夜店のアセチリン瓦斯《ガス》の火でもう一度読んだ。

水澤の下宿の梯子段《はしごだん》を上りながら彼は初めて自分の足が顫えていることに気がついた。水澤は手紙を読んでいるうちに顔の色が白くひきしまる程真面目《まじめ》な驚きを見せた。

時雄が言った。

「男だね。」

「僕もそう思う。女が話せないというのは処女でなくなったことしかないね。」

女としての体の片端、悪い血筋、世間に顔向け出来ない親の暗い身の上――二人はそんなものを数え立ててみたが、やっぱり男という疑いに考えが戻って来るのをどうすることも出来なかった。

「しかし弓子が今ほかの男に心を惹《ひ》かれるなんてことは想像も出来ないがな。十六とは思えない程しっかりした賢さだし。――だけど女は身を守るのに薔薇の花の刺《とげ》くらいの力しかない。」

「とにかく寺にはもういないんだろうか。」

「いるかもしれない。まごまごしているかもしれない。」

そして水澤はひとりごとのように言った。

「この前逃げ出すと言った時に、東京へ来さしてしまえばよかったんだ。君が機会の前髪を摑まないからいけないのだ。」

それは彼らが岐阜から帰って十日ばかり後に弓子がよこした手紙のことだった。十一月の一日に岐阜を逃げ出すから汽車賃を下さいと言って来たのだった。それはいい。しかし、弓子は五つも年上の近所の娘と一緒に来ると言うのだ。その娘は東京のカフエに出たいのだそうだ。しかし時雄はそんなあいまいな道連れのほしい弓子のうわついた気持が嫌だった。弓子を一筋に彼のところへ向って来させたかった。彼女の旅路の感情をほかの者に少しでも奪われたくなかった。

また、恋のために心が清らかな潤《うるお》いを帯びている彼は、弓子だけを温かく引き取って、連れ立って来たその娘を冷たく突っ放すことなんか出来そうもない気がした。当分三人一緒に暮さねばならぬし、カフェへ入れてからもその娘のなりゆきに道徳的な責任を感じるにきまっている。それにその娘には両親も揃《そろ》っているのだから家出をされてぼんやりしてもいまい。弓子一人なら捕まらずにすむところを、その娘の傍杖を食って途中から岐阜へ連れ戻されることにならないとも限らない。その上、時雄は弓子を一人旅させるに忍びなかった。どんなことがあっても岐阜まで迎えに行きたかった。だから彼は弓子が近所の娘と二人で出発することには反対だった。

また弓子に送る金もなかった。

それを水澤に話すと一言のもとに笑われた。

「なんだ。女の一人や二人僕がなんとでも片づけてやったんだ。」

しかしそれから一週間と経たないうちに、弓子は手紙でその娘が学生と一緒になったと報《しら》せて来た。それみたことかと、時雄はそんな女を頼りにして身の上相談なんかしている弓子が可哀想だった。——ところがあの時金を送って置けば、弓子は一週間前に東京に来ていたのだろうか。

時雄は水澤と一緒に下宿を出た。夜風が冷たい。水澤は学生マントを拡《ひろ》げてその中に時雄の肩を抱いて歩いた。駒込《こまごめ》郵便局の前で水澤がするりとマントを抜け出して時雄の肩を抑えた。

「このマントを着て行き給《たま》え。」

水澤は近くの下宿にいる友だちのところへ一走り金を借りに行ってくれた。

――ユミコイエデスルトリオサエヨ

時雄は澄願寺へ至急電報を打った。彼女を家出させようとしていた彼が、今度は取り抑えようというのだ。差出人の名は書けなかった。電車の内でまた別の学校友だちを見つけると水澤が直ぐに言った。

「おい。金を貸せ。旅行するんだ。」

終列車の窓から首を出して時雄は自信ありげにきっぱり言った。

「弓子の体がよごれていないならなんとしても東京へ連れて来る。若《も》しだめになっていたら岩手の実父の手もとへ帰れるようにしてやろう。」

「ああ、そうし給え。」と水澤は動き出した汽車と一緒に歩きながら時雄の肩を叩きつづけた。

十七

東京駅にいる間は、弓子が東京駅にいそうな気がした。汽車に乗ると、弓子もこの汽車に乗っていそうな気がした。時雄は新橋や品川の明るいプラットフォームの女達を一人も見落すまいとしていた。擦れ違う上り列車の窓を睨《にら》みながら、弓子が乗っているのを見れば、向うの汽車に飛び移らねばならんと思っていた。どの駅のプラットフォームであろうと、弓子を見たら飛び下りるつもりだった。

彼の乗っているこの汽車の車輪で他の男と抱き合って轢《ひ》き殺される弓子の姿が浮んで来た。

養家から出した捜索願でつかまって、警察の留置所にいる弓子の姿が浮んで来た。

昨夜は汽車の中だとすれば、弓子は今夜どこで寝るのであろうか。——それを思い描きながら、時雄は人間の精神の力の弱さを感じた。どうにもならないのだ。やっという気合い一つで、相手の男の体を硬ばらせて動けなくする、そんなことは夢なのだ。

岐阜の宿屋に着いても吐き気のために食べ物が一口も咽《のど》を通らなかった。番傘を借りて車で出掛けた。

弓子が裁縫と活花《いけばな》を習いに通っている荒物屋へ寄った。時雄の手紙を弓子に取りついでいてくれる家だった。弓子のことを聞くと、

「この家へ来ているなら隠しはいたしません。」と突っ放されてしまった。

澄願寺へ行くと、内土間との間に障子のない部屋で、養母が一人縫物を拡げていた。一こと二こと挨拶して彼女が言った。

「どちらから今日おいでになりました。」

「東京から今朝着いたのです。」

「わざわざ?」

「ええ。お話したいことがありまして参ったのです。」

「弓子のことでございますか。」

「そうです。」

「この頃は弓子を決して家から外へ出さないようにして居ります。」

「え。うちにいらっしゃるんですか。」

「同じ年恰好《かっこう》でも、東京で育った娘と田舎者とは大変なちがいです。弓子をこの辺の娘さんと同じだと思っていると、とんでもないことになります。もうすっかり大人です。一人歩きなぞさせやしません。」

養母は彼に皮肉を言っているらしかったが、時雄はそんなことどころではなかった。

「この間から別に変ったことはないんですか。」

「ええ、使いにも一人では出してやりません。ちっとも目が放せません。」

「弓子さんはどうもしていないんですか。」

「弓子がなにか申し上げましたか。」

「ええ、それで今朝来たのです。」

「そうでございますか。まあお上りになって下さい。」

彼は座布団に坐ると、改めて頭を下げた。

「お詫《わ》びしなければならないこともあります。しかし、昨夜変な手紙が来たので、心配して直ぐ来たのです。──家出するようなことはなかったのですか。」

「ちっとも存じません。そんなことを申しましたか。」

「へええ。──昨夜の電報は僕が打ったのです。」

「あ、そうでございますか。なんだか変だと存じました。弓子が一人この部屋に寝ているんでございますから、弓子が電報を受け取ったんでございますよ。お見せと言っても逃げ廻って、読めと言っても、ううん、なんだか分らない、ちっとも分らないと申して破ってしまったんでございますよ。」

あの手紙は嘘《うそ》だったのか。時雄は気が抜けたようにぼんやり坐っていた。

「それはとんだ御心配をかけましてありがとうございました。——弓子がどういう考えか私にはちっとも分りません。あなたからよく本人の胸を聞いてやって下さい。」

そうして養母は呼んだ。

「弓子。弓子。」

十八

返事がないので養母は隣室へ立って行った。襖《ふすま》が明いた。

「いらっしゃいまし。」

針金のような声で弓子が敷居際《ぎわ》に両手を突いた。それを一目見て時雄は心がさっと白くなった。

この娘のどこが一月前の弓子なんだ。この姿のどこに若い娘らしいところがあるのだ。これは一個の苦痛のかたまりではないか。肌の色がかさかさに乾いていた。顔に白い粉が吹いていていた。

干魚の鱗《うろこ》のように皮膚が荒れていた。眼は片意地に自分の頭の中を見ていた。瓦斯紡績の綿入は白っぽく剝げていた。色艶《いろつや》というものはどこにもない。

この姿は昨日今日の苦痛の現われとは思えない。この一月の間に弓子は、毎日父母と喧嘩《けんか》をしている、泣いているという手紙を、十通ばかり時雄によこしていた。その苦痛に堪えられなくてあんな手紙をよこしたのだ。そう思うと時雄は言うことがなかった。それに養母がそこで縫物をしているのだ。弓子は時雄をそばへも寄せつけない風の物言いだった。

「お四人《よったり》で田舎へいらっしゃいましたね。」

そんな言葉にも、何も友だちまで連れて行って、貧しくみすぼらしい父の姿を見せなくともよさそうなものだという針を含ませていた。

彼は取りつく島もなく立ち上った。弓子がうしろからマントを着せてくれた。彼はその裾《すそ》を踏んで倒れかかった。彼が忘れて行きかかった帽子を弓子が渡してくれた。

門口に出るまで彼は人力車を待たせて置いたことをすっかり忘れていた。

駅前の宿屋に帰ると、直ぐ来てくれと水澤に電報を打った。

彼は失望というよりも、よりどころのない空虚に捉《とら》えられた。骨が抜けたような疲労を感じた。昼飯を食べて直ぐ寝てしまった。晩飯に呼び覚まされたのは知っていたが、だるくて起き上れなかった。

翌る朝八時頃水澤に揺り起された。

「おい、どうしたんだ。」

「非常なんか嘘だよ。何も変ったことはないのだよ。」

「何だと。それがまたどうして。」と、いきり立つ水澤を時雄は寝床から力なく見上げていた。

「とにかくもう少し寝させてくれないか。後でゆっくり話す。」

そしてまたうとうとと寝入ってしまった。十一時にやっと起き上った。時雄は二十一時間ぶっ通して昏々《こんこん》と眠ったのだった。

昼飯をすませると時雄は弓子に手紙を書きはじめた。それが夕方までかかった。書箇箋《せん》に二十枚ばかり書いた。それで安心した。この手紙で弓子の心が動かないとは考えられなかった。

その手紙と弓子の汽車賃とを持って水澤が澄願寺へ行った。昨日時雄を見てから弓子の心はまた元に戻ったと、水澤は帰って来て言った。

「正月の元日はどこでも寺はいそがしくてどさくさするから、それに紛れて逃げ出させることにして置いた。」

「正月の元日？」

「それに正月の元日なら捕まることもないだろう。」

しかし、それから二週間も経たないうちに弓子は汽車賃を送り返して来た。

「私はあなた様のお手紙を拝見致しましてからあなた様を信じることが出来ません。あなた様は私を愛して下さるのではないのです。私をお金の力でままにしようと思っていらっしゃるのですね。私はあなた様を恨みます。私は美しき着物などほしくはありません。あなた様は私が東京に行ってしまえば後はどのようになっても構わない心なんですね。

あなた様がこの手紙を見て岐阜へいらっしゃいましてもお目にかかりません。お手紙下さいましても拝見しません。どのようにおっしゃいましても東京へは行きません。私は自分を忘れあなた様も忘れ真面目に暮すのです。私はあなた様の心を永久に恨みます。さようなら。」

十九

時雄はやっぱりその手紙を水澤の下宿へ見せに行った。しかしその途中郵便局に寄って、弓子が送り返して来た汽車賃を現金に替えてしまった。水澤を誘って賑《にぎや》かな街へでも出なければいられなかった。

「あきれた奴だ。これが十六や十七の娘の言うことか。まるでふてくされた年増の言いそうなことだ。君ももう綺麗にあきらめ給え。」

水澤にきっぱり言い切られると、彼も力なくうなずくよりしかたがなかった。

「うん。そうしよう。」

だだっ子のように、ただ彼を突き退《の》けようとしている弓子を、時雄は彼女の手紙から感じた。

彼はどうする気力も失ってしまった。静かに眠りたかった。荒立った弓子の気持も休ませてやりたかった。

また岐阜へ行って彼女の心を引っ掻《か》き廻したところで半月と経たないうちに三度目の縁切状が来るだろう。智慧《ちえ》を絞ってあんな手紙を一度でも書かせたこと、自分達の婚約がただそれだけの苦しみを彼女に負わせたに過ぎないと思うと、彼はあさましい気持さえした。

その日は土曜だった。水澤と二人で電車に乗ると、学校帰りの女学生達の肩や袂《たもと》が時雄の指に触れた。弓子と同じ年恰好の少女達だった。晩秋の銘仙の冷たい肌触りだった。彼は涙が出そうになるので、じっとうつむいて彼女らを見まいとした。

そんな冷たさのまま冬になった。寒い風が彼の心を吹き抜けた。彼は街を歩くことが出来なかった。部屋に坐っていると背に感情の氷を負っているようだった。冬の休暇を待ちかねて温かい伊豆《いず》の温泉へ逃げ出して行った。

彼は寂しくなると一日に五度でも六度でも湯槽《ゆぶね》に身を浮かべて目をつぶっていた。

「試験だけは意地にも受けろよ。」

水澤が東京へぼんやり戻って来た彼のそばを離れずに気を引き立てようとした。

「うん。それはね。」と答えはするが、その場だけのことだった。

女の子が片一方だけ足袋を脱いだ素足でゴム毬《まり》を突いていた。それを時雄が日向《ひなた》に立ち止まって眺めながら、春が来たのを思い出したように感じた日のことだった。弓子が突然カフェに現われたと彼は聞かせられた。彼の学校のある本郷通のカフェだった。

彼はその夜眠れなかった。翌る朝、やっぱり弓子に会いに行った。彼女は五六人の女給達と一緒に店の土間を洗っていた。

弓子は彼の言葉を死んだようにこわばった顔で聞いていた。彼は最後に言い出した。

「運命だと思って僕のところに来てくれないか。自分は生れた時からそうなるようにきめられているのだとあきらめて……。」

「でも私はもうこんなになってしまったんですもの。」

「こんなにとはどうなったんだ。君はどうもなっていやしないじゃないか。」

「なっていますわ。」

「どうもなっていやしない。ここにちゃんとこうして坐ってるじゃないか。」

手足も揃って——と言い出しそうな彼の語調だった。

「私が悪いんですわ。お目にとまるようなところへ来たのがいけないんですわ。あなたにお目にかからないところへ消えてしまえばいいのですわ。どこかへ行ってしまいますわ。」

二十

弓子は時雄を見るのも嫌なのか、または時雄に見られるのも苦しいのか、とにかくまるで彼を脅かすような調子で同じことを繰り返すのだった。

「私がお目にかからないところへ行ってしまえばいいのですわ。」

それは彼女のいるカフェへ来てくれるなと言っているのと同じだった。だから彼は外で一度ゆっくり話したいと頼んだ。

「もうよろしいじゃございませんか。」

彼を扉の外へ突き出すような弓子だった。それから二三日、時雄はそのカフェの前を通りながら内を覗《のぞ》いてみることも出来なかった。しかし覗いたところで弓子はいなかったのだ。彼女は時雄に見つかった翌る朝、風呂敷包を一つ持ってカフェを逃げ出してしまったのだった。僅《わず》か二十一の大学生の下宿へ行ってしまったのだった。

しかし彼女は下宿へ行くと二時間と経たないうちに寂しがって、友だちの女給を電話で呼んで来て貰ったそうだった。その女給が昼過ぎに帰って行くと追っかけるように手紙を出したり、それでも足りないで直ぐ後からカフェへ電話を掛けて来たり、明日はまた朝早くから来てほしいと言ったりしたそうだった。いくら小娘でも、恋人と一緒になりながらそんなに寂しいのは不思議だった。

時雄はその女給から弓子の寂しがりようを聞いているうちに、胸が痛くなって来てカフェを飛び出した。

外はひどい雨だったが傘もなかった。腕を引っこめた袖《そで》を振りながら前屈《まえかが》みに暗い街を走った。

弓子のいる下宿はカフェから六町と離れてはいなかった。もう大戸がぴったりしまっていた。隙間《すきま》から覗くと玄関の正面に四五尺もある掛時計が見えた。真鍮《しんちゅう》の大きい振子だけが視野の中で規則正しく動いているので魔物のような感じだった。そのうしろは帳場の白い障子だった。

彼はマッチをすった。火をかざして伸び上った。門口の上の宿泊人の名札を調べようと顔を上げた拍子に、彼のソフト帽の縁にたまっていた雨水が、ざざざと肩に落ちかかった。その音に驚いて飛び退いた。

そして路《みち》の向う側の煙草《たばこ》屋の軒下から半洋風な高い下宿の建物を眺めていた。三階の一部屋の硝子窓に真新しく白いカーテンが閉じられていた。その白い内に弓子がいそうに思われてじっと見上げていた。

（昭和二年十月）

篝《かがり》火《び》

岐阜名産の雨傘と提燈《ちょうちん》を作る家の多い田舎町の澄願寺には、門がなかった。道に立ち停って、境内のまばらな立樹越しに奥を窺《うかが》っていた朝倉が言った。

「みち子がいる、いる、ね、立ってるだろう。」

私は朝倉に身を寄せて伸び上った。

「梅の枝の間に見えるだろう。……和尚《おしょう》の壁塗りを手伝ってるよ。」

落着きを失っている私には、その梅の木さえ見分けがつかなかった。けれども、小さい板に水でこねた壁土を載せて背つぎの上の和尚に捧《ささ》げているみち子の姿が、見えないのに、ひと滴《しずく》の感じを、ぽとり私の心に落した。壁土をいじっているのは私であるかのような軽い恥しさと寂しさのまま、境内へ歩いて行った。

本堂の正面から、私達は新しい木の階段を昇り、新しい障子を開いた。これが人の

——いや、みち子の住居であろうか。屋根瓦《やねがわら》を置いただけと言ってもいい、普請《ふしん》中の本堂は、がらんと広く、虚《むな》しく、荒れていた。壁下地の竹の間渡《まわたし》や木舞《こまい》が裸のままで、その竹の編目から、外側だけ塗った粗壁がぶつぶつ覗《のぞ》いていた。その土は水を含んで黒く、室を冷やしていた。仰ぐと、飾りのない醜い屋根の裏が高かった。柔道の道場のように縁のない畳が並べてあった。低い白木の台の上の仏像と向い合って、私達は坐《すわ》っていた。東京から持って来たみち子の鏡台が一隅に、場所を間違えたように小さかった。

庫裏《くり》の床に敷いた藁筵《わらむしろ》を素足で踏んで、みち子が出て来た。挨拶《あいさつ》をすませてから言った。

「名古屋へいらっしゃいましたの? 皆さんご一緒なんですか。」

「昨夜は静岡で泊った。名古屋は今日行くんだが、俊さんと僕だけ行くのをやめて来たんだ。」

朝倉は私と示し合せてある通りの嘘《うそ》を言った。半月の間に二度も、東京から岐阜のみち子を訪ねて来るのは穏かでないので、養父母の手前をつくろうために、名古屋方面へ行く修学旅行のついでに寄ると、みち子への手紙にも書いてやってあった。そして私達は前夜、静岡の宿で寝たのではなく、汽車の中で催眠薬を飲んでいたのであった。朝の顔色を爽《さわや》かにしようと、催眠薬で少しの眠りが盗みたいのであった。しかし、明日から始まる私とみち子との日々の空想は、果しなく遠くへ私を誘い、何度同じ夢を築いてみても私に新しかった。本物の修学旅行帰りの女学生達が、通路にまで新聞紙を敷きつめて、背と背でもたれ合い、隣りの少女の肩に頰を托《たく》し、膝《ひざ》の荷物に額を落し、旅疲れの寝顔を点々と白く咲かせた車内で、私は一人眼覚めていた。女学校が買い切った客車を私達が犯したのかと思うほど少女ばかりであった。少女達の顔は寝入ると一層心なくぽうと浮んだ白い色に見える。この少女達より年下だのに、みち子の顔にはこんな幼げがない。しかし、ここに散らかした沢山の寝顔のどれよりも、みち子のほうが綺麗《きれい》だとしか私に思えなかった。乗っているのは、和歌山の女学生と名古屋の女学生だが、名古屋の少女は総体に髪が豊かであった。その中で、朝倉がしきりに褒めた少女を私は見ていた。窓に抱きつくような姿で寝た少女の円い背に片頰を置いたその寝顔は、眉《まゆ》と睫《まつげ》と脣《くちびる》との濃い色で一入《ひとしお》形が整い、しかも見る眼にいたたしいほど無心であった。そこで、私はみち子の顔をはっきり頭に描こうと目を閉じてあせった。もどかしさでいらいらした。目で直接みち子を摑《つか》まなければ、私が望むだけの明らかなみち子は見えて来ないのであった。

そして、今、私の前に着疲れた単衣《ひとえ》で坐っているみち子が、この二十日ばかり私の空想の中に住んでいたみち子なのであろうか。この現実と何の関係もなかったかのような空想から一時に覚めた軽い驚きで、私はみち子を見た。小さく笑っているのは、いかにもみち子である。いたずらに頭を疲らせる空想から放たれてほっと安らいだ心持が私にある。そして、この小娘が美しいか美しくないかの判断を私は失ってしまった。しかし、最初の一目に、みち子の顔はその欠点ばかりがぱっと大きく見えた。この顔かしら。それに、まだ子供なんだ。腰が小さいので、坐っている膝が不自然に長く伸びて見える。この子供と結婚と、この二つを一つに結ぶのはおかしい。さっきの女学生達よりもずっとずっと子供なんだ。

間もなく養母が出て来たので、みち子は立って行った。私は後姿を見た。半幅帯の結び目がちょこんと小さいので、貧しげな腰のあたりに少しも落ちつきがない。上半身と下半身の力ない接目《つぎめ》は、小娘でも女でもなく、ただ頼りなげに背丈を高く見せた。そしてそれとひどく不調和に大きい素足が、私の眼一ぱいに拡《ひろが》って私を圧迫した。壁土をこしらえさせられた足だ。

養母は左の下瞼《したまぶた》に大きい黒子《ほくろ》が一つある。その輪郭から初対面の私に嫌な感じが伝わって来た。

暫《しばら》くして、また意外な心持で、私は養父の姿を見上げていた。院政時代の山法師、雲突くばかりの大入道、この二つの言葉が直ぐ浮んで来た。この大きい逞《たくま》しい和尚は非常に耳が遠かった。

この二人とみち子とどこに調和があるのだろう。どんな人とでも好意を取り交すのはわけないことだと高を括《くく》っていた私は、ちょっとあてがはずれたように二人を眺めていた。鏡台の近くへ席を移してお茶が出ても、私は何を話していいか分らなかった。そして、来るべきいわれのない家へ私が来た結果は、みち子を二人に叛《そむ》かせ、二人を傷《きず》つけることになるのではないか。やっとのことで朝倉が和尚に大声をかけて、私を碁盤へ救ってくれた。

「小《ち》っちゃ、碁盤をここへ出せ。……ちっちゃ。」と和尚はみち子を呼んだ。

「ああ、重い、重い、重い。」

生木かと思われる碁盤を抱えて、みち子はよろよろしていた。

私が碁を打っている間、みち子は本堂の裏の窓際《まどぎわ》に朝倉と立っていた。降り続くこの秋には珍しい日の光が庭の椿《つばき》の葉に照り返して、二人の姿をくっきり描いていた。申訳《もうしわけ》のように石を下していると、眠るともなく覚めるともなくみち子の空想ばかりに興奮していた日々の疲れが一時に感じられるようで、私の碁は益々脆《ますますもろ》くなった。

そこへ酒の用意が出来た。この田舎では前の日から準備してあったらしい食膳《しょくぜん》を見て、私はまたしても道理に合わない来客としての自分を自分で責めた。

「この頃、岐阜に何か見るものありますかね。」

「さあ、公園はご存じだろうし、柳ケ瀬――柳ケ瀬の菊人形はもう始ってるのかね、ちっちゃ。」

「菊人形があるんですか。そいつは見たいな。」と朝倉はすかさず言った。

「柳ケ瀬ってどのへんなんです。……みち子知っているんだろう。」

「柳ケ瀬を知らないなんて……。ええ、知ってますわ。」

「じゃあ、お昼から案内してもらって、一緒に行ってみよう。……この人はまだ公園も見ていないんです。」

　私のために岐阜まで来ていてくれる朝倉は、みち子を連れ出そうとして、いろんな嘘を大声で言っていてくれるのであった。

　頭が疲れているせいか、少し食べ物を口に入れると、私は軽い吐気を催した。食後みち子だけを残して養父母が立ち去ったのを幸いに、一二杯の酒で顔の赤い私は仏像の前に憚《はばか》りなく横になっていた。

　また時雨《しぐれ》であろう。隣りの傘屋が庭に干し並べた雨傘を窄《すぼ》める紙の音が急《せわ》しく聞える。

半年も前の女学世界を出して見せているみち子は、いかにもこの寺の娘らしい。

「出てみようじゃないか。」と朝倉が言った。

「ええ、和尚《おっ》さまにそう言ってみますわ。」

みち子は立ち上って、庫裏にいたらしい和尚をひっぱり出し、仏像の裏へ消えて行った。

朝倉が私の耳に近づいて言った。

「みち子、君の手紙を見られたんだとさ。」

「え！」

「読みかかっているところを和尚に取られたんだそうだ。……和尚がひどく怒ってね、今度僕達が来ても内で遊んでもらえ、内からは出さないと言っているそうだよ。」

「そりゃそう言うだろう、あれを見てはね。へえ、見られたんか。とても家を出すまいね。」

私は顔色が変る思いだった。

「なに大丈夫だよ。そう言っていたって、和尚は気がいいんだから、僕達を見れば出さないとは言えやしないよ。いけないと言うなら、僕が談判してやる。」

「手紙を見られてるとは知らないから、平気な顔でいられたんだね。見られたのを今まで分らずにいて、却《かえ》って助かった。」

しかし、手紙を見られたと聞くと、私の気持はきゅっと引き緊《しま》った。みち子が坐るこの寺に針の筵を私が敷いたことになるではないか。それに、さっきから、その針を踏む素足を大きく醜いと見たりなんかして、私がしゃんとしないのは何事だ。針の筵の上で明るい顔を見せているみち子が、心に迫って来た。

名古屋方面への修学旅行のついでに、来月（十月）八日には岐阜へ寄る。その時会って、君の身の上について是非話したいことがある。その日までは何事も耐え忍んで喧嘩《けんか》をせずに家に居れ。若《も》しどうしても家を逃げ出し東京へ来なければならないなら、電報を打て。迎えに行く。若しまた一人東京に来ても、必ず他の人の所へは行かず、真先に朝倉さんか僕を頼って来い。このことを夢々間違えるな。この手紙は見たら直ぐ破るか焼け。――こうした私の手紙の文面で、みち子の養家に対する激しい不満、みち子の家出の空想などが、初めて明らかに養父に知れたのではないか。そして出奔の心が見え透いた上は、この生意気で恐しく強情な娘を、火を握っているような思いで養っている必要があるか、また、以前みち子のいたカフェの客だったとかいう書生が、向う見ずで恩知らずの振舞いを唆《そその》かし、人の家の娘の身の上について相談とは、なんといい気な嫌らしいことだと思わせただろう。

箪笥《たんす》の鐶《かん》がかたかた鳴って、外出の帯を忙しく出しているみち子を、私は自分の疲れが一時に消えて行くかのように眺めていた。

養父と養母は、今晩岐阜に泊るのなら、宿屋へ行かずに、うちへ来い、待っていると繰り返し言っていた。

「うちでお泊りなさいましな。こんなだけれども寝られますわ。」

セルに着替えて庭に廻ったみち子がそう言って、普請中の本堂を仰いで笑っている。

境内から道に出る脇《わき》の雨傘屋を傘で指して、

「ここ。」とみち子は恥しがる風を見せた。

「わたし、表で待っていますわ。」

しかし、つかつかと店先に来て仕事場の男に言った。

「このかたに傘を見せてあげて下さい。」

そして仕事場を奥へ通り抜けて、帳場まで私達について来た。

「東京のお客さんに傘を見せてあげて下さい。」

「あんたとこのお客さんかね。」と剽軽《ひょうきん》らしい傘屋の主人は大きな声だった。

「ええ、そうよ。東京のかたよ。」

「そんなら、勉強しとかにゃならん。」

朝倉が美濃紙の産地で名産の傘を買うのである。

「お前さんは学生さんかね。どこの帽子かね。どれ、ちょっと見せとくなはれ。ほう。」と、主人は私の学校の帽子を手にとって珍しがっていた。

傘屋を出しなに、なぜだか、みち子は顔を紅《あか》くしてついと仕事場の職人達の前を一人走り道に飛び出して待っていた。と、向う側に並んだ傘屋の仕事場の格子窓《こうしまど》にも、職人達が立って一せいに私達を眺めている。朝倉は半開きの傘で顔を隠してどんどん歩いた。みち子も傘を開いていた。何を見るんだと思って、私は離れて歩いていたみち子に近づきながら言った。

「おい、もう雨は止《や》んでいるんだよ。」

朝倉とみち子は空を仰ぐ風をして傘を窄めた。

暫くしてみち子は、近路《ちかみち》だと、小さい天満宮の境内へ折れて行った。寒さに敏《さと》い桜の落葉が思い出したように立ち上って微《かす》かな秋の音で湿った地を走り、また直ぐ風に見棄てられると静かに死んだ。境内の裏の畦路《あぜみち》から、やがて広い道に出た。足の早い朝倉がどんどん歩くので、みち子が後れた。私はみち子と歩いていた。女の美しさは日の下の道を歩く時にだけ正直な裸になると思って、私は歩いているみち子を見た。体臭の微塵《みじん》もないような娘だと感じた。病気のように蒼《あお》い。快活が底に沈んで、自分の奥の孤独をじじゅう見つめているようだ。女と歩き馴《な》れない私には背丈の違う相手が具合悪い。敷きつめた砂礫《されき》を踏むみち子の足駄は運びにくそうであった。

「それより早く歩けない？　それで一生懸命か。」

「ええ。」

「おい、もっとゆっくり歩いてくれ。早く歩けないそうだ。」

「そうか。」と言って朝倉は暫く足を緩めていたが、直ぐ二人を残してずんずん先へ行った。その朝倉の暗示は分っていた。しかし、私は白々し過ぎる気がした。宿屋へ落着くまで、朝倉も私もみち子に何も言わないことに固く約束してあるのであった。

　突然みち子が言った。

「俊さんおいくつですの？」

「え？　二十三だよ。」

「そうですか。」と言ったきりみち子は黙ってしまった。

　東海道線の陸橋で、朝倉は二人を待っていた。

「あすこに踏切が見えますでしょう。あの踏切を越えてお使いに行く時に、わたしよく東京へ行く汽車を眺めているんですよ。」とみち子は陸橋から遠くを見て言った。

　岐阜駅前から電車で長良川へ行った。南岸の宿の玄関に立っていると、おかみが出て、この間の嵐《あらし》に二階も階下も雨戸を破られて休んでいると言った。不吉な前兆ではなかろうか。

ぶらぶら引き返す途中、

「公園へでも行ってみようか。」と朝倉が言った。

「公園？　公園なんかへ行ってどうするんだ。……川向うの宿屋へ行こう。北風だったんなら向う岸は助かってるだろう。」

四五人の裸の男がスタートに立った競走者のような姿で川原にしゃがみ、早瀬を上る船を曳《ひ》いているのを眺めながら、私達は橋袂《はしたもと》のほうへ歩いた。寂しく沈んだ声をみち子がぽとんと落した。

「どうなさいますの。」

この私をどうなさいます、という意味にふと間違えたほど、その言葉は私に不自然に響いた。全く、まだ物の形も見えないこの十六の小娘をどうするのだ。ここに命一つとして生きているみち子とは同じ血が通っていない人形のみち子を、私は空想の世界で踊らせていたのではないか。これが恋心というのか。そして、美しい名の結婚とは、一人の女を殺して私の空想を生かそうとすることではないか。「どうなさいますの。」とは、物が砕ける悲しみのように聞える。一本気で勝気な、きらきら光るみち子を、曇りと重みのないものとして、軽々と自由な青空に飛ばせる、それが恋であろうがなかろうが、結婚であろうがなかろうが、私の祈願であった。

私達は長良橋を渡った。

早瀬の上に時雨がまた音もなく来ていた。通された二階八畳は川面に向って晴れやかな眼を開いていた。廊下に出て川上から川下までを見渡さずにはいられなかった。金華山の緑が向う岸に雨の色で微白《ほのじろ》く煙っている。その頂《いただき》に模擬城の三層楼の天主閣が浮んでいる。さっきの曳船はもう川上に上ったらしい。心が爽かに拡がる眺望であった。

「ねえさん、お湯は沸いてるかい、岐阜で写真屋はどこがいいんだ。」と私はつづけさまに女中に聞いた。

「お湯は今お客様が少のうございますので夕方になりませんと。写真屋はお帳場で聞いてまいります。」

「へええ。何時頃に入れるかしら。沸いたら直ぐ報《し》らせてくれ。」

湯がないのは私の計画を狂わせた。不自然でなしに、私がみち子と、そして朝倉がみち子と二人きりになるのは、私と朝倉とが一人ずつ宿の風呂にはいる時間の外にないと、私は前から思っていた。駅前の宿で朝飯を食いながら、そのことを朝倉に話し、約束してもらったのであった。

「君先きに話してくれよ。」

「ああ、いいよ。」

「いや、やっぱり僕が先き話すほうがいい。」

「僕は後でも先きでもかまわないから、君のいいようにし給《たま》え。」

「その時まではみち子に一言も言わないでくれ。」

「ああ、言やしない。」

だから、湯が沸く夕方までの空《むな》しい時間をどうすればいいのであろう。それに、十月初めの部屋に火鉢がまだ出ていない。結婚しようと言い出す時の私とみち子との間に、私は火鉢を空想していたのであった。

トランプをしているうちに、だんだんみち子の手がだるそうになって、ふと洩《もら》す笑いが死んで来た。

「みち子、病気なんか。」

「いいえ。」

「顔色が悪いよ。」

「そうでしょうか。でも、なんでもありませんわ。」と弱々しげに私に答えていた。

この顔を見たり、いらいら時を費していると、またしても私は気が挫《くじ》けて、風呂なんぞ沸かず、身の上についての話とは何かを知ろうと待つみち子をすっぽかし、このまま東京へ帰ってもいいとまで思ったりするのであった。二三度も女中に風呂は風呂はと聞きながら、湯の沸くのが私はこわいのであった。

「お風呂がよろしゅうございます。お待ち遠さまでございました。」と女中が廊下に手をついて笑っている。

運命の鞭《むち》でなぐられて慄《ふる》え上ったように、私は朝倉を見た。朝倉は気軽に立ち上って手拭《てぬぐい》を出している。

「朝倉、僕が先きにはいるよ。」とおろおろ私が言うと、

「ああ。」と答えたくせに、手拭をぶらぶら振って廊下へ出てしまった。

「お二人でご一緒におはいれになります。」と女中が言う。

「じゃあ、一緒にはいろう。来いよ。」

朝倉は言い棄てて、湯殿へ通じる階段のほうへ行く。私は頭の中のものがばたばた倒れるようにあわてて、朝倉に追い縋《すが》った。思いがけない羞恥《しゅうち》で心が居所を失ったのであった。

「君、先き言ってくれよ。」と言う声がうわずっている。

「みち子にはもう言ってあるよ。」

「えっ！　いつ言ったんだ。」と私は叫んだ。

「寺にいた時から話してある。ここでも君のいない隙《すき》にちょいちょい話したんだ。」

「なんだ。言ったのか。夢にも知らなかった。」

「君の手紙を見られたとみち子が言ったから若し寺を出られないようなことがあれば、せっかく東京から何しに来たのか分らなくなると思って、君と和尚が碁を打っている時に、みち子を呼んで言ったんだ。」

「それでみち子はどう言った。」

「要するに、君に好意はあるんだが、即答は出来ないと言うんだ。考えているんだ。……さっき電車の中で僕が、三人で写真を写そうと言ったら、その時、ええ写しましょうって言ったから、大抵大丈夫だろうと思うがね。まあ、今、湯の中でゆっくり話すよ。」

私は階段の降口に棒立ちしているのに気がついた。階段を急いで下りながら言った。

「で、みち子にはどう言ってくれたんだ。」

「俊さんが君を望んでいる。お前の身にとって、こんないいことはないと僕も思うし、それに第一、非常に似合いだと言ってやった。」

似合い、この言葉が突然私を恥しくした。そしてその言葉のうちに、朝倉の眼に映っている私というものを、はっきり感じて、ふと寂しかった。みち子は強い、私は弱い、みち子は明るい、私は暗い、みち子は賑《にぎ》やかに浮いている、私は淋《さび》しく沈んでいる。しかし、そう思うのは私を分っていてくれないんだ、と私は弾《はじ》き返していた。

「どうせ寺にはいられやしない。国へ帰ったところで、お前は田舎にいる女じゃない。女一人で東京へ来たって、ろくなことはない。大連《だいれん》の小母さんなんか、頼りになると思うのは間違いだ。お前の気性では、親兄弟のある家へ嫁入りは出来やしないと、よく言っておいた。それはみち子自身でもよく分っているんだが……。」

「じゃあ、返事はとにかく、僕からも話すだけは話してみる。」と言って、私は湯に二分間と漬《つか》っていずに、いそがしく体を拭《ふ》いた。

「なるべく長く湯にはいっていてくれ。早く出て来られると困るよ。」

階段を昇ると、みち子が部屋から裏側の廊下に出てしまって、その手摺《てすり》をぼんやり握って立っている。

「お、どうしたんだ。」

「まあ！　お早いお湯。もうお上りなさいましたの？」

言っていることとは別の表情で、何気なく見せようとした笑いを半ばで硬《こわ》ばらせたまま、私に近づいて来た。

「ほんとうにお早いわ。」

「烏《からす》の行水だ。」

ここで話をそらせては駄目だと思って、私は切り棄てるように言った。私が手拭を衣桁《いこう》にかけている間に、みち子は音もなく碁盤の向う側に坐って、視界がぼやけてしまったような眼を膝に落している。私が動いて、その前に坐っても、見ようともしない。もう何も言えずに、心を縮めて、待っている。

「朝倉さんから聞いてくれたか。」

さっと、みち子の顔の皮膚から命の色が消えた、と見る瞬間に、ほのぼのと血の帰るのが見えて、紅く染った。

「ええ。」

煙草《たばこ》を銜《くわ》えようとすると、琥珀《こはく》のパイプがかちかち歯に鳴る。

「それで君はどう思ってくれる。」

「わたくしはなんにも申し上げません。」

「え？」

「わたくしには、申し上げることなんぞございません。貰《もら》っていただければ、わたくしは幸福ですわ。」

幸福という言葉は、唐突な驚きで私の良心を飛び上らせた。

「幸福かどうかは……。」と私が言いかかるのを、さっきから細く光る針金のようにはきはき響いているみち子の声が、鋭く切った。

「いいえ、幸福ですわ。」

抑えられたように、私は黙った。何が人間の幸福で何が不幸か、誰が知ろう。今日の結婚は明日の喜びか悲しみか分らないのを、ただ喜びであれと祈り、喜びであろうと夢見る、からと言って、明日の喜びという言葉で今日の結婚が買えるか。形のない幸福と、見透せない明日と、それは希望としてこそ真であるが、約束に使っては嘘である。——しかし、そんな理窟《りくつ》が何になろう。この娘が単純に幸福ですと言う心根を感じればいいではないか。その夢を護《まも》ってやるべきではないか。——この娘が、私と結婚すれば幸福だと思っている！

「ですから、一旦《いったん》私の籍を澄願寺へ移して、それから貰って下されば、わたくしは嬉《うれ》しいんですわ。」

戸籍のことなぞ言っている。感情がかったことより私も楽なので、みち子と養家との関係を、既に知っていることまで二三聞いてみた。

「ええ、大連の小母さんもお前のゆきたい人があればゆけって仰《おっ》しゃっていますし、和尚《おっ》さまだって、よそへやるならうちからやるが、とにかく籍をくれって、父に申していますから、出ると言えば出してくれますわ。わたくしなんぞ出したほうがいいんでしょう。」なぞと言っているうちに、みち子は両肩をほうと落して体を柔くした。

「君も知っている通り僕には何もないし、君はお父さんがあるが……。」

私は幼い時肉親達に死なれ、みち子が幼い時家に別れたことを言おうとするのだが、言葉が咽《のど》の下に隠れてしまう。

「ええ、よく分っていますわ。」

「それから、今、君が行きどころにも困っているのにつけこんで、こんなことを言い出したんだと思わないように……。」

「そんなこと。そんなこと思いません。」

「これから後、僕は小説を書いてゆく。そのほうでは……。」

「ええ、結構ですわ。わたくしはそんなこと何も申し上げません。」

私は感情が少しも言葉に出来ない。空想していたのとはまるでちがう。みち子のほうが遥《はる》かにしゃんと立っている。そして、黙ってしまうと、私の安らいだ心は、静かに澄んだ水になって、ひたひたと遠くへ拡ってゆく。眠ってしまいたいようだ。この娘が自分と婚約をしてしまったと、みち子を見ると、この娘がねえと、珍らしいものに眼を見張る子供のような快い驚きを感じる。不思議でならない。私の遠い過去が新しい光を浴びて、見て下さい見て下さいと、私に小さく擦り寄って甘えている。私のような者と婚約してしまってと、なぜだか、無鉄砲なみち子が可哀想《かわいそう》でならない。あきらめ——結婚の約束は一つの寂しいあきらめかしら。ふと私は、広い闇《やみ》を深く落ちてゆく二つの火の玉を見ている。何だか、世の中一切が、音のない小さい遠景に見える。

「お風呂があきましてございます。」と女中が言った。朝倉が湯から上ったよと、報せに寄越したのである。

「はいって来たらいいだろう。」と立ち上って、衣桁の私の濡《ぬ》れ手拭を渡すと、みち子は素直に受け取って部屋を出て行った。

みち子が湯から帰った時、朝倉は部屋にいなかった。みち子は私の顔を見ずに、手提袋をさぐってから障子を明けて廊下に出た。部屋の中で化粧するのが恥しいのだろうと思って、私はそのほうを見ないでいた。暫くして、早い宵に電燈がともった。私は廊下を見た。みち子は川瀬に向って、欄干の上に顔を押しあて、両手で眼を抑えている。あ、そうか。あ、そうかと、私は思った。隠れて泣いている気持が私に染《し》みこんで来た。私に見られると、みち子は直ぐ立ち上って部屋にはいって来た。紅い瞼で、実に弱々しく、身をもたれかかるような微笑をした。私が思った通りの表情であった。

そこへ朝倉が帰り、夕飯の膳が来た。

みち子は新しい顔をしている。風呂場には紅も白粉《おしろい》もなかったし、廊下では何も持っていなかったのに、朝から蒼黄色かった皮膚が白くなり、頬が初めて紅い丸を描いたように上気している。病人が娘になっている。寺にいる時から、朝倉に言われたことを思いつづけて、顔色が沈み切っていたのであったろう。寺を出しなに撫《な》でつけなかった束髪を湯で整えて来ている。そして、眉や目や口がはっきりしたので、ぽつんぽつんと離れて見える。どこか、ぽうとしている。

夕食がすむと、朝倉とみち子は廊下に出て、暮れ行く川を眺めながら話していた。

私は感情の飽満で寝ころんでいた。

「出てみないか。」と朝倉が呼んだ。みち子が立ち上った籐椅子《とういす》に私は坐った。白く低い早瀬の向うに町端《はず》れの灯が遠い。みち子がひとりごとのように言った。

「午《うま》が祟《たた》っていたんですね。」

丙午《ひのえ》生れのことを言っているのである。過去の日々を思い出して、ここに新しい自分を見ているのである。――丙午の二八《にはち》の乙女、この古い日本の伝説の飾りが、どんなに私を刺戟《しげき》しているか。

みち子はとりとめもないことを、だだっこが線香花火を振り廻すようにしゃべり始めた。

「あ、あの篝火《かがりび》は鵜飼船だ！」と私は叫んだ。

「あら、鵜飼ですわ。」

「ここへ流れて来るんだろう。」

「ええ、ええ、この下を通りますわ。」

金華山の麓《ふもと》の闇に篝火が小さく点々と浮んでいる。

「鵜飼が見られるとは思わなかった。」

「六艘《そう》か。七艘か。」

篝火は早瀬を私達の心の灯を急ぐように近づいて、もう黒い船の形が見え始める、焔《ほのお》のゆらめきが見え始める、鵜匠が、中鵜使いが、そして舟夫《かこ》が見える。楫《かじ》で舷《ふなばた》を叩《たた》き声を励ます舟夫が聞える。松明《たいまつ》の燃えさかる音が聞える。舟は瀬に従って私達の宿の川岸に流れ寄って来る。舟足の早いこと。私達は篝火の中に立っている。舷で黒い鵜が驕慢《きょうまん》な羽ばたきをしている。ついと流れるもの、潜るもの、浮び上るもの、鵜匠の右手で嘴《くちばし》を開かれ鮎《あゆ》を吐くもの、水の上は小さく黒い身軽な魔物の祭のようで、一舟に十六羽いるという鵜のどれを見ていればいいか分らない。鵜匠は舳先《へさき》に立って十二羽の鵜の手縄を巧みに捌《さば》いている。舳先の篝火は水を焼いて、宿の二階から鮎が見えるかと思わせる。

そして、私は篝火をあかあかと抱いている。焔の映ったみち子の顔をちらちら見ている。こんなに美しい顔はみち子の一生に二度とあるまい。

私達の宿屋は下鵜飼にある。長良橋の下を流れて消える篝火を見送ってから、三人は宿を出た。私は帽子もかぶっていなかった。朝倉は柳ケ瀬で電車をぷいと、二人で行け、と言わぬばかりに下りてしまった。私とみち子と二人きりが乗客の電車は、灯の貧しい町を早く走って行った。

（大正十三年三月、「新小説」）

新晴

一

赤壁の宿の門を出たところで、俊夫は長良橋行の電車に乗った。下りると、眼先に長良橋の南口があり、右に稲葉山が仰げた。横〔た〕わった堤から、その向うの河瀬の気配が感じられた。俊夫は線路に佇《たたず》んでいる電車の者に近寄り、雨傘を傾けながらきいた。

『長良川はどの辺が景色がいいんです。こちら側ですか、対《むこ》う岸ですか、上ですか下ですか。』

『そうですね。これだけのものですがね。』

従業員は橋を指して、俊夫の顔をまともに見もしなかった。

俊夫は上流と下流の風景図を胸に畳みこんで、丁寧に橋を渡った。夜汽車と駅前の宿の後なので、橋上は一帯が晴れ渡ったような爽《さわや》かな眺望だった。瀬の早い河だと思った。二三日前まで、大阪で淀川《よどがわ》の砂原に馴染《なじ》んでいた俊夫に、直ぐ淀川の姿が比較として浮んだ。北に渡りきった長良村の岸を少し上って、俊夫は対岸を顧みた。そこに聳《そび》えている金華山の頂《いただき》を、昨夜傘に音のないくらいだったのが朝がたから少し滋《しげ》くなった雨が、白く染めて、しかも濃くなろうとしていた。そこで急ぎ足に引き返した。

橋の袂《たもと》で、俊夫は流に臨んだ気持よさそうな鵜飼《うかい》宿の名を二三心覚えに確めた。――稚枝子《ちえこ》が来れば連れて河の宿まで遊びに来ようと思った。

岐阜公園と云って停車場行に乗った俊夫は、四町とない次の停留所で電車を下された。少し歩くと、砂礫《されき》を敷いた広場の山寄りのところに、名和昆虫研究所らしい建物があった。先刻宿を出る時、女中に岐阜名所をきくと、鵜飼の長良川の外に、柳ケ瀬町と岐阜公園と公園の名和昆虫研究所を教えられたのだった。岐阜へ来て昆虫の標本を見ると云うのが俊夫を笑わせた。標本室の参観者は俊夫一人で、売店の女が番をしていた。此所《ここ》だけは先走りした秋らしい閑寂なので、素気なく立去り悪《にく》い気がして、蝶《ちょう》や蜻蜒《とんぼ》の標本の前に立ち珍らしいと思われるものは一々説明書を細かく読んだりしていた。ふと表を見ると、庭の小石が転げるような雨になっていた。小降になるのを待つ間、標本室の一部の売店で、東京の知人の宅と稚枝子にやれそうな物を選ぼうとすればする程迷い出し、あれもこれも下らない物に思えて来た。売店の女は価《あたい》が分らないので事務所へ聞きに行ったりした。

昆虫研究所を出て、武徳殿の裏から千畳敷を通って金華山頂に登る道のある稲葉山の麓《ふもと》を見ていると、再び雨の音が強くなったので、俊夫は急いで公園を出た。正午近くだった。

『お帰りなさいませ。お客様がお待ちでございます。』

宿の女中が俊夫を迎えて云った。玄関に見下した女下駄を、稚枝子のだと俊夫は思った。

稚枝子の養家は岐阜物産雨傘を作る家の多い郊外にある真宗の寺だった。俊夫が京都の駅で待合わした高等学校時分からの友人の水庭は、その春関西から上京の途中岐阜に下りて、稚枝子を養家に訪ね市に出て共に一日を過したことがあった。前夜俊夫と水庭は午前二時岐阜に着いた。そして朝、水庭は京都からの約束通り、俊夫を宿に残して稚枝子の家に行った。お針の稽古《けいこ》に行っているであろう稚枝子を呼び戻し、誘い出して、俊夫と三人になる約束だった。水庭はお寺で昼飯を食って来るにちがいないと云う見当で、俊夫は長良川に行っていたのであった。だから、二人が宿に来ているのは意外だった。

稚枝子は六畳のしかも椽側《えんがわ》に近い隅に小さく水庭と対《むか》い合って、トランプを遊んでいた。

『や、どうも失敬。早かったんだね。』

そう云って、俊夫は、予期を破った新しく接した稚枝子の感じを、素早く気持に投げこんで置いて、袴《はかま》の掛っている方へ帽子を持って部屋を横切った。

『お針を休んで家にいたから早かった。風邪をひいて家にいたんだ。』と、水庭が答えた。

『そう。出てもいいのか、寝ていたんじゃないのか。』

『寝ちゃいない……。』

『俊さんしばらくお目にかかりませんでしたのね。お変りございませんか。』

稚枝子は持っていたトランプを置いて、丁寧に手をついた。頭を上げ際《ぎわ》から少し顔を赤らめた。

『何を買って来たんだ。』

『え、昆虫館の物だ。雨が酷《ひど》いんで名和昆虫館にしばらくいたんだ。』

俊夫は二人のところへ寄って座った。膝《ひざ》に垂れた両腕に神経が来て軽く突張る心持だった。

『水庭さんと一緒に君の家へ行こうと思ったんだけれどもね、恥しくってね、水庭さんに呼びに行って貰《もら》ったんだ。』

『そんなこと。いらして下さればよかったんですのに。』

『君非常にたっしゃそうになったね。本当にたっしゃそうだよ。』

俊夫は自分の喜を加えた調子で云った。そして、健康になったのは田舎に居るからだと思う底に、明な形ではなく、強いて云えば、（岐阜の人間になってしまって）と稚枝子の境遇を微《かす》かに感じていた。田舎びていないとはっきり思った。東京にいた頃の稚枝子の記憶が附いているからかもしれないが、自分の前で座布団《ざぶとん》に小ぢんまり座っている稚枝子が、妙に珍らしいようだった。

『大分大きくなったね。』と云って、視線を稚枝子の姿に拡《ひろ》げていると、笑いながら自然に次の言葉が出た。

『稚枝ちゃん、それで、本当に大きくなっているのかね。』

『大きくなっているよ。』水庭が云った。

『君十六になったんだね？』

『ええ。俊さんとはほんとに暫《しばら》くですわね。』

『去年の秋だったから半年以上だね。』

『わたしこちらへ来たのは十一月でした。』

『しかし、僕はちっとも変っていないだろう。』

『ええ、お変りになりませんのね。』

『岐阜の宿屋でどこがいいの。』

直ぐ俊夫は、大阪の従兄《いとこ》達との旅行が頭にあり鵜飼見物の時を思ったので、そんな話を始めた。するうち、初めあった体の硬かったのが、軽々とした悦《よろこ》びだけを残して自ら安らいで行った。その上に、女の子と面している心持でなしに、近しい親しさが稚枝子から伝って来た。俊夫にそうさせた、俊夫より先に昨日別れたような風をする稚枝子を、俊夫は眺めた。

色づいた夏目の果の感じに似ている印象を、俊夫は稚枝子の顔から受けた。微かな野の思いがあると思った。健康な育ちざかりの娘の、熟した麦の穂色を薄く持った娘の肌理《きめ》であっても、俊夫が記憶する稚枝子の映像とのつながりを断ち切られたところに、俊夫は快い新しさを見た。最初の一瞥《いちべつ》で、(ほ、いい顔になって)と思った。俊夫が、稚枝子を思い出す時思い出す時の月日に稚枝子の目鼻だちの悪い特徴を、思い出す心頼りとして誇張して来た間に、稚枝子は俊夫の嫌でない輪廓《りんかく》のうちで、それを少しずつ整えていたから、はたと感じたのでもあった。

水庭は春の一日を語って、舞妓《まいこ》を連れていたようだったと苦笑いしていたことがあった。そして、俊夫が偶然見たあわただしい退京の時の稚枝子は、濃い白粉《おしろい》に顔を殺して、繊弱な格好故《ゆえ》に辛じて微かな情趣は汲《く》めても何と云っても不自然な桃割に結い、派手な袂《たもと》の長い着物をけばけばしいコートの重そうな中に纏《まと》っていた。それが稚枝子を養って来た女の趣味だった。そして、その女とそこに居合した俊夫の友人との感情の行違いのため、唐突な出発をあてつけがましく告げて大連《だいれん》に去る養親と感情を一つにして、稚枝子は行手だけを思うと見せる挙止で離愁を歪《ゆが》めたまま車に乗って、漸《ようや》く二人に左様ならを残した。その稚枝子の心情は俊夫に跡方もなかったが、そのような姿は時々記憶に現れたのであった。

そんな礎《いしずえ》の予期と、鄙《ひな》びたかしらとの想像の二つを程よく破って、普通の家庭の娘らしく眼の前に小っちゃに座った稚枝子が、俊夫に新鮮だった。粧《かざ》らない顔に、右寄りに分けた髪を左の眉《まゆ》の尖《さき》を微《かすか》にかすめるまで額に垂れて結び、大人しいめりんすを着て、十六の女が人に頼る弱い笑を見せた。男に拘らないで、素直な謙虚が、俊夫の女の前で必〔ず〕感じる卑屈を緩めた。

そして、俊夫が長良川に遊んではと云うと、水庭が喜んだ。宿に昼飯を断った。自動車の運転手が助手に囁《ささや》いた。

『長良川なら鈴秀館……？』

俊夫がそれを奪った。

『鈴秀館は君自動車がは入らないだろう。』

運転手は何を小僧っ子がと思ったのか、俊夫でなしに助手に再び云った。

『じゃあ、とまやだね。』

『ああ、とまやならいい。……こっち岸の金華山の下の宿だ。』

俊夫は先刻覚えて来た宿屋のことを水庭に示したいように浮いていた。

降り続く雨に、そして晴れたにしても、鵜飼見物の遊船を浮べるには夜の川面が肌寒くなっているので、宿に客はなかった。俊夫達の外には、神戸とかの芸者が、同行のお客の留守に、秋の虫のように壁に寄り添っている一部屋だけが、客のある部屋だった。部屋は八畳に四畳の控室を持っていた。瀬に向っていた。椽側が白い尾花や萩《はぎ》の疎生《そせい》した川岸に接し、岸に鵜飼の遊船会社の船が侘《わび》しい姿を並べていた。長良橋が少し左に見えた。早瀬と細雨の静かな声を、その度毎《たびごと》に遠雷と聞き違える長良橋を渡る電車の響が時々破った。対岸の青樹に夏の名残はあっても、白い雨は初秋を思わせた。宿の背の金華山は部屋から仰げなかった。

三人は椽に出て、まず川を眺めた。湯《ゆ》帷子《かたびら》に替えると直ぐ、水庭はトランプを出した。飯をすませてからにしろと俊夫が云った。女中が膳《ぜん》二つを床の間に並べ一つを下座に離した。水庭が床の間の一つと下座のを辷《すべ》らせて、親しい位置に直した。それから、運ばれた以外の料理を命じて、食卓で食べようと云った。

そんなことのうちに、大連の小母や東京の話をした。水庭が稚枝子に、君に養子を貰うような話はまだないかときいた。それに俊夫も附け加えた。

『いいお婿《むこ》さんを貰うことだね……。』

『そんなもの貰わないからいい……。』と云う稚枝子を水庭は追った。

『そんなこと云ったって駄目だ。家で承知しやしないよ。もう探してるんだろう。お寺の親戚《しんせき》に男の子はないのか。』

『ありませんわ。』

『じゃ外から貰うんだね。』

『そんなこと……。』

『駄目だよ。今はそれでもいいだろうが、女は一人でいられるものじゃない。』

『いいですわ……。』稚枝子はそう呟《つぶや》いてさしうつむいた。そして俊夫に、田舎の余り地位の高くない男の妻となる稚枝子の、それからそんな生活にいる二十五くらいまでの稚枝子の種々な場合のしぐさが、幾つかの舞台面をちらちら素早く見るように浮んだ。そうした田舎と夫に決して安住しないと信じる、俊夫の頭に植えられている稟《ひん》質《しつ》の稚枝子と、結婚に自分を壊され家庭と男に色づけられるが女と信じる、女としての稚枝子が、そこにいた。その何《いず》れにしても、また女優に心を惹《ひ》かれることがたとえあったにしても、役者は異邦人であって、共演することも舞台に飛び出すことも出来ない時のもどかしさの極軽いのが、俊夫の心に揺れていた。稚枝子の養われている寺にも子供はなかったが、稚枝子は寺の後取りに貰われていたのではなかった。今の養母は実家の邑岡《むらおか》という家の戸主になっていたので、嫁入先の寺に入籍が困難であった。そして、稚枝子を十一の歳《とし》から十五まで養ったカフェー・リラの女主人が、その梵妻《ぼんさい》の妹だった。前年の秋の末、大学を出たての新しい夫に連れられて任地大連に行くことになり、リラの経営を人に譲った。稚枝子を大連に伴うことは許さなかった。しかし、外の女達と共に新しい経営者に稚枝子を残すのは、稚枝子自身も肯《き》かないだろうし、稚枝子を実父に返すには、稚枝子と特別の関係があり、それより強い愛着があった。それに、若い男と結婚した年増女の行末を気づかう淋しさが、稚枝子を離しともなくさせた。それで、稚枝子を岐阜の妹《(ママ)》の家に置いて内地を去った。稚枝子は戸籍だけが残っている邑岡家の相続人となり、同時に梵妻が内縁の妻の境涯を脱れて、寺に籍を移そうとしているのであった。俊夫達は、リラの女主人と若い法学士との結婚を、法学士の一時の心迷いによる早晩破鏡を招くものと思い、寧《むし》〔ろ〕法学士を同情していた。稚枝子に、どうだと訊《たず》ねてみた。大連の小母は病気がちで、時々は喧嘩《けんか》もあるらしいが、別れ話なぞは起らず、法学士は来春洋行するらしく、小母は夫を外国にやることも同行することも厭《いや》がっていると、稚枝子は大人びた言葉で云った。大連の小母は石女《うまずめ》だった。俊夫達は洋行が縁の切目だと云った。そして、またその女と稚枝子との生活が岐阜でか東京でか始まるのだと、俊夫は思った。小母と岐阜で別れる時、稚枝子は大連へでもアメリカへでも一緒にならば行って、どんなことでもすると、頼んで泣いたがきかれなかったのであった。

『あの時、藤ちゃんそりゃ泣きましたわ。窓からわたしの手を持って離さないんでしょう。汽車が動き出しても、わあわあ泣きながら連《(ママ)》いて来て離しませんでした。汽車の人が危い危いって叱《しか》るのに離さないで走っていらしてね。わたしもわあわあ泣きました。後できまりが恥しかった。』

稚枝子は東京を発《た》つ時のさまを語った。

『小母さんも汽車の中で泣き通しに泣いていらっしゃいました。』

『藤ちゃんから手紙来る？』

『喜代ちゃんは下さいますけれど、藤ちゃんからは来ないし、わたしも出しません。……わたしこんど東京へ行けたら、藤ちゃんに一言だけ云ってやりますわ。「大層お立派におなり遊ばして、結構でございますわね」って、リラへ行って云ってやりますわ。あんな恩になっていながら、小母さんの悪口ばかり仰《おつしや》ってるんですもの。自分のことを考えたら、人のことなど云えないと思いますわ。』

稚枝子がいた頃、影の暗い女だった藤子が新しい経営者になってから、リラの女将《おかみ》然と生き生き振舞い出したのを、稚枝子は云っているのだった。

夏の初めに稚枝子を岐阜に訪ねた渡瀬と云う男のことを云った。稚枝子は渡瀬と鵜飼を見物したのを、こともなげに云っていた。話の中途に水庭が云った。

『結婚してくれというようなこと云わなかったか。……東京で、君の唇《くちびる》に接吻《せっぷん》させてくれって頼んだそうじゃないか。』

『そんなこと……。』と云って、稚枝子は頬を紅《あか》らめた。渡瀬が以前から稚枝子を欲しがっていることも、稚枝子がその男を嫌っていることも、俊夫達は知っていた。稚枝子に対するその男の感情から受ける反撥《はんぱつ》を外にしても、その男に好意を持っていなかった。その男が同性愛の科《とが》で高等学校の寮を追われた話を、水庭は持出した。稚枝子は審《いぶか》しげな風を装《よそお》っていた。水庭は同性愛を説明して、女にもあると云った。

『ほんとに厭な方ですわ。』と、稚枝子が云った。俊夫がきいた。

『外に誰か来なかったか。』

『来ましたわ。中学生が来たことがありますわ。雨が降っていたんでしょう。寒い庭の梅の木のところで、傘をさしてしょんぼり立っているものだから誰かと思って行ってみると、その方なんですの。そんな所に立っていないで、家へおは入りなさいと云っても、どうしてもは入らないんですの。それに、なんにも云わないんです。』

『そのまま帰っちゃったのか。』

『ええ。すごすご帰っていらっしゃいました。』

そう云って、稚枝子は、東京からわざわざ来た少年の心を、聊《いささ》かも感じ分けない風に、軽々笑っていた。

トランプの簡単な遊びをした。自分の趣味で、水庭が女中を二人加わらせた。一時間ばかりで、女中は座を立って行った。殆《ほとん》ど技巧の要らない勝負だが、水庭が一人素晴しい優勢を占めた。俊夫は惨《みじ》めに敗《ま》けた。少し不愉快にもなり、矢張り気敗けの故だとも思った。俊夫と水庭が同道で東上しようとの約束には、岐阜に下車して稚枝子に会うことが暗黙の裡《うち》に含まれていた。水庭は、俊夫が稚枝子に会ってみたがっているのも、俊夫一人では到底その勇気がないのも知っていた。しかし、俊夫は岐阜下車を決定する時、自愛心から少し躊躇《ちゅうちょ》した。稚枝子がカフェー・リラにいた頃、俊夫は一人で行くなどはおろか、碌々《ろくろく》言葉を交し得た記憶もなく、水庭や瓜生達の影として通っていた。そして水庭には春の邂逅《かいこう》があり岐阜との間に書信の往来があり、稚枝子の水庭に懐《なつ》いている親みに較《くら》べて、岐阜訪問も水庭のお伴と云う外言葉のない程の淡いものであった。高等学校時分の俊夫は、リラばかりでなくそうした場所では、友人と女に第三の者として石のように置き残され、女を女臭いとも思わぬ押の強い水庭の前では、自らその位置に身を退《ひ》きがちであった。だから稚枝子は水庭のものであり、その関係を少しでも自分のために揺がせようと努めもしなければ思いもしない自身であることが俊夫に分っていたし、女に云いたいことがあっても喉《のど》で消えて、その拘りが自分の内へ内へと落ちて行く卑屈な姿を眺めさせられる馬鹿役は岐阜に来てまで繰り返したくなかった。高等学校時分とは、俊夫も広い処《ところ》に出ていた。けれども、稚枝子が俊夫と水庭に殆隔てなく話しかけ、水庭が穏かに俊夫の席を分っている当然な礼儀は、俊夫には予期を裏切った珍らしさであり、暗点のない心で快活に振舞わせた。その俊夫が稚枝子に新しかったので、俊夫の座を立った時水庭に云った。

『俊さん大変元気がよくおなりなさいましたのね。』

しかし、水庭が湯に立って二人になると、俊夫は硬くなって、稚枝子を窮屈にさせた。聯珠《れんじゅ》をした。殆筋道も分らない稚枝子が、機械的に石を下しているのが、俊夫の気持にはっきり写った。故意に勝を譲る気にもなれなかった。水庭の湯を上って来てくれるのが待たれた。

『止《よ》そうか。』

『ええ……。』

　暫くして、稚枝子は俊夫から椽側に逃れて、そこの椅子《いす》に座り川を眺めた。そこから話しかけた。俊夫は稚枝子に会った感じを改めて聞かせるといった風に声を掛けた。

『君、ほんとに丈夫そうになって結構だね。……一度会ってみたいと思っていたが、丁度京都の駅で水庭さんと一緒になったんで、それで来られた。』

　稚枝子は返辞に困っていた。

　水庭は小さい者のように只管《ひたすら》稚枝子を労《いた》わり、目立たない自然さで稚枝子を楽しませよう楽しませようとしていた。稚枝子の風邪を気遣うのと、眺望を惜む心で、三人は障子を明けてみたり閉めてみたり、細目に開いたりした。その大人しい好意が、稚枝子の体にまで流れ入ったのが目にあまった。稚枝子は興味に乗ると自分を忘れて、風邪ごこちの声の叫びを、関西弁であげた。身を忘れて喜ぶことと、身を棄てて憤《いきど》おることが、男の心を刺戟《しげき》する女だった。

『稚枝子、手を見せてごらん。』

『いや。いや。わたし厭です。……手相なんか見て貰うの大嫌い……。』

水庭が女に対する癖を出して云うと、稚枝子は両手を、つと、自分の敷いていた座布団の下にしっかり隠して、身を以《もつ》て抗《あらが》う姿を見せた。

『どれ、出して見給《みたま》え。隠したって駄目だ。』

水庭は腕をとって、稚枝子の握っていた拳《こぶし》を、碁盤の上に開かせた。

『なんだ、これは。ええ？　何が何だか分りゃせん。おい、動かしちゃあ駄目だよ。一体、これはどうしたんだ。滅茶じゃないか。』

稚枝子は詮(ママ)らめたように掌を静かにした。

『君のも大変だね。筋が多くって混雑して分らないね。』

俊夫は覗《のぞ》き込んで、驚いた。そして、

『これだ。』と云って、自分の手を出してみせた。

『まあ。ひどい。水庭さん、これ……。』

『何だ、これは……。』と、水庭が云って、皆が笑い出した。

『苦労が多いんでしょう。きっと悪いんですわ。』

『そうも限らん……。』と、水庭は当り障《さわ》りのない意見を述べていた。稚枝子は大人しく聞いていたが、手を自分の膝に戻すと云った。

『えええ、何とか仰ってるわ、真面目《まじめ》臭った顔して……。』

『馬鹿云え。俺のは決して間違ない確かなんだ。当ってるだろうが。』と、水庭は笑った。

俊夫は自分の生き生きした思いを走らせていた。俊夫は手相学に聊《いささか》も通じなかったが、葉脈のような線が錯雑している自分の手筋を、年日頃凶だと我流に思いながら、自分の生涯が惨苦に富んでも、平凡でなく変転に満ちるであろう徴《しるし》のように思い、筋が一條でも消えると寂しい気がしたりする若気があった。そして、幼少時代を顧みて、手相に孤児の感傷を宿し、未来の異変を想像したりすることがあった。我流に云うと、自分より複雑な稚枝子の手相を見て、そこに稚枝子の過去の日々を、はたと思い起し、稚枝子の稟質からもそれが予想される未来の変転を、暗く画《えが》いてみた。それから、手を出して見せて手相の似通いを認めさせ、境涯の似通いを自ら思ったことを、それを弱い綱として、稚枝子というものに攀《よ》じ登ろうとしている自分を、俊夫は感じていた。

唐突に、稚枝子が顔を紅《あか》らめながら云った。

『岐阜にいると、土方の真似《まね》までさせられるので厭になってしまう……。』

『どうして……。』

『そりゃあ、家を建てるのに色んな手伝いをさせられますの。此頃《このごろ》は壁塗りですわ。壁土をいじることだけは厭で厭でしょうがない。』

稚枝子は同情を拒むように笑ってみせた。先刻俊夫も眉をひそめた百姓女のように膨らんだ手の弁解をしているのであった。手を水庭に見せたがらなかった訳が、俊夫に初めて分った。

非常

昼だった街は、三人が料理屋を出てみると、すっかり電燈の街に変っていた。

新進作家の吉浦は私達に別れを告げて坂を下りて行った。

今里氏は人通りの中に立ったまま大きな蟇口《がまぐち》から札を出して私にくれた。明日私の引越しにいる金だ。

二人は上野の方へ歩いた。背の低い今里氏は二重廻しの円い肩を私にぶっつけるように寄せて来ながら上機嫌であった。湯島の坂にかかると今里氏は突然言った。

「君、この間の小説のテーマは甘いかね。やっぱり婦人雑誌向きかね。」

「書き方がむずかしいでしょうね。」

「つまり、細君は二十年近く夫に虐待《ぎやくたい》され踏みにじられ通して、もう自分では夫の手を逃げ出す気力もなくなってしまっているんだ。そこへ思いがけなく夫が重い病気になるんだ。細君は非常に喜んで、夫が死んでくれることを祈る。夫が死んで自分が解放されれば、もう一度若々しい、女らしい娘時代が自分に還《かえ》って来そうに空想するんだ。」

私は何か言いたかった。私は近く結婚しようとしているのだ。だから、結婚に夢を持っている。すべての女の女らしい人情だけに目をつけている。

「ところが、却《かえ》って細君が夫の病気に感染して、先きに死んでしまうんだ。」

私の感情は結婚の予想で細かくなっている。こんな風に荒っぽく人生を裏返して眺めることには不服だ。

「しかも、その女はその結婚になんの責任もなかったんだ。結婚するのでなくてさせられたんだ。西も東も分らない小娘の時に両親に強いられたんだ。十六で……。」

「十六！」と私は口の中で呟《つぶや》いた。私と結婚の約束をしている娘は十六だ。私は前々から十六七より年上の女にはなんの魅力も感じないという病的な好みに捕えられていた。しかし世間では、十六の娘と結婚するのは異例である。私は私のこの異例を空想で美しく飾り立てて楽しんでいるのだ。

「十六で結婚することなんか滅多にないでしょう。どんな風に結婚するんです。」

「そりゃ君、新任の知事の息子が、その土地の旧藩士で県庁に務めている小役人の、娘をたって望んだとでもすればいいさ。通俗な小説としてなら……。」

今里氏は無造作に片づけた。私は黙っていた。

上野広小路で今里氏に別れると、私は電車で団子坂《だんござか》にいる友だちの柴田を訪ねた。誘い出して、冬の座蒲団《ざぶとん》を五枚買った。鏡台、お針道具、女枕《まくら》――みち子が来るまでに買わなければならない品々が私を追っかけている。

その座蒲団が届いたら受け取って置いてくれるようにと、明日その二階へ引っ越す家へ寄って門口から頼むと、

「北島さん、北島さん。」と、内から主人がいそがしく呼んだ。

「ちょっとお上りになって下さい。家内があなたのお顔を拝見してご挨拶《あいさつ》申し上げたいと言って居りますから。」

私は西洋風な扉を開いて、畳の部屋に上った。初めてみる細君とは、輪郭のない青いものが宙にぶら下っているような長い顔だ。その膝《ひざ》を枕にして、見る者の眼が生きる程頬の色の鮮かな女の子が眠っている。ゆっくり眼を開いて私を見た。その眼に血の筋が綺麗《きれい》に浮んでいた。

「この子が、毎日申しますのですよ。お姉様はいつおいでになるいつおいでになるって。いらっしゃればお湯へ一緒につれて行っていただくんだって、今からそんなこと

を申してるのでございますよ。」

ほこりっぽいどてらの主人も上品な髭《ひげ》の尖《さき》を編むように弄《もてあそ》びながら、親切そうに言った。

「いずれ奥さんがおいでになる時には、御両親が送っていらっしゃるでしょうが、家でお泊りになっていただきたいですな。夜具は沢山ありますから。」

「いや、僕が迎えに行ってつれて来ます。」

「では、明日御一緒に？」

「明日は僕一人です。四五日のうちに岐阜へ迎えに行くんです。」

実際四五日のうちに迎えに行くはずなのである。みち子からその日を報《しら》せてくる手紙を私は待っているのだ。その手紙が来さえすればいいのだ。なんとかして、みち子が東京に来てしまいさえすればいいのだ。

二

浅草の下宿に帰ると、みち子の手紙だ。私は二階へ飛び上った。みち子が東京に来たと同じではないか。

しかし、その手紙は余りに意外な文面だった。私は膝の風呂敷包を転がし落して立ち上ると、下宿を出た。帽子はさっき門口をはいった時のままだ。電車道に出ると電車が近くに見えず、線路が低く白っぽくれている。

「一、二。一、二。」と数えながら、爪先《つまさき》で土地を後に押し飛ばす気持で、出来るだけ大股《おおまた》を飛ばした。歩きながらもう一度手紙を読んだ。

とにかく、岐阜の家へ直ぐ至急電報を打って——東京の警察へ捜索願を出して——その写真を持って来るのを忘れた。写真は柴田のところにもある——今から夜行で岐阜へ行く——終列車に乗れるかしら——柴田も一緒に来てもらうか——もうこうなれば、みち子の養家の両親の前へ身を投げて出て、力を加せてみち子を捕える外はない

——

これだけのことは頭の中ではっきり順序が立っている。その外のことは分っているのか分っていないのか、自分でも分らない。記憶と想像とがごたごたに飛び廻って、感情と理性とがぴいんと一かたまりに硬ばってしまっている。

私は柴田のところへ急いでいるのだ。いつの間にか、上野広小路の乗換場所まで歩いて来ている。電車に飛び乗る。

封筒に桔梗《ききょう》の花が咲いた女手紙を、電車の中で私はまた読んだ。人眼なぞは平気だ

った。投函《とうかん》はいつだ。私は消印を調べた。

――岐阜、十年十一月七日、午後六時と八時との間。

昨夜だ。昨夜みち子はどこで寝たのだ。

昨日の夕方は岐阜にいたことは確かだ。しかしこの手紙は家出する途中で投函したのか。投函してから一たん家に帰ったのか。

今はどこだ。今夜はどこで眠るのだ。若《も》し昨夜は汽車にいたとすると、昨夜はからだがよごれないのだ。すると今夜か。今は九時だ。この時間から眠れるほどみち子は安らかではあるまい。

「非常。非常。非常とは何だ。常に非《あら》ず？　我が常の如《ごと》く非ず？　世の常の事に非ず？」

私の頭の中には「非常」という言葉が雨滴のように絶えず響いている。

電車を下りて団子坂を上りながら私はまた夜店の瓦斯《ガス》の火で手紙を読んだ。


おなつかしき友二様。

お手紙ありがとうございました。

お返事を差上げませんで申しわけございませんでした。お変りもなくお暮しのことと存じます。

私は今、あなた様におことわり致したいことがあるのです。私はあなた様とかたくお約束を致しましたが、私には或《あ》る非常があるのです。それをどうしてもあなた様にお話しすることが出来ません。私今、このようなことを申し上げれば、ふしぎにお思いになるでしょう。あなた様はその非常を話してくれと仰《おっ》しゃるでしょう。その非常を話すくらいなら、私は死んだほうがどんなに幸福でしょう。

どうか私のような者はこの世にいなかったとおぼしめして下さいませ。

あなた様が私に今度お手紙を下さいますその時は、私はこの岐阜には居《お》りません、どこかの国で暮していると思って下さいませ。

私はあなた様との ○！ を一生忘れはいたしません。私はもう失礼いたしましょう――。

私は今日が最後の手紙です。この寺におたより下さいましても私は居りません。さらば。私はあなた様の幸福を一生祈って居りましょう。

私はどこの国でどうして暮すのでしょう――。

お別れいたします。さようなら。

おなつかしき友二様

尋常三年の秋までしか文字を学ばなかった十六の娘の手紙だ。婦人雑誌の読物なぞの中の手紙に形だけは真似《まね》ているが、思うことを文字がどこまで現わしているのだろうか。「非常」という言葉をどんな意味で使っているのか。——私はもうこの手紙を一字一句諳記してしまっていた。

「○！　○！　とはなんだ。なんの伏字だ。恋とか愛とかいう文字は知っているのだから、なんのつもりの伏字なんだ。」

さっきから無数の丸が大きくなったり小さくなったりして、私の目の前にちらちらしている。

私は柴田の下宿の険しい梯子段《はしごだん》を上りながら、自分の足が顫《ふる》えていることに初めて気がついた。

三

柴田はみち子の手紙を読みながら、皮膚の色が白くなるほど感情を見せてくれた。

私は紙巻煙草《たばこ》を一口二口吸っては火鉢に突きさし、また新しいのを突きさし、つづけさまに何本も捨てていた。

　柴田に顔を見られて私は言った。

「男だね。」

「僕もそう思う。女が言えないと言うのは、処女でなくなったことしかないね。」

「生理的欠陥？　――。」

「うん。生理的欠陥。」

「悪い血統か遺伝？」

「うん血統か遺伝。」

「明るみへ出せない。家庭の、親か兄弟の恥？　――。」

「うん。家庭にある恥。」

「しかし、そんなことじゃないよ。」

「しかし、みち子が今男に騙《だま》されるなんてことはあり得ないと思うがな。とてもあの年頃とは思えないしっかりした賢さを持っているからね。」

「とにかく、お寺にはもういないんだろうか。」

「いるかもしれない。まだまごまごしているかもしれない。」

　それから柴田は遠くに向ってひとりごと言う調子で言った。

「この前来ると言った時に、東京に来さしてしまえばこんなことはなかったんだ。機会の前髪を摑《つか》まなかったからいけないよ。」

「しかしね――。」

「だから禿頭《はげあたま》を振り立てて逃げてしまったんだ。」

――というのは、十月の中頃に来たみち子の手紙だ。十一月一日に岐阜を逃げ出すから汽車賃を下さいと言ってよこしたのだった。それはいい。しかし、みち子は五つも年上の近所の娘と一緒に来ると言うのだ。それが不愉快だった。私はその娘に対して妙に道義的な責任を感じた。東京に来た二人のうちみち子だけを引き取って、その娘は突っ放す。それが私に出来にくい気がした。娘はカフェにでも出るつもりだという。しかし若しもその娘が都会の底に沈んで行くようなことがあれば、私は黙って見てはいられない。とにかく私の重荷になるのだ。それにその娘には、両親も揃《そろ》っているのだ。家出をされてぼんやりはしていまい。すると、東京へ着くまでに、みち子一人なら捕まらずにすむところを、その傍杖《そばづえ》を食って、岐阜に連れ戻されることにならないとも限らない。また東京へ着く時は、みち子一人であってほしいのだ。みち子の感情を真直ぐに一ところへ向けて置いて、それを真直ぐに受け取りたいのだ。傍の第三者に紊《みだ》されたくはないのだ。その上、私はみち子に一人旅をさせることさえ忍びないのだ。若い娘が感情の高ぶった顔をして長い時間夜汽車にいることを想像すると、私が岐阜まで迎えに行きたいのだ。それに不断着のまま家を抜け出すかもしれない。着物を拵《こしら》えて行ってやらないと可哀想だ。——こんな風で私はみち子が近所の娘と一緒に来ることには反対した。この間、そのことを話すと、柴田は言ったのだった。

「なんだ。女一人くらい僕がなんとでも片づけてやったんだ。」

そして今になってみれば、あんな綺麗《きれい》好きなことを言わなくて、とにかくみち子を東京へ受け取ってしまって置けばよかったのだと、私もひしひし感じる。

柴田は私を慰めるように言った。

「僕らの周囲を見ても、学生の恋愛でうまくゆくのは十中に一つないと言ってもいいね。君のはあんまりとんとん拍子に話が運び過ぎて気味が悪いほどだった。故障はどこにだって起らないことはないさ。」

だからと言って私が、世間の失敗のお附合いをする必要はないではないか。

「どうする?」

「僕はとにかくこれから岐阜へ行くよ。」

「それがいい。」

「なんにも準備して来なかったから、ペンか鉛筆と書簡箋《せん》と風呂敷を貸してくれないか。それからみち子の写真——。」

「手拭《てぬぐい》や歯磨は？」

「どこかで買う。——金は持っていないか。少しはあるが、どんなことでいるかもしれない。今里氏のところへ行けば貸してくれるだろうが、もう戸を締めているだろうし、廻り道している時間がない。」

「僕はないから停車場へ行く途中で友だちに借りてやろう。」

「後の祭だろうが、お寺へ電報を打ってみるよ。」

私達はいそがしく下宿を出た。冬近い夜風が冷たい。柴田は釣鐘マントの袖《そで》を拡《ひろ》げて私の肩を抱いた。感情的に取り扱われるのを少し気恥しく思いながら、私は友だちと一つのマントになって歩いた。もう少しは落ち着いて、肩では息をしなくなっていた。

私はふと思い出して言った。

「あの新聞に出ていた駈落《かけお》ちの仲間じゃあるまいか。」

「え？　なんの駈落ち——。」

それは一昨日の夕刊の記事だ。「未曾有《みぞう》の大駈落。岐阜市男女学生十二名一組の出奔」という見出しだった。中学生六人と女学生六人が相携えて駈落ちしたのだ。それが岐阜なので私はちょっと驚いた。しかし、総理大臣原敬《たかし》が刺殺された記事が新聞の全紙面を埋めている時なので、詳しい報道はなかった。それに掲載も二三日後れていたらしかった。その六人の女学生のうち一番若いのは二年生十五歳と書いてあった。みよ子という名で苗字《みようじ》までがみち子に似ていた。新聞の誤植か？

それが今、みち子の手紙と関係がありそうな気がして来た。けれどもみち子は十六だし、女学生ではない。田舎の中学生などを相手として、お祭騒ぎのような駈落ちをしそうにもない。また、駈落ちは四五日前のことだが、みち子は昨夜岐阜にいた。——しかし、岐阜さえ離れればという考えで、この盛大な逃亡隊に加わったのだろうか。そして捕って岐阜へ帰されたのだろうか。それで、岐阜にも、養家にもいられなくなって、再び家出するのだろうか。まさか。とは思うが、打ち消す力も私になかった。

駒込郵便局の前まで来ると、柴田はするりとマントから抜けて私の肩を抑えた。

「このマントを着て行き給《たま》え。」

ミチコイエデスルトリオサエヨ

差出人は書かなかった。だって、みち子に家出させようとしていた私が、家出するから取り抑えよと言うのである。

金を借りに行った友達が留守だったという柴田と落ち合って電車に乗ると、学校の友だちがいる。柴田は直ぐに言った。

「おい。金を貸せ。旅行するんだ。」

しかしこの友だちも持っていなかった。

私は学校の制帽をかぶっているのが気になった。岐阜では不名誉なことをしなければならないとも限らない。柴田のソフト帽を借りてみたが耳まで隠れてだぶだぶなのでしかたがない。

「渡瀬がみち子と鵜《う》飼《かい》を見物した夜に、いたずらをしてしまったんじゃないかね。」

それを聞いた私は、渡瀬という法学士の蒼《あお》ざめた皮膚が私の肌に冷たく触れたように感じて寒くなった。

「そんなことはない。若しそれなら、みち子はその時の話をあんなに詳しくしないはずだよ。」

「和尚《おしょう》だって何をするか分らない。」

すると院政時代の山法師のような逞《たく》ましい養父が、私の目の前に立ちはだかっているように感じた。

「みち子の実父が手紙で言ってやったんじゃないだろうかね。あの時承知はしたものの――。」

「僕にもそんな気がする。」

そう答えながら、私は北国の小学校の寂しそうな小使の姿を心に浮べた。あの男か、あの男の家庭に暗い影があるのだろうか。

東京駅の待合室で、私は今里氏にいそがしく手紙を書いた。柴田を使いにやるから金を借《か》してくれと書いた。

汽車の窓から首を出して、私はさも自信ありげにきっぱりと言った。

「みち子のからだがよごれていないなら何としても東京へつれてくる。若しだめになっていたら、国の実父の手もとへ帰れるようにしてやろう。」

「ああ。そうし給え。」

そして汽車が動き出すと柴田は手をさし出した。私はその手を握った。

四

東京駅にいる間は、みち子が東京駅にいそうな気がした。汽車に乗ると、みち子もまたこの汽車に乗っていそうな気がした。

新橋や品川や、明るいプラットフォームの女達を一人も見落すまいと目を痛くした。擦れ違う上り列車の黄色い窓が飛ぶ。その窓の中の人の姿が灰色の尾を引いて私の目の前を流れる。向うの列車に飛び移る身構えをしていなければならないと私は思っている。みち子が乗っている汽車を見るかもしれないからだ。

袴《はかま》と帽子は荷物棚にほうり上げた。しかしそれを一摑みにして飛び出すことを考えながら、私は棚を見上げている。どの駅のプラットフォームにみち子が立っているかしれないからだ。

あの女がどうもみち子らしい。確かにそうだ、いや、そんなことはない、と感じながら、私は五つ六つ前の座席でうつむいている女の束髪と肩をぼんやり眺めている。向い合って坐《すわ》った学生が私に話しかけた。高等学校の入学試験の準備を東京でして四国に帰るのだ。だから、棚の上にある大学の帽子を見て、私を尊敬したらしい。束髪の女がからだを起した。白い胸だ。赤ん坊に乳を飲ましていたのだ。みち子より十歳も年上の顔だ。

私はマントをからだにぐるぐる巻いて、座席に仰向けに寝た。

あり得ることとあり得ないことが境いを失って、私の頭は今空想が活潑《かっぱつ》だ。

――白い壁で真四角な狭い留置場だ。顔の蒼いみち子と男とがその壁に凭《もた》れて、電燈の光りがあるかないかだ。養家が出した捜索願で捉《つか》まった二人である。

――みち子を捜して私は放浪だ。波の音が聞えて、醬油《しょうゆ》臭いちゃぶ台だ。旅の私はからだの荒《すさ》んだみち子にめぐり合っている。

――女でないと泣くみち子だ。夫婦でないプラトニックな私とみち子との生活だ。

――警笛だ。私の乗ったこの汽車の車輪で、他の男と抱き合って轢《ひ》き殺されるみち子だ。

――北の国の雪だ。世に疲れて父に帰ったみち子だ。二人の前の畳に私は頭を下げている。

――「お前と約束はあったかもしれないが、この女はおれのものになっている。」

「いや、この女を愛する愛し方を知っているのはおれ一人だ。」しかしみち子は、その男をかばい、眉《まゆ》をそびやかして高らかに私を笑う。

私は少年時代に読んだ講談や冒険小説を思い出した。その中でいろんな奇蹟《きせき》を現わす忍術や神通力や奇怪な魔力を。――

――やっ、という気合いで私は煙になる。空を飛ぶ。そして、みち子を抱こうとしている男の前に、ぽかりと姿を現わす。

――私の掛声一つで、その男のからだが硬《こわ》ばって動かなくなる。または、こくりこくりと居眠り出す。または、男の上に雷が落ちる。

とにかくしかし――と、私は眼を固く閉じて、右手で額を抑えた。この額に精神の力をすっかり集めて、祈願の思いを凝らしたら、私の気持はこの額から流れて空を遠く渡りみち子に伝わらないものであろうか。そんなことは信じられない。しかし、なぜ信じられないのだ。信じないから悪い。信じさえすれば、それがほんとうとなるのだ。

でも、人間の精神の力もこんなに弱い。どうとも出来ない。――こう思うと私は静かになった。眠り落ちそうになった。遠くへ自分を置いて来て、空っぽでいるような気持になった。

私はみち子の手紙をもう一度読んだ。それを袂《たもと》に入れる時、懐《ふところ》の財布がばさりと落ちた。私は動く気がしなかった。学生が拾ってくれた。私はぼんやり受け取った。マントの裾《すそ》が開いて列車の床に落ちた。学生がそれを持ち上げて私を包んでくれた。そうしてくれるのがあたりまえだというような甘ったれた気持が、私に湧《わ》いて来た。それから学生は何度も私のマントの袖を拾ってくれた。私は礼も言わなかった。この学生に私は私を委《まか》してあるんだというような、すっかり頼った気持だった。他人の好意にはなんの反応も見せなくても安らかでいられるほどに、私は弱っているのであった。

この学生は私のために、寝ずの番をしてくれるのだ。そう思っているかのような調子で私は言った。

「僕は岐阜で下りるんですから、若し眠っていたら起して下さい。」

時々目を覚ますと、燈火を下げた駅員だけが歩いている空っぽなプラットフォームだった。私はむっくり起き上って、窓の外にみち子を捜した。

豊橋では私も目を覚ましていて、朝で八時だ。昨夜の感情の騒ぎとこの朝との間には、なんのつながりも感じられない。私は自分に手足があることも忘れてしまって、ぽかんとしている。ただ、癖のように駅々で動く人を一々目で調べている。

岐阜だ。おやっ！　停車場が盛装だ。プラットフォームの柱は皆紅白の布を、身に巻いているではないか。ブリッジの昇降口も紅白の頸飾《くびかざ》りをつけている。感情を高ぶらしてこの町に乗り込んだ私を迎えるため、ではあるまい。みち子がこの町を逃げ出したため、ではあるまい。しかし、私は非常に新鮮な興奮を感じた。

待合室にいそいで、新聞をこぜわしく読んだ。人々が変な顔で私を見ている。土地の新聞だけに、駈落ちの記事が一ぱいだ。男の一隊と女の一隊とは目的地で落ち合うはずで別々に出奔した。女学生六名は横浜で捉《とら》えられた。中学生六名は北海道へ落ち延びたらしい。しかし、どの新聞にも二年生十五歳のみよ子とある。

待合室を出ると、停車場の入口に緑門《アーチ》が立っている。見上げると白い額に「祝昇格」と小豆の赤い字だ。

「昇格。どの学校が昇格したのだ。みち子の寺の裏に近い農学校か。その農学生がみち子の男か。男の学校を町が祝っているのか。」

しかし、背の低い町には雨が冷たく注いで、死んでいる。

停車場の前の壁の赤い宿屋まで、私は雨を横切った。

「あらあ！　いらっしゃい。」と女中が飛び出して来て、私を引っぱり上げるようにした。

「まあ。ほんとによくいらっしゃいましたわね。」

明るい喜びの声を上げた。私の肩をうしろから軽く押して、片足を上げ片足でとんとん飛びながら、私を廊下の奥へつれこんだ。その後からほかの女中が二三人小走りについて来る足音がする。

私はあっけにとられた。ものも言えずにされるままにしていた。私はこの宿の女中にこんなに親しくされるいわれがないのだ。私を押して来た女中なぞ、その顔も覚えていないのだ。九月に一晩泊り、十月に一度中食をしたが、殆《ほとん》ど女中とものも言わなかったし、金もやらなかったのだ。こんな親しみが女中達のどこから飛び出したのか、さっぱり分らない。

「ちょっとこの部屋でお待ちになっていて下さいましな。いいお部屋を直ぐお掃除して参りますわ。」

私はぽかあんとしていた。――実に変なことばかりで変な気がする。

そこへ柴田から電報為替が着いた。今の女中が廊下で外の女中に言っている。

「一号を早く片づけて頂戴《ちょうだい》。――そう？　お通ししてもいいの？」

五

一号の部屋は小さい前栽《せんざい》を越して、停車場前の広場を見下している。

私は庭木の枝越しに停車場の入口を見張っていた。目をそらした間に、みち子が駅にはいるようなことがあれば大変だという気がしていた。

直ぐにと言った飯が十二時近くになった。

茶碗《ちゃわん》蒸しを一口吸うと、吐きそうになって私は驚いた。非常な空腹を覚えながら、何一つ咽《のど》を通らない。

給仕の女中はさっきの女中ではなかった。

「何学校が昇格したんだ。」

「学校？」

「緑門《アーチ》が立ってるじゃないか。あすこに。」

「ああ。停車場でございますよ。岐阜駅が昇格したお祝いでございますよ。」

「なあんだ。――ふうん、停車場か。――こっちが学生だから、昇格するものは学校ばかりだと考えているんだね。」

「はい。」

「大仕掛の駈落ちがあったんだね。」

「そうでございますか。」

「知らないのか。新聞に大きく出てるじゃないか。岐阜だよ。」

「まあ！　そうでございますか。新聞をちっとも読みませんものですから。」

「××町のお寺の娘が家出したというような話を聞かないか。」

「一向存じません。何というお寺でございます。」

「澄願寺だ。」

「さあ。私には分りませんけれども、このうちの旦那《だんな》は女学校の先生でございますから、帰りましたら聞いて差上げましょうか。」

「いいよ。――車を直ぐ呼んでくれ。」

「はい。」

私はしきりに吐気を催すので、袴の紐《ひも》をきつく締めた。すると尚《なお》いけないので、また緩めた。

宿の番傘を借りて車に乗った。

岐阜市を出て野を少し走ると、名産の雨傘を作る家が多い、小さい城下町だ。

車が荒物屋の前に着いた。店に四十くらいの女が立っていた。これがみち子の「おばさん」らしい。みち子はこの家へ裁縫と活花を習いに通ったのだ。そしてこの師匠が岐阜でみち子に好意を寄せている唯《ただ》一人なんだ。みち子はそう言った。私の手紙もこの家がみち子に取り次いでいてくれるのである。

「東京から来た者ですが――。」

「はあ。」

「澄願寺のみち子のことですが――。」

しかし、この女は私を見向こうともしないくらいに冷淡だ。私より後から来た客に、ゆっくり鍋《なべ》を売っている。やっと商売をすませても、私を内庭に立たせたままで、自分も立ったままだ。

「あなたはどなたでございます。」

「北島です。」

「ああ、北島さん——。」

「いろいろお世話になりまして——。」

「いいえ。」

「みち子のことで伺ったのですが——。」

「みち子さんがどうかしましたか。」

「何も変ったことはないのですか。」

「別になんにも聞きませんが。」

「澄願寺にいなくなりはしませんか。」

「しばらく澄願寺へは参りませんが、そんなことは——。」

「そうですか？　昨夜私のところへ変な手紙が来たのです。家出をすると書いてあるのですが——。ご存じないでしょうか。」

「この家へ来ているなら隠しは致しません。」

意外に鋭い調子にはっとして、私は思わず家の奥に眼が走った。白い障子だ。私は少しも詰問《きつもん》するつもりではなかったのだが。

一時に疲労を感じて、ものを言うのも嫌になった。

「では、澄願寺へ行ってみます。」

車に乗ると、番傘を忘れたことに気がついた。澄願寺は直ぐ近くだ。寺の表で車を待たせて置いた。

内庭との間に障子のない部屋で、養母が一人縫物を拡げていた、みち子が「敵」だという養母だ。私はこの寺に九月に一度来て、今が二度目だ。

一こと二こと挨拶すると、養母が言った。

「どちらから今日おいでになりました。」

「東京から今朝着いたのです。」

「わざわざ?」

「ええ。お話したいことがありまして参ったのです。」

「みち子のことでございますか。」

「そうです。」と、私は食いつくように言った。

「この頃はみち子を決して家から外へ出さないようにして居ります。」

「え! うちにいらっしゃるんですか。」

私は深く沈むように、安らかな太息を一つ洩《も》らした。

「同じ年格好でも、東京で育った娘と田舎者とは大変な違いです。みち子をこの辺の娘さんと同じだと思っていると、とんでもないことになります。もうすっかり大人です。一人歩きなぞさせやしません。」

　養母は私に皮肉を言っているのだ。しかし、そんなことはとにかくとしてだ。

「この間からずうっとうちなんですか。」

「ええ。使いにも一人では出してやりません。ちっとも目が放せません。」

「ここに？」

「え？」

「みち子さんはどうもしていないんですか。」

「みち子がなにか申し上げましたか。」

「ええ。それで今朝来たのです。」

「そうでございますか。――まあお上りになって下さい。」

　私は座蒲団に坐ると、改めて軽く頭を下げた。苦しく言った。

「お詫《わ》びしなければならないこともあります。お願いしなければならないこともあります。しかし――。」

　養母は黙っていた。

「昨夜変な手紙が来たので、心配して直ぐ来たのです。――家出するようなことはなかったのですか。」

「ちっとも存じません。そんなことを申しましたか。」

「へええ。昨夜の電報は私が打ったのです。」

「あ、そうでございますか。なんだか変だと存じました。みち子が一人でこの部屋に寝ているんでございますから、みち子が電報を受け取ったのでございますよ。お見せ、と言っても、逃げ廻って、読めと、言っても、ううん、なんだか分らない、ちっとも分らない、と申して破ってしまったんでございましたよ。」

みち子が家にいたのなら、養父母に見られてはたまらない電報だ。私は何をしたんだ。そして、みち子がたとえ嘘《うそ》にしろ、家出をすると私に書いて来た、と私は言ってしまったのだ。

あの手紙は嘘だったのか、と私は初めて疑った。嘘だったのだ。嘘とは夢にも思わずに、昨夜から今朝のあの私だったのだ。

「それはいろいろありがとうございました。とんだご心配をかけまして。わざわざ岐阜までお越し下さって。」

「いいえ、私がお詫びしなければならないことがあるのです。」

私は自分がいい子になって、みち子を悪者にしようとしているのか。

「実は――。」

「みち子がどういう考えか私にはちっとも分りません。あなたからよく本人の胸を聞いてやって下さい。」

そうして、養母は呼んだ。

「みち子。みち子。」

音がない。私は固くなった。養母は隣室へ立って行った。襖《ふすま》が明いた。

「いらっしゃいまし。」

針金のような声で、みち子が両手を突いている。

一目見て、私の心はさっと白くなった。その瞬間は怒りでも喜びでも愛でも、失望でもない。私は謝罪の気持で縮かんだのだ。

この娘のどこが一月前のみち子なんだ。この姿のどの一点に若い娘があるのだ。これは一個の苦痛のかたまりではないか。

顔は人間の色でなくかさかさに乾いている。白い粉が吹いていた。干魚の鱗《うろこ》のように皮膚が荒れている。眼はぼんやり自分の頭の中を見ている。瓦斯紡績の綿入は白っぽく剝《は》げている。色つやというものはどこにもない。

私は私が恋している娘を見ているのでもなければ、私に背くつもりかもしれない娘を見ているのでもない。みち子を見るのが、空虚を見ることで、頭が痛いのだ。

この姿は、昨日今日の苦痛の結果ではない。この一月の間にみち子は、毎日父母と喧嘩《けんか》をしている、泣いている、という手紙を私に十通よこした。それが私には空想の感傷だったのだ。みち子には現実の苦痛だったのだ。今空想が現実に対面したのだ。私の婚約の客観だ。

どんな「非常」があるのかは分らない、しかし、私との婚約がみち子を拉きつぶしたのだ。その重荷に堪えられなくてあの手紙か。

一個の苦痛が私に近づいて、火鉢の向う側に硬く坐った。

（大正十三年十二月、「文藝春秋」）

生命保険

家出している娘を嫁にくれと、遥々《はるばる》都会から訪ねて来た見も知らぬ三人の学生に突然云い出されて、雪深い山の牧師館の小使は明らかに面食《めんくら》っていた。三人のうち誰が娘をほしがっている当人かを考えようともしない程狼狽《ろうばい》していた。この結婚申込みが行衛《ゆくえ》の知れない三年間の後に始めて接する娘の消息だったのである。しかも相談相手の牧師は遠い海辺に寒さを避けている。

私と娘とが約束したと云う証拠品に二人で写した写真を見せた。父は貪《むさぼ》るように見た。

Aが云った。

「ずいぶん大きくおなりになっているでしょう。」

「はい。」

小声に云った老人の眼に涙が浮んで来た。いかにも恥しそうに首を垂れてしまった。

突然私に一種の感情が沁《し》み渡って来た。向意気ばかり強い興奮が反省的な静けさを得た。娘を渡せと殆《ほとん》ど強迫しているような気持が挫《くじ》けて、少しく悲しくなった。

Aは私の身に就て説明を始めていた。

「姑《しゅうとめ》もなし小姑もなし、西田君には親兄弟が何一つないんです。お父さんとお母さんは西田君の小さい時になくなったんです。」

するとBはAの言葉を奪うように急いで附け加えた。

「お父さんは日露戦争で戦死したんです。」

「そう、戦死です――。」とAも云った。

私は冷っとした。しかし父は自分の頭の内の混乱で他人の言葉なぞ聞く余裕がないのか、うわの空で、

「はい。」と答えただけだった。

話を終って牧師館を出るとBは直ぐ云った。

「駄目じゃないか。両親とも若死したと云えばその子供もきっとからだが弱いと思うよ。だから戦死と云ってやったんだ。」

Bは自分の機智に少し得意になっていたが、私はその問題に触れることもつらかった。夜の雪明りで自分の手を見た。そこに私の狡猾《こうかつ》な卑屈があった。両手の掌の半ば

までシャツの袖口《そでぐち》がだらりと伸びていた。寒いからでもあった。しかしそれは自分の余りにも細い腕を娘の父に見られたくないからであった。私は父に会うのが綿入をぶくぶく着重ねている冬であることを密《ひそ》かに喜んでいたのである。

相手の娘は自分に言葉をかけてくれる男を拒絶することをまだ知らない程若い年頃である。彼女は最初に申出る男と云う唯《ただ》一つの選択の条件しか持っていない。胸が、わくわくして夢のようにうなずいただけの話である。それで自分では一角《ひとかど》いろんなことを考え廻《めぐ》らしたつもりである。相手の健康のことなぞは忘れている。気がついていても、拒絶することを知らないのである。反《かえ》って寧《むし》ろ、父母の顔さえ知らぬ孤児と云うことは女を口説くいい武器である。「まあ！」と驚いた眼を通して、何と沢山の女が惜し気もなく私に感情を投げ与えてくれたことか。親か夫かに秘密に小遣銭をくれた女も多い。若《も》し私が泣言を並べれば直ぐ涙ぐんでくれそうな顔を見せる。若い女が若い男に同情して泣くことは、理性を棄ててしまって感情を男の掌の上に置くことに近い。早死した親の子は早死するかもしれないなぞとその瞬間に思うのはよっぽど娘らしくない鬼娘である。私は牧師館の小使の娘に自分の境遇を訴えて泣かせると云う計略を用いはしなかった。「結婚したい。」「はい。」と一言ですんだからでもあろう。しかしまた、「おれは早死するが覚悟か。」とも云わなかった。云わないのは詐欺《さぎ》だと云う気持が私にあった。この詐欺の言訳を私は将来に延ばした。心がけ一つによっては、虚弱者が健康者ともなり、十年、或《あるい》は二十年寿命を延ばすことが出来ないとも云えないからである。そして自分は結婚してならない者と決定的に思い込む勇気がなかった。丁度、自分は若死すると心の隅々まで信じ切ることが出来ないと同じように。二つとも、稍《やや》暗い自分の運命感情で陰気な遊戯に耽《ふけ》っている程度のものであった。しかし娘に対する自責の念は晴間がなかった。私はその気持をAにもBにも隠していた。だから「戦死です。」とBが云った時に「やっぱり誰にもそう見えるのか。」と深い谷へ突き落されたように感じた。

翌朝父親は承諾の返事を与えた。間もない正月に娘をつれて来ると云う私の言葉を楽しみながら、とぼとぼ雪の山道を下って、多分早死するであろう婿《むこ》を停車場まで送ってくれた。

都会に帰って二三日後に、私は大きい病院の副院長と歳晩の街を歩いていた。夜更《よふ》けであった。医者は酔ったまぎれに云い出した。

「どうも君は寂しそうだ。見ていて時々たまらなくなるね。どうも影が寂しい。影が片輪だね。心の影がさ、小さい時からの境遇がいかんのだよ。学生だっていいじゃないか、結婚しろよ。でないと助からんぜ、おれが世話してやるよ。学資を出してくれて、家を持たせてくれて、生活を保証してくれるのが、病院へ来る患者の家に腐る程あるから、おれが。どうも影が片輪だね、影が。」

「医者の君がそんなこと云っていいのかい。医者が――。」

「お前は馬鹿だなあ――。」と途方もない声を出して私に飛びついて来た。その勢《いきおい》で私は掘割へ落ちそうになった。

「医者が云うんだぜ、医者が。お前は迷信家だよ。迷信だよ。――おれは医者だ。」

「どうも細君が路頭に迷いそうだね。」

「死なないと云うに。」

「分らん。」

「それなら、おれが金持の娘を貰《もら》えと云ってるじゃないか。」

「まあ、貧乏な娘を町角ででも拾うんだね。」

「それだっていいさ。生命保険があるよ。」

「なるほど、保険に這入《はい》るか。」

　私は非常な名案らしく生命保険と云うものが頭に浮んで来た。しかしまだ若い学生の身空で本気でこんなことを思う自分が情なくなった。


（大正十三年八月、「文藝春秋」）

丙午の娘讃、他

丙午《ひのえうま》の娘讃《さん》

丙午の娘に就て、私は一意見を持っている。大した卓見ではないが、余り人が気づいていないらしいことだから書いてみる。

「丙は陽火なり。午は南方の火なり。火に火を加うる故《ゆえ》に悪し。」と、本朝俚諺《りげん》に出ているそうだ。火に火が重なるから激し過ぎると云うのだ。この外にどんなよりどころがあるのか、私は知らない。

ところで、「丙は陽火にして、午は南方の火なり。」と云う文句が私は大変好きで、三四年前に「南方の火」と題する長篇小説を「新思潮」に書きかかったこともある。だから、新聞や雑誌に出た丙午の娘に関する記事は、前々から割合注意して読んでいる。

そもそも丙午の娘が世を果敢《はか》なんで自殺し初めたのは、それが新聞の記事として出初めたのは、大正十年のことである。今年は二十の丙午の娘は当時十六だった。十六の娘が行末お嫁になれないだろうと悲観して自殺するのは、幾ら何でも少々思切りが早過ぎる。あわて過ぎる。それにつけても私は、結婚と云うものが大部分の女性の胸にいかに早くから運命的に食いこんでいることかと、痛ましく感じたのであった。

現に私が知っていた十六の丙午の娘も、自分の過去の不運を嘆く場合に、

「午が祟《たた》っていたんですわね。」と云った。

そして自分の今後の方針を定める場合に、

「どうせ私には水商売がいいんですわ。丙午ですもの。」と云った。

その後丙午問題は、新聞や雑誌、殊《こと》に婦人雑誌で盛んに論じられた。婦女界の合評会ではお歴々の名士が意見を述べた。最近の時事新報では読者がしきりに論戦していた。そして、それらの説は、迷信だ、迷信だと云うことに一致したようだ。

もとより、丙午の娘は男を殺すとか、七人の男を食殺すとか云うのは、迷信にちがいなかろう。

もう一つ、今年二十の女の星は四緑《しろく》である。四緑丙午である。ところでこの、四緑なる星は浮気星だとの説もある。勿論《もちろん》これも迷信だろう。

迷信ではあろうが、しかし、婦女界の合評会で久米正雄氏も云っていられたように、

丙午の娘には勝気で、利口で、敏感な女が不思議に多い。これは私も認める。私の知人で認めている者も少くない。美しくて、勝気で、剛情で、好戦的で、利口で、浮気で、移気で、敏感で、鋭利で、活潑《かっぱつ》で、自由で、新鮮な娘が、丙午年生れに多いのは何故《なぜ》であるか。こんな娘が他のに比較して格段と多く丙午の年に生れたのは何故であるか。そんなら丙午云々《うんぬん》は迷信ではないのか。これに就て、私が一意見を持っているのである。

丙午の娘は戦いの娘だからだ、と云うのが私の意見である。つまり、彼女達は明治三十九年生れだからと云うことになる。日露戦争の娘だからと云うことになる。日露戦争、それは日本が国を賭《と》して戦った、建国以来の戦いだ。社会主義と国際主義が常識となりかかっている今日からは、当時の愛国的戦闘心を想像することも出来ないだろう。また日本が世界の三大国の一となった今日からは、当時の強国ロシアに勝った戦勝気分を想像することも出来ないだろう。ところが、丙午の娘はこの戦いと勝利との娘である。それらの生きた記念品である。

明治三十九年に生れた娘の大半は三十八年から九年にかけて母の胎内にいた。そこで彼女はどんな胎教を受けたか。大空までが戦いと勝利との色に染まった、国家的興奮である。銃後の人である母や家庭だけの感情を想像しても産児の特質は明らかである。更に、凱旋《がいせん》兵士の凱旋第一の子供は多く三十九年に生れているのだ。日露戦争に出征したのは現役兵ばかりではない。妻のある兵士も多かったのだ。彼らは満洲やシベリアの野で明日の命も知れぬ殺人狂になって一年或はそれ以上も唯《ただ》戦っていたのだ。その凱旋兵士と彼らを本国に待侘《まちわ》びた女との感激と歓喜との結合によって宿ったのが、丙午の娘であることを思えば、一種凄惨《せいさん》の気に打たれる程だ。しかも周囲には国家的激情と混乱とがある。

それらのことは読者よろしく空想し給《たま》え。

右のように考えると、丙午生れだから火の娘であると云うのは迷信だが、三十九年生れだから戦いと勝利との娘であると云うのは迷信でない。彼女らが男を殺すのは当然である。殺すとは、いい意味の比喩《ひゆ》である。私は丙午の娘の悪口を云ったのではない。彼女らが最もよき女性であることを讃美《さんび》したのである。

私のこの意見を読めば、丙午の娘や彼女らの親たちで、はたと膝《ひざ》を打つ人も少くなかろうと信じる。

この頃

十一月十日だのにもう百姓が麦を播《ま》いている。去年私がこの伊豆の温泉に来た時も百姓が麦を蒔《ま》いていた。もう一年になるのかと思う。一年山にいたせいか、この頃では人に会うのが何となく厭《いや》だし、会ってものを云うのが面倒臭い。

山なので稲田が少いからでもあるが、稲刈りはまたたく間にすんでしまった。稲刈りはまだまだと思っているうちに、田に稲が一本もなくなっているのですっかり驚いた。山の紅葉にしてもそうだ。いつの間にこんなに紅《あか》くなったのかなと思う。その翌《あく》る日山を見てやはり、いつのまにこんなに紅くなったのかなと思う。

久しぶりで稲の収穫をつくづく見る。いろんな機械を使っているのが大変珍らしかった。そして久しぶりに故郷の農村を思い出した。私の子供の時分にはこんな機械はなかった。しかし、百姓村らしいいろんな催し物があった。子供には子供の季節季節の遊びがあった。私は長らく忘れていたそれらのものを思い出した。

この村にはそんなものがさっぱりない。田植歌一つなく皆余りに黙々と働いている。それでいてのんびりしているのは、暮しが楽だからである。夕方は早く休む。夜業はしない。子供はちっとも働かない。村を歩くとまことに静かな気持が漂っている。二三日前の夕方、子供が珍らしく土地の歌を歌っている。

白パンパン
白い綿着て
来うい、

小さい虫を取っているのだ。ぶとが白い綿を着たような虫だ。飛ぶのものろいし、歩くのものろいが、取ったと思うといなくなっている。これは私の故郷にない遊びだ。この頃少し寒くなった。東京へ帰ろうか南へ行こうかと迷っている。天城峠を南に越すと、風物がからりと晴れて南国だから。

猫

温かいな、猫よ。小春日の屋根の上はお前も好きなんだな。大蒲団《おおぶとん》は広いからまあ一緒に寝ろ。頭を叩《たた》いてやると首を伸ばすね。そうかい。咽《のど》のところが痒《かゆ》いのか。人間はな、親愛な信頼を裏切らないと云う証拠に、掻《か》いてやるよ。ほう、咽を鳴らすね。しかし猫よ、寂しくはないのかね。お前は人間のことを考えて猫のことを考えないと云った風だな。交尾期の外は。

犬

先に立って嬉《うれ》しそうに行くのはいいが、岐《わか》れ路《みち》へ来ると、お前は変な顔をして俺を振返るじゃないか、犬よ。まだついて来るつもりかね。もう一里も山路を歩いたよ。どこまで来たっていいさ。しかしお前がところどころで小便するのは気に入らないね。帰り路は一人だと、お前の本能が感じているのは可哀想《かわいそう》だとしてもね。ほれ、あれが温泉場だ。もう坂一つ下りたら、何か買ってやるぞ。おや、どうしてそんなこわい顔をする。おや、ここまで来て帰ってしまうのかい。そうか、なるほどね。温泉場の犬の臭《にお》いを嗅《か》ぎ出したんだね。顔もよく知らぬ人間について来たお前だのに。帰るのか、さよなら。そりゃ人間だって、少しはお前に似ているさ。

野菊

野菊の花が一ぱい咲いている。じっと見れば見る程美しい。生きる世界は恵れていると思う。そしてちょっと疑う。人間にこの花の美しさがほんとに分るのかしら。この花の花粉を運ぶ虫にしか、この美しい恵みは分らないのでないかしら。

（大正十四年十二月、「文藝時代」）

五月の幻

一

けい子の臙脂色《えんじいろ》のコートは暖い春だった。彼女の夫の軽い外套《がいとう》は爽《さわや》かな五月だった。海岸までの小旅行だったのだろう。手に小さい荷物も持っていなかった。

二人は新吉の方を振向こうともせずに、寄添ってプラットフォムを歩いて行った。勿論《もちろん》、彼女の夫が新吉を振返るはずはなかった。けれども、けい子が振返って見ないのは不自然だった。彼女は自分の後姿を見ている新吉を感じているにちがいないのである。

しかしまた、二人は若い夫婦の美しい後姿なのである。美しい幻なのである。けい子が彼女の夫と幸福に暮しているということは、新吉にとって人生の美しい幻なのである。そして、彼女の後姿のどこにも、新吉とのいきさつなぞは感じられはしない。前へ廻って見れば、彼女の顔は？　恐らく勝気な彼女は花のように晴れやかな無表情を見せているのだろう。

　それならば、新吉としては、これでいいはずなのではないか。この美しい姿のまま、けい子が永久に消えて行ってしまうことは、望ましいことではないか。彼女が何を考えているかと、彼女の心を覗《のぞ》こうとしたりしなくてもいいではないか。彼女が何を思っていようと、その後姿には現れていない。してみればと、新吉は姿形というものが有難い気がするのだった。形と形を感じる素直な感覚とさえあればいいのだ。そこで、新吉は体が軽くなった。けい子の後姿に、

「勇ましくなりたまえ。」

と呟《つぶや》いた。美しい幻として消えて行くがいいのだ。新吉の顔を覚えていたりするのが、けい子の人生の最も愚かなことなのだ。

　新吉はくるりと踵《きびす》を廻して、出口へ行くけい子達とは反対に乗車口の方へ歩き出した。

　電車が明るい魚のように動いていた。東京の夜景は旅先で思っていたより暗かった。プラットフォムの上やそのあたりに交錯している細い鉄の直線が、彼の意志をしゃんとさせた。けい子達と大磯《おおいそ》から同じ車室に乗合わせたというような偶然は、人生の病気にちがいない。

彼は東京駅の乗車口を出ると、停車場の建物の裾《すそ》を切るように、ステイションホテルの入口へ急いだ。エレヴェターで三階だった。廊下も大股《おおまた》だった。部屋は八角の感じだった。目の前に丸の内ビルヂングが明るい窓を並べて美しかった。

「遅くなって失敬です。今着いたばかりです。」

「御遠方からわざわざ。」

「いや、もう東京へ出てもいい頃なんです。田舎はまっ青になっています。」

三人、深い革椅子《かわいす》に坐《すわ》っていた。映画監督と、主演の俳優と、製作所の文芸部長とである。監督が言った。

「お疲れでしょう。もう食事の用意も出来ているんですが。」

新吉は椅子に腰を下すなり、そこにあった番茶を自分で注いで飲んだ。

「今汽車の中で、このシナリオの娘に会いましてな。」

「秋子ですか。」

と、俳優が言った。彼はテーブルに両腕で描いた半円の中へ、大きいマドロスパイプを投出していた。

「いいえ、女優じゃありませんよ。本物なんです。」

「へえ。」

と、俳優は言葉に困っていた。

「モデルがあるんですか。」

「ええ、まあ。」

と、新吉は急に声を落した。

「それは伺いましょう。」

そう言われたところで、話すこともなかった。

けい子の父親は気違い病院の小使なのである。その小使を中心として書いた、新吉の映画脚本がこの人達の手で撮影されることになったので、彼は旅から帰って来たのである。そして、今会ったけい子は父親のみじめな姿に引きかえ、新吉の眼にも美しい喜びと見えたのであるが、これもけい子が勇ましくさえあれば、何でもないことであるし、彼等の映画製作とは尚更《なおさら》何の関係もないことなのだ。

新吉は思い出したように立上って、硝子《ガラス》窓を押開きながら、

「この部屋は――。」

と首を突き出した。

「乗車口の上に出っぱって見える、あの部屋なんですね。」

目の下には自動車が蟹《かに》のように這《は》い廻っていた。

二

食堂を出ると、新吉は部屋へ帰らずに、廊下をぶらぶら歩いていた。突当りに円い空間が開いていた。それは思いがけなく乗車口の中の広場だった。彼は鉄の手摺《てすり》に寄りかかって、眼の下に長い列を作っている旅客の群を見下した。神戸行三等車の改札を待つ人達である。彼等の頭の上に拡《ひろが》っている大きい空間のために、彼等は何だかちっぽけに見えた。その上、その行列が愚かに見えた。彼は物寂しい哀れみを感じた。行列は殆《ほとん》ど動かなかった。旅愁が彼の胸を染めて来た。夜が冷くなったようだ。

「けい子だ。」

その若い娘は、足下に置いたバスケットを持上げる時に、頬を前の男の腰に置くような姿になって、ちらと上を向いた。その顔がけい子だ。新吉の驚きと共に、旅客の列が倒れるように、改札口の中へ吸いこまれて行った。アスファルトに下駄の音が乱れた。あの眉毛《まゆげ》の間から鼻へ流れている線はけい子だ。けい子が見せる悲しみの表情だ。その貧しい肩が改札口へ流れ込んで行ってしまった。

それにしても、あの服装の何というみすぼらしさだ。暖い春を思わせたけい子の姿が、三時間と経《た》たないうちに、薄寒い着物に着替えて同じ停車場に現れたのだ。

新吉はエレヴェターのベルを激しく押した。帽子も外套《がいとう》もなくホテルを飛出した。とりあえず、国府津《こうづ》までの切符を買った。一番前の客車から、一つ一つの窓の中を激しく睨《にら》みつけながら、見送り人にぶっつかりぶっつかり、プラットフォムを歩いた。汽車のしっぽまで行くと、今度はプラットフォムにまごついている人達を一々睨みつけて、機関車のところまで来た。また窓を調べて後戻りした。

発車のベルがけたたましく響いた。彼は一番うしろの客車に乗った。汽車が動くと同時に立上って、女の乗客を一人洩《も》らさず覗き込みながら、客車から客車へ移って行った。三四輛進んで行くうちに、硝子戸の明けたてがだんだん荒々しくなって行くのが自分に分っていた。

「けい子だ。」

彼女は胸を拡げてうなだれながら、赤児に乳房をふくませていた。その耳の周りの髪がけい子だ。彼は血走った眼で、その女の顔を覗き込んだ。

「おい。」

と、とげとげしい声が彼の手を摑《つか》んだ。

「失敬なことをするな。」

鼻の大きい男の顔が新吉の眼の前にあった。女が上向いた。何と鈍い顔だ。新吉はぼんやり立っていたが、力なく言った。

「失礼しました。今、東京駅に捨児があったものですから。」

「捨児!」

誰かがそう言うと、人々の眼が新吉に集った。男は彼を刑事と思ったのか、急に穏かになった。

「そうですか。またやりましたか。だって私達はごらんの通りちゃんと子供を携帯しているじゃありませんか。この子を拾って来たというじゃなし。」

彼はこの客車を逃げ出してからは、ぼんやりと幾つかの客車を通り抜けた。新橋に下りて、タクシーでホテルへ引返した。部屋の三人の眼は新吉を咎《とが》めていた。

「どこへ行ってらしたんです。」

「いや、今廊下から乗車口を見下していますと、故郷の友だちが汽車に乗るところだったので、ちょっと会って来たんです。十年振りの珍らしい人なんで。」

そして、やっと落着くと、彼は突然言い出した。

「このシナリオの中では、娘は父親のみじめな生活と関係なしに、明るい恋をして結婚することになっていますね。しかしあれは、やっぱり娘も幸福ではないということにしたいんです。娘は貞操を売るようなことをして生活している。ぼろぼろの着物を着ていてですね、身を売りに出る時だけは、貸衣裳屋《かしいしょう》で自分を令嬢のように飾って来る。父親を訪ねる時もその美しい服装で行く。臙脂色の毛織のコートまで借りるんです。」

「しかしそれじゃ——。」

と、文芸部長が口を入れた。

「あまり全体が暗くなり過ぎはしませんか。その上、筋がまた混雑して来ると思います。」

「でもそれが事実なんです。」

三

新吉は市電の乗合自動車に乗っていた。女車掌は紺の服に赤い襟を附けていた。その赤い色が彼に彼女の首を眺めさせた。その赤い色には野の匂《にお》いがあった。白い首が新鮮だった。首筋に大きい黒子《ほくろ》が一つあった。彼女は少し開いた両足を突張って動揺を支えていた。腰に黒い革のカバンを提げていた。そのカバンに銀色の荒々しい鎖が附いていた。その銀色に女の感じがあった。その鎖をじっと見ていると、彼は静かな休息を感じた。すると急に自分が力なく思われ、安らかに彼女を抱きたくなった。それにしても、何と彼女の首のけい子に似ていることだろう。

「けい子。」

と、彼は呼びかけようとした。自動車が停留場に止って、彼女は下りてしまった。新吉は後を追った。彼女は女車掌の控室へ這入って行った。木の腰掛けに女車掌達が木の壁に凭《もた》れていた。彼は暫《しばら》く立っていて歩き出した。

銀座尾張町の十字路で、女学生達が交通調査をやっていた。

「けい子。」

新吉は叫んで、つかつかと一人の女学生に近寄った。彼女の肩にかけていた紐《ひも》が弛《ゆる》んで、胸に突張った画板から白い紙が散らばり落ちた。

新吉はホテルへ逃げて帰った。彼の部屋は九階だった。こんなに高くで、人間は眠れるものではない。丸の内ビルヂングの屋根が鼻のあたりに見えた。東京駅が下の方に這っていた。彼が映画の関係者達と会った部屋の窓も、このホテルから小さく見えるのだが、二晩とも白いカーテンが下りているらしく、明りがつかなかった。彼は東京駅前の広場を始終眺めていた。そこをけい子が通りそうに思えてならないからだ。

夜になると、高架線を省線電車が通る度に、それを眺めた。電車が燈火をつけて走っているからだ。

そして彼はけい子を待っているのだった。汽車に乗合わせた時、厳しい眼附で彼女を洗面所の内へ引っぱり込み、このホテルへ来るように言ったのだった。しかし、東京駅のプラットフォムで、彼女の後姿に、

「勇ましくなりたまえ。」

と呟いたのは、彼のところへ来るなという意味なのだった。

若《も》し彼女が来れば、あの軽い外套の美しい男は彼女の夫ではないのだ。――そして新吉には何故《なぜ》だか、彼女は貞操を売るような生活をしているのだという確信がいつのまにか強くなってしまっているのだった。

約束の三日目の夜、扉を叩《たた》く音だ。けい子は花のように晴れやかな無表情だった。なまなましい感情が動いていたから、花のように晴れやかだった。

「来てくれなければいいがと思っていたんだ。」

「それはそうでしょう。けれども、五年振りだという気はちっともいたしませんわ。」

「来た以上はもう帰さない。君が帰ると、僕はこの世のあらゆる若い女が皆君に見えて、沢山の女に罪を犯しそうだ。」

「それはあなたが私を嫉妬《しっと》していらっしゃるからです。」

「嫉妬！」

「そうです。あなたは汽車の中で私を嫉妬に燃えた眼で睨んでいらっしゃいました。」

「それだ。それがいけないんだ。第一何故君は僕に会って苦しい顔を見せたんだ。いいかね。あの苦しい顔が僕を殺すんだ。美しくなり、幸福になったのなら、その美しさと幸福とを、なぜ素直に見せてくれないんだ。それが出来なければ、なぜ勝ち誇って見せつけてくれないんだ。」

「それが嫉妬です。」

「じゃ、あの男は何だ。」

「夫です。」

「夫とは何だ。」

「あなたではない男ですわ。」

「じゃどうして来たんだ。」

「あなたが嫉妬していらっしゃるからですわ。」

「それならあの男の嫉妬はどうする。男も承知で来たのか。」

「そうよ。あなたの嫉妬を消すためになら。」

けい子は美しく微笑しながら臙脂色のコートを脱いだ。

四

新吉はふと目覚めた。頭がすがすがしく澄通《すみとお》っていた。しかし、これは錯覚であるという気持が、どこかにあった。実は頭の痛みを忘れる程頭が痛いのにちがいない。

電車の音だ。まだ電車が通っている。彼は起上ってカーテンの紐を引っぱった。ぺらぺら紙のような褐色のカーテンがぴゅっと飛上った。窓を開いた。人一人いない西洋建築街の展望は、彼に初めてだ。闇《やみ》が広場を圧しつけていた。広場の土はどうしてこんなに平面なのだ。平面というものはどうしてこんなに悲しいのだ。

「けい子だ。」

広場を一人の娘がすぼめた黒い雨傘のように歩いて行く。あの体はけい子が見せる悲しみの表情だ。何とみすぼらしい姿だ。彼ははっとベッドを振返った。

「けい子ではない。」

白い顔が安らかに弛んでいる。

「売女奴《ばいため》！　かたり奴！」

と、新吉は叫んだ。彼が汽車の洗面所で、けい子とのことをこの女にしゃべったので、けい子を装《よそお》って貞操を売りに来た売女だ。

「よくもけい子を汚《けが》したな。」

彼は両手で女の首をぐうっと抑えた。二本の親指が重なりながら彼女の咽《のど》へ食込んで行った。

そして廊下に飛出すと、物狂わしくエレヴェターのベルを押したが、広場の寂しい平面に一人立ったけい子が永久にいなくなりそうな焦立《いらだ》たしさで階段を転げ落ちた。

（大正十五年十二月、「近代風景」）

霰《あられ》

一

新吉は今夜一人で過すのはたまらないと思っていると、濡鼠《ぬれねずみ》になりながら一緒に坂を下っていた永見が、

「今夜君のところへ泊ろうかね。」と言ってくれたので、

「うん。」と短く答え、友だちの言葉のうちに含まれた好意を胸に感じて彼の下宿へ帰ったのだったが、一つしかない寝床へ二人でもぐり込んでからも、やっぱり栄子の話だった。それが朝まで続いた。栄子のことを話しながらも、新吉は今夜の栄子の姿を空想するのを恐れていた。

「栄子はあんな気性の女だから、内藤の下宿へ行ったにしても、男に指一本触らせないで夜明しするかもしれないよ。」

永見はそんな風にも言った。彼がそう言うのは勿論《もちろん》新吉を一点の明るさへ救い出そ

うとするためでもあったが、またそれが彼自身の夢であることも疑えなかった。――栄子がその朝早くカフェ・リオンを逃げ出して行った行先が、直ぐ近くの下宿にいる内藤という学生のところであると聞くと、永見は新吉に言ったのだった。

「見に行ってみないかね。」

「行ってみよう。」

直ぐ響きのように調子よく「行ってみよう。」と新吉が答えたのは、永見に意外らしかった。彼は驚いたように新吉を見た。そしてお互いにちょっと笑った。その笑いの意味がお互いによく分る気持がした。内藤の下宿の前へ雨の夜更《よふ》けに様子をうかがいに行くなんか、新吉にとっては甚だしい屈辱なのだが、それはまた永見にとっても自分から好んで屈辱を感じに行くことでなければならなかった。つまり永見もその屈辱を自分から好んで受けようとするほどに、栄子のことで興奮していた。言い換えると、栄子に魅力を感じていた。だから、その一夜を栄子が清らかに過すことは、永見自身も空想したいことであった。狂人のように勝気で強情な小娘の気性の上に夢を築いてみたい気持が彼にもあるのだった。

「そりゃだめだよ。」と、しかし当の新吉は却《かえ》って永見の夢を叩《たた》き切るように反対した。

「栄子があんなに寂しがっていちゃあだめだよ。女が男の傍へ行ってわが身が寂しくなったら、もうおしまいだよ。」

「そうかね。」

「そうだよ。あんなに寂しがっちゃだめだよ。――しかしそれにしてもずいぶん寂しがりようが変だね。あんな妙なことってないね。そうだろう。とにかく君、恋人のところへ行ったんじゃないか。それに三時間も経《た》たないうちに良子に来てもらって、夕方近くまで留めて置いてさ、帰って行くと追っかけるように手紙を出したり、それでも足りないで直ぐ後からカフェの良子のところへ電話を掛けて来たり、明日はまた朝早くから来てほしいと言ったり、いくら小娘だって恋人と一緒にいてそんなに寂しいものかね。手紙の文句にしたって、(これからは男一人を助けて行く寂しい私の心です)っていうのは変じゃないか。」

そう言いながら新吉は、そんな風なことをする栄子の寂しさが自分のもののようにひたと感じられるのであった。それは内藤のところへ行ったのが方角違いだからだと考えたのではなかった。男の下宿へ行くと、一時間も経たないうちに男と二人きりでいるのをたまらなく寂しがっているというような幼い弱々しさは、栄子の性質に不似合であり、時と場合とに不似合であるが、それがために却って栄子の少女らしさが事新しく新吉に感じられ、栄子が男の傍で幸福そうにはしゃいでいると聞くよりも、一層胸が痛むのであった。彼女が内藤のところへ行った経路には多少曖昧《あいまい》なものがあって、それが栄子の本心であるかどうかさえも疑われるのであったが、下宿へ落着いてからの彼女の様子を聞くと、その寂しさや弱々しさが内藤の胸へ倒れかかって行くほかどうしようもないものであることを、新吉は感じないわけにゆかなかった。彼女は力を失っている。何一つ反撥《はんぱつ》出来ない程力を失っている。彼女は流れ込んで来る水のように内藤を受け入れるにちがいない。

その栄子の姿を空想に描くことを新吉は恐れているのだった。それには空想の働きを一切殺しているより外はなかった。だから永見と二人で絶えず何かしゃべっていたかった。彼は歴史上の女性について討論するような気持で栄子のことを話すことによって、その夜の栄子と内藤とを頭に浮べまいとしていた。

三月とは思えぬ夜寒むで、新吉は興奮した体のところどころが冷たいまま硬くなってしまったような疲労のうちに、戸漏れの朝の薄明りを見た。

ぱらぱらぱらと屋根瓦《やねがわら》の音だった。新吉は起き上って雨戸を明けてみた。

「おや、霰《あられ》だよ。寒い筈《はず》だね。」

白いものが屋根瓦に小さい踊りを踊って、ころころ転んでいた。空は勿論灰色だったが、何だか底のないような曇りだった。距離の感じを失ったような曇りだった。瞼《まぶた》が寒かった。霞の粒の小さい踊りをじっと眺めていると、新吉は昨夜からの尖《とが》った興奮が忽《たちま》ちのうちに水のような悲しみに拡《ひろ》がって行くのを感じた。彼のうちの何かが突然彼を空虚にして置いて遠くへ流れて行ったような気持だった。

もう夜の闇《やみ》は消えてしまっているのだ。朝の光の中では彼の空想も黒い羽搏《はばた》きをしないのだ。そう思うと新吉の頭に、学生達で混雑する下宿屋の汚い洗面所がはっきり浮んで来た。そこで栄子が疲れた眼を洗う内藤の下宿の洗面所が浮んで来た。

「おい。」と、新吉は窓際《まどぎわ》から振り向いて、寝床の中の永見に勢いこんで言った。「内藤も馬鹿だよ。昨夜栄子を下宿に泊らせるなんて、あんまり可哀想《かわいそう》じゃないか。可哀想なばかりでなく、第一自分達の恋愛を汚すようなものじゃないか。一晩だけでも、せめて最初の一晩だけでも、どうして栄子を海岸か山の温泉の静かな宿屋へ連れて行ってやらないんだろう。学生街の雑然とした下宿屋とちがって、そうしたら栄子の気持だって静かに落着くんだ。静かに落着けば余計男に縋《すが》りつくだろうじゃないか。」

隣室の物音が手に取るように聞えたり、隣室の電燈の光が隙間《すきま》から漏れて来たりする薄い壁、殺風景に荒れた部屋、男臭い廊下、朝の洗面所の混雑、薄汚いすれっからしの女中、学生達の飢えたような好奇の眼、そんなものが一時に新吉の頭へ殺到して来た。その荒れた風景は、恐らく昨夜まんじりともしなかった栄子の傷ついた神経にざらざら触れたにちがいない。彼女が今後内藤と一緒に暮して行くにしても、またいつか彼と別れるにしても、昨夜は一生忘れられない夜になるにはきまっている。彼女は学生街の下宿の夜の汚い記憶を一生背負って行かなければならないのだ。相手が誰であるにしても、栄子の恋はもっと温いもっと静かな寝床ではじまらなければならないのだ。

新吉は栄子がたまらなく可哀想に思われて来た。冷たい霰で眼が潤《うる》んで来た。栄子をいたわってやらない内藤に対する憤《いきどお》りが湧《わ》いて来た。彼ははじめて悲しみのはけ口を見つけたのだった。二人の恋愛に批難すべき点を見つけたのだった。それまでは、栄子が内藤のところへ走ったことに、彼は何かの言分も捜し出すことが出来なかったのだった。彼は一層感情的な声で続けた。

「内藤は百万長者の息子だっていうじゃないか。栄子を一晩や二晩の旅行に連れて行ってやるくらい何でもない筈なんだ。そりゃ形式なんかどうでもいいかもしれないが、下宿屋に小娘をひっぱり込むなんて、どう見たって感じが悪いじゃないか。それが君、これまでいい家庭に育ったお嬢さんなら、却ってそれでもよかろうさ。けれどもカフェにいたような女なんだから、尚更《なおさら》それじゃ可哀想じゃないか。たったそれだけのことで、栄子の一生の明るさがちがって来るんだがな——。」

ましして、彼女があんなに寂しがっているんじゃないか、と新吉は言いたかった。すると、美しい砂浜と早春の海の色とが彼の頭に浮んで来た。松風と波の音とが聞えて来た。廊下の欄干に凭《もた》れて海を眺めながら静かに泣いている栄子の姿が見えて来た。前にそんなことがあったのだ。それは海でなくて河だった。去年の秋、栄子が田舎の都会の河沿いの宿で新吉と結婚の約束をした時に、彼女が湯を上って直ぐ廊下へ出て行ったので、彼に隠れて化粧でもするのだろうと、彼はそちらを見ないようにしていたが、彼女は欄干に掛けた手の上に額を載せてじっとしているから、彼が立ち上って傍へ行ってみると、彼女は静かに泣いているのだった。その泣いている気持は新吉に素直に流れ込み、それは彼の美しい記憶となったのだった。

「実際どうして内藤は海岸か温泉へ行って、自分達の美しい記憶を作らなかったんだろうね。どう考えたって馬鹿だよ。」

「そりゃそうも言えるがね。」と永見は彼の感傷には他人のように、寝床の中から眠むそうな眼で霰を見ていた。新吉も声を落してしまった。

「戸を締めて午頃《ひる》まで寝ようか。」

「うん。」

「もう直ぐ止《や》むらしいね、霰は。」

そして新吉は机の上の黒いソフト帽を取り上げてみた。

「まだ濡れてるよ。重い程濡れてるよ。」

「あれじゃね。ひどい雨だったからね。」

そしてまた二人は、昨夜カフェ・リオンで内藤の下宿を見に行ってみようと言って顔を見合せた時と同じような苦笑を洩《も》らした。

昨夜、カフェを飛び出すとひどい雨だったが、二人は傘もなく、腕を引っこめた袖《そで》を振りながら前屈《まえかが》みに暗い街を走った。下宿はカフェから六丁と離れてはいなかった。もう大戸がぴったりしまっていた。隙間から覗《のぞ》くと玄関の正面に四五尺もある掛時計が見えた。真鍮《しんちゆう》の大きい振子だけが視野の中で規則正しく動いているのが魔物のような感じだった。そのうしろは帳場の白い障子だった。

「確かこの家なんだがね。マッチをつけて見ようか。」と永見はマッチの火をかざして伸び上った。門口の上に宿泊人の名札が掲っていた。

「これだ、これだ。」と新吉が黒い木札に朱で書いた「内藤佳一郎」という文字を指ざそうとして顔を上げた拍子に、彼のソフト帽の縁にたまっていた雨水が、ざざざと肩に落ちかかった。

「こりゃたまらない。」と笑っているところへ、蕎麦《そば》屋の出前持が石段を上って来たので、彼等はあわてて飛び退《の》いた。そして路《みち》の向う側の煙草《たばこ》屋の軒下から、半洋風な高い下宿の建物を眺めていた。三階の一部屋の硝子《ガラス》窓に真新しく白いカーテンが閉じられていた。その白い内に栄子がいそうに思われたので、新吉は力ない声で言った。

「今下宿へ乗り込んで行ったところでどうにもならないね。」

「そんなことは止《よ》し給《たま》え、そんなことは止し給え。」

電車に乗ってから彼等はまた帽子の縁から雨水を流し落さねばならなかった。

その帽子で今朝は机の上までが濡れているのだった。

栄子を内藤が下宿へ泊らせたことに対して腹を立てている自分が、新吉にふと空虚に感じられて来た。自分の恋愛は栄子を海岸や温泉へ連れて行ってやろうとする空想のような種類のものなんだと、自ら嘲《あざけ》り笑いそうな気持になって来た。彼は急に雨戸を閉めて言った。

「寝ようかね。十二時まで寝てもまだ五時間ある。」

「うん。君もゆっくり寝ろよ。」

二

その日も夜になって、二人はカフェ・リオンへ現われた。

「行ってみないかね。」と永見に誘われると、新吉はさすが、

「少し恥さらしのようで閉口だな。」とためらっていたが、

「構うもんか。知らん顔していればいいのだよ。」と言う永見の言葉のままになった。

それでも新吉は少し気おくれ気味に顔を固くして、永見の後からカフェの青い扉をくぐった。直ぐに良子が走り寄って来て永見に言った。

「今栄子さんが内藤さんと一緒に来たのよ。」

「ここへかい。」と永見は驚いて新吉を見た。

栄子は昨日の朝、家の者達がまだ起きないうちにこっそり手廻りの物を風呂敷包みにして抜け出したのではなかったか。あまつさえ、このカフェに集まって来る腕自慢の暴漢達を恐れて、行先や相手の男を絶対の秘密にしたがっていたのではなかったか。

「うちへ来たのかい。」

「ええ。」

「まだいるの？」

「いいえ、今帰ったばっかりなんですの。今夜の九時の急行で一緒に九州へ行くのだと言って急いで帰りましたわ。」

「九州って？」

「ええ。内藤さんのお家が長崎なんですって。徴兵検査でお帰りになるので、一緒にお家へ連れていらしたのですわ。」

「へえ。」

「九州へ行ったかね。」

そう言ったまま新吉は暫《しばら》く突立っていた。

「二階へいらっしゃいません。」と言う良子に、

「うん。」と答えて、狭い梯子段《はしごだん》を上りながら新吉はまた言った。

「関門海峡を越えて行くのだね。」

「しかし、突然女を家へ連れて行ったりして、大丈夫なのかね。栄子も栄子でよく行ったものだ。」

二十一の学生と十七の小娘だ。新吉にしたところでまだ学生であるが、彼は彼等の若々しさに美しさが感じられて来た。遠くの家まで栄子を連れて行く勇気と純情とが

彼を動かした。昨夜彼女を下宿へ泊らせたのも今日の長い旅のためだったのか。内藤は海岸や温泉の宿へ連れて行かなかったが、自分の家と自分の家族とのなかへ栄子を連れて行った。もう急行列車が東京駅を出てしまった時刻だ。栄子に附き纏《まと》っていたいろんなものも、もう彼等に追い縋ることは出来ない。新吉はまた言った。

「関門海峡を越えて行くのだね。」

下関《しものせき》と門司《もじ》との間の聯絡船《れんらくせん》が彼の頭に浮んで来た。それがまことに遥《はる》かなる感じだった。

良子が二階へ上って来た。永見はやっぱり栄子のことを聞いた。

「さっき、栄子どんな風だったい。」

「大変な元気でしたわ。昨日とは見ちがえるようよ。今度東京に帰ったら内藤さんと家を持つんですって。内藤さんの伯母さんにあたる方が東京にいらっしゃるそうね。その方が大変好意を持って内藤さんのお家の方へ話して下さるのですって。栄子さんのお父さんも承知なさったそうよ。」

「そんなことはないだろう。おやじは青森にいるんだから、昨日の今日手紙の返事が来る筈がないじゃないか。まさか電報で結婚の相談をしやしまいし。」

「でも、栄子さんがそう言ったわ。」

「そりゃ、おやじが許さないと言いもしなかろうが。」と新吉は情ない気持で言った。彼はうっかり「あのおやじ」と言うところだった。彼は去年の秋、栄子との結婚の承諾を得るために、わざわざ青森県の田舎町まで行ったことがあるのだった。その時見た彼女の父親の姿が思い出されて来た。東北地方の貧しい朴訥《ぼくとつ》な百姓の彼は、娘と新吉との結婚にも、また娘と内藤との結婚にも、唯《ただ》無意味に近い承諾を与えているよりどうすることも出来ないであろう。

新吉は見るともなくあたりを見廻していた。食卓の上の植木鉢の草花は花を落しつくしていた。落ちた花弁を拾う者すらないらしく、衰えた茎の根元に腐っていた。片側に置き棄てられた古い長椅子《ながいす》は布が擦り切れて藁屑《わらくず》が食《は》み出していた。テーブル掛けにはビールのコップの尻《しり》が五つ六つもしみになっていた。体を動かすと椅子の脚が軋《きし》んだ。窓の色硝子はところどころ破れたままだった。まるで活劇を撮影した後のセットのように荒れて空虚だった。そして事実またそれにちがいなかった。このカフェは暴漢や無頼な学生の修羅場になっていた。血なまぐさい喧嘩《けんか》は毎夜のことだった。懐《ふところ》に兇器《きょうき》を忍ばせていない男は殆《ほとん》ど出入しないと言ってもよかった。暴力を目的としない客は寄りつかなくなっていた。だからずっと古くから相当なカフェとして知られている店だったが、だんだん寂れてしまっていた。掃除も行き届かないでじめじめした床の上に漂った空気は唯その夜の暴力の爆発を陰気に待っているのだった。

「川島の連中は来ているかね。」と、ビールを飲んでいた永見が聞くと、良子は、

「ええ。今下にね。」と小声に答えながら、ちょっと梯子段を覗いた。

川島というのは町の人々から「パルチザン」という渾名《あだな》で恐れられている荒くれ者の一味の首領格の男だった。

「栄子が内藤のところへ行ったのはまだ知らないんだろう。」

「それがね。」と良子は二人のテーブルに坐《すわ》った。

「大変なんですの。今川島さんがお帳場へ坐り込んで、短刀を畳に突き立てているところなんですの。袋に入れたものを持っているから、尺八かと思ったら短刀なんですもの。」

「それで？」

「それで栄子をどこへやったって、うちの御主人を脅しつけているんですもの。」

新吉は胸を突かれた。

「言ったのか主人は？」

「私はこわくなって逃げ出して来たから分りませんわ。私たちが知らないって言ったから、帳場へいらしたんですわ。」

「分ったら一騒動起すつもりかね。」

「だって、栄子がもう東京にいないんだからどうしようもない。九州まで追っかけやしないしさ。昨夜だったらあぶなかったね。」と永見が言った。

昨夜も川島は来ていたのだった。川島は以前から栄子を恋しているとしか新吉に見えないのだった。栄子がこのカフェへ出たと聞いて、新吉が初めてここへ来てみると、彼女は川島のテーブルに窮屈そうに坐っているところだったが、新吉の姿を見ると、彼女はわざと川島へ親しげにはしゃいで見せたのだった。川島は俠客肌《きようかく》の武骨をもって自ら任じていたし、どもり癖がある程口下手な男だったけれども、栄子にどんなことを言っているか知れなかった。とにかく、このカフェで栄子を自分の傍に引き附けて置きたがっている川島を見ると、新吉はどうしようもない彼の暴力の圧迫を感じていたのだった。唯川島は新吉の高等学校と大学の先輩であったりする関係からもともと顔見知りだったので、彼が暴力を加えるようなことはないと信じて、平気でここへ来ていられるのだった。

「ああ、あ、若い人って大変ね。でも、栄子さんのようなのは特別だわ。あんな人って、私見たことが無い。」と、二階へ上って来た女給が良子に言った。彼女は三十を過ぎていた。

「ほんとね。栄子さんが来てから、ずいぶん騒ぎだったわね。」

「もう私のようになると誰も相手にしてくれないし。」

「栄子さんがいる間は毎日お芝居だったわね。」

新吉は顔を赤らめて苦笑した。良子から聞いたところによると、栄子は新吉が初めて来た晩、女給達に彼との関係をすっかり話して聞かせたのだそうだった。また彼女は或る男から毎日のように来る恋文を、寝床にはいってから狂人のように高い声で夜《よ》毎《ごと》に読んで聞かせるのだそうだった。一人の会社員は彼女を女学校に入れてやると言った。他の男は彼女の故郷から父や妹を引き取ってやると言った。また或る私立大学の学生は、彼女が結婚する口約束を与えた翌《あく》る日、彼女の名を左腕に入墨してカフェへ来た。しかし、その時彼女はもう内藤の所へ行く約束をした後だった。彼女は同じ日に二人の男と婚約をしたのだった。まだまだ沢山の男が僅《わず》か十七の彼女を目あてにカフェへ通っていたにちがいない。新吉もその一人だった。これらのことを良子に聞かされると、新吉はもう自分の手が彼女の前に突き出された沢山の手のうちで、古びて力弱いものであることを感じた。栄子の不幸を感じた。破滅を感じた。栄子自身にしても、良子にとっつかまって自分は不幸だ不幸だと叫びながら荒々しく泣き通しているかと思うと、オペラの流行歌を滅茶苦茶に唱《うた》ったために咽《のど》が涸《か》れて声が出なかったりした。そして内藤のところへ行ったのだった。そこで心静かに落着き給え。新吉はそう祈ってやりたかった。川島なんかの眼からも隠して置いてやりたかった。

「ね、川島さんはどうして？　あのますますみそうもない剣幕だったわね。御主人が白状しないとあぶなかないの？」

「それがとても意外よ。」と年増の女給は良子の隣りに腰を下して、新吉を見ながら言った。

「さすがだと感心したわ。」

「どうしたの。」

「御主人が言っちゃったのよ。昨日の朝、内藤さんのところへ行きましたって言ったのよ。川島さん、どんな顔をするかと思ったら、ふんそうかって言うのよ。そして畳に突き刺した短刀を抜いてね、そうか、それならお前が二人の仲に立って、よろしく纏めてやれって、こうなの。あっさりしてるわ。」

「ふうん。」と新吉は永見と顔を見合わせた。彼の胸へ気持のいいものが流れ込んで来た。栄子と内藤との結合によってもやもや曇っていた彼の頭の中が晴れ渡って行くのを感じた。

「御主人も安心したらしいのよ。それで言ってたわ。実は私にも一言の挨拶《あいさつ》もなく飛び出して行ったんで、腹が立っているんです。栄子は私が嫁にやるつもりでいました。私に一言言ってくれりゃ、箪笥《たんす》の一本も附けてやるんでした。すると川島さんが、腹も立とうが、そこはまあよろしくやってやれですって。」

新吉には栄子達の結合を祝福していないのが自分一人であるように思われて来た。ほかの人の祝福に追っつかねばならない。

そこへ、川島が梯子段を上って来た。彼は新吉の肩を抑えながら穏かに言った。

「おい、出よう。一緒に行かないか。」

「どこへ。」

新吉は意外そうに川島の顔を見上げていた。

「どこだか分らないが行こう。」

「うん。」と新吉達も立ち上った。

三

彼等はもう寝静まった電車通を一ぱいに歩いて行った。七八人だった。川島は法学士弁護士の肩書を持っていて柔道四段だった。その他の連中は皆私立大学の柔道選手だとか、私立大学の半途退学生とかだった。新吉と永見の二人は目立って貧しい体だった。それより目立っているのは三浦という美しい少年だった。川島等の一団はこの少年の花やかな才智と美貌《びぼう》とに感傷的な尊敬を感じている風だった。三浦はいつも彼等の間に白く輝いていた。

「ちょっと裏通を廻ってくれ。交番の前は事面倒だからね。」と川島は苦笑しながら新吉に呟《つぶや》いた。

皆が申し合せたように横町へ折れるので、新吉は変に思ったのだったが、川島の説明を聞くと、何だか急に落ちぶれたような感じがして、気持が頽《くず》れて来た。栄子を完全に失ってしまった今の場合、交番を避けて通らねばならないというような経験は、何かを投げ出した時に似た魅力があった。川島は新吉と栄子とのことを勿論知っていたが、それには一言も触れなかった。けれども彼がいつになく誘い出してくれたりしたので、栄子のことで自分がいたわられているのが分り、新吉は何とはなしに彼等の腕力に甘える気持にさえなっていた。

交番を裏廻りして電車通に出てから、また折れると、その奥がカフェ陽炎《かげろう》だった。新吉と永見とは少し後れてはいって行った。新吉はドアを明けたまま立ち止まってしまった。

川島が右手と左手とに二人の学生の胸倉を捉《とら》えていた。右の学生が足を払われて漆喰の上へ激しく転倒した。その上へ重なるようにもう一人の学生が投げ飛ばされた。二人の学生は投げ出されたまま、川島の足もとへ這《は》いつくばって、犬のようにぺこぺこ頭を下げた。

「失礼しました。今日のところは見逃して下さい。」

「見逃して下さい。」

「おい。そのざまは何だ。柔道の選手面《づら》をしやがって、生意気な小僧だ。絞め殺すぞ。」

川島は落ちつき払って冷やかに笑いながら、傍に立っている女給に持たせてあった大島の羽織をゆっくりと着た。

私立大学の柔道選手達は着物の芥も払いもせずに、そこに飛び散っていた下駄を拾うと、裏口から這うように逃げ出して行ってしまった。

彼等は何事もなかったように真中のテーブルに陣取って酒を命じた。

「女房をひっぱり出せ、なあ三浦。」と二人が言った。

「亭主と二人両手を突かせてあやまらせてやれ。」

陽炎の若い女主人は女王のように丈が高くて美しかった。美少年の三浦と恋に落ちて出奔した。それが一月ばかりして、また夫のところへ帰ったのだった。その事件は一時刑事問題にまでなろうとして、かなりカフェ客の好奇心をそそり立てていたのだった。

一人二人がそのおかみを店へ出そうとしてコック部屋の方へ乗り込んで行った時、テーブルでは二言三言ひそひそ話しをしていたが、突然青白い殺気を含んだ一人の男がついと立ち上って出て行ってしまった。

すると、印半纏《しるしばんてん》に向う鉢巻をした男が天秤棒《てんびんぼう》を振り上げてドアから跳《おど》り込んで来た。

「やいこら、よくも人を斬《き》りやがったな。た、た、叩き殺してくれるから、お、お、表へ出ろ。」

彼の鉢巻は血で真赤だった。片頰へたらたら血が流れていた。その男が全く逆上しているに反して、こちらのテーブルでは皆が素知らん顔で料理の皿を突ついていた。

「おい、若いの、どうしたんだ、血が出てるぜ。」

そして皆が笑った。

「な、な、何の恨みがあって斬りやがったんだ。叩き殺してくれなけや――。」

「そいつは気の毒だったな。しかしお前、お門ちがいだろう。おれ達のせいじゃないよ。」

「確かにここへはいったのを見届けたんだ。」

「そうかい。そんならよく見てごらんよ。この中に斬った者がいるかい。気を落ちつけてな。」

「うう。」と鉢巻の男は後が出なかった。

「畜生、覚えてろ。」と、そのまま姿を消してしまった。

さっき帰った男が、出合頭《であいがしら》に蕎麦屋の出前持の額へ斬りつけたのだ。

「あいつは無闇矢鱈《むやみやたら》に斬るからいけないよ。」と川島は笑っていた。

新吉は血だらけの顔を見ても一向平気だった。寧《むし》ろ気持が活《い》き活きして来た。

そこへ、二人の男に両手を取られておかみが奥から引っぱり出されて来た。

「さあ坐れ。」

二人の男は彼女を抛《ほう》り出すように、彼等のテーブルの椅子へ彼女を押しつけた。彼女は顔色も変えずにそこへ坐った。三浦は体を固くしてしまった。

「亭主を呼んで来い。」

彼女は笑って相手にしなかった。ふとそこに新吉達を見出《みいだ》して意外らしく彼女は話しかけた。

「栄子さんはどうしましたの。」

新吉はぐっとつまって答えなかった。誰も何とも言わなかった。彼女は彼と栄子とのことを知っているのだった。新吉は七八人の男から一斉《いっせい》に見られてうつむいてしまった。微《かす》かな冷たいものが水のように心の奥へ流れて来た。

「皆にお酌をしろ。そいつを亭主に見せてやるんだ。」と誰かが言った。彼女は素直に皆の盃に酒をついだ。亭主が血相変えて奥から飛び出して来たかと思うと、おかみの手をぐいと引っぱって連れ去ってしまった。皆が黙ってそれを見ていた。

「どうだ三浦、今日はこれで勘弁してやれ。少しはいい気味だろう。」と川島が言って立ち上った。

それからまた彼等は交番裏を抜けて、小汚いカフェへ行った。皆が坐り切れない程の店だった。椅子のない二三人は帳場へ坐り込んで、亭主に酒と料理を出させる談判を始めていた。彼等はリオンでも陽炎でも無銭飲食をやっているのだった。

店に一人中年の男が女給を相手に酒を飲んでいた。川島が立ち上ってその男に近づくと、

「おい、しゃっぽ。」と言いながら彼の中折帽をぽんとはじいた。彼は帽子を拾って、むっと川島を睨《にら》んだ。

「いいしゃっぽだな。」

川島はまた彼の帽子を落した。

「失敬な。」

「おいしゃっぽ。お前でも腹が立つか。」

「いい加減にしろ。」

「ふん。極楽が見たいんだな。」

川島は彼の頬を指先でつつきながら、ゆっくり羽織を脱いだ。

「貴様の命より、俺の羽織の方が惜しいからな。」

そして彼の胸倉を取って椅子からぶら提げた。彼が二つ三つ川島の腕を殴ろうとしているうちに、咽がしまってぐったり気絶してしまった。直ぐ川島は彼の体を抱いて活を入れると、きょとんと目を開いて、乞食のような表情を見せた。

「どうだ。極楽の景気を見て来たか。」

「ふうん。面白いことをしやがるな。」

「こんどは地獄を見せてやろうか。」

「極楽だけにしといてくれ。」

そして彼はしきりに商人染《じ》みた追従《ついしょう》を始めた。

「おい、しゃっぽが酒を飲ませるそうだ。」

それでも女給が気の毒がって奥へ通すまいとすると、男は自分でふらふら立って酒を言いつけに行った。そして情ない顔でにたにた笑っていた。

出がけにまた一人の男が彼に喧嘩を吹っかけた。

「もう止せ、止せ。」と川島が言って出てしまったのに、その男は一人残って、拳《こぶし》で彼の顔をさんざんに突いて鼻血を出させた。

もう電車がなかった。

町角で別れてから、川島は振り返って新吉に呼びかけた。

「おれ達だって毎日喧嘩をしたいんじゃないぞ、家へ帰ってから軽蔑《けいべつ》しないようにしてくれよな。それからだ、栄子のことはもうさっぱりあきらめろよ。」

「うん。」と新吉は素直に答えた。この暴力の一群に別れると、急に夜の寒さがあった。

（昭和二年五月、「太陽」）

浅草に十日いた女

一

リラ子は毎日楽屋へ来る幾通かの恋文を酒場へ持って帰っては、寝床へ入ってから、気ちがいのように癇高《かんだか》い声で女給達に読んで聞かせるのだそうだった。

一人の会社員は彼女を女学校へ入れてやるといった。他の男は彼女の故郷から母や弟を引き取ってやるといった。また或る私立大学の学生と自称する男は、彼女が結婚すると口約束を与えると、五時間と経《た》たないうちに、彼女の名を左腕に入墨して酒場へ戻って来た。しかし、その時リラ子はもう内藤のところへ行く約束をした後だった。彼女はその五時間の間に、二人の男と婚約をしたのだった。

彼女が酒場へ現れてから、他の女給達は皆、ものをいうことを忘れたかのようにぼんやりしてしまった。

「ああ、あ、若い人の騒がれるのはもう見あきてるけれど、リラ子さんのようなのって、私出会ったことがないわ。」

と、良子は新吉の横にぐったりと坐《すわ》って、

「あの人が来てから、血の匂《におい》を嗅《か》がない日ってないのよ。この店もリラ子さんのお蔭《かげ》でこんなに客を呼びながら、つぶれてしまうのね。」

そういう良子は三十を過ぎていた。

新吉は見るともなくあたりを眺めていた。テーブルの上の植木鉢の草花は花を落しつくしていた。その落ちた花弁を拾おうとする者すらないらしく、枯れかかった茎の根元に腐っていた。片側に置き棄てられた長椅子《ながいす》は、布が擦切れて藁屑《わらくず》が食《は》み出していた。白いテーブル掛には、ビールのコップの尻《しり》が五つも六つもしみになっていた。体を動かすと椅子の脚が軋《きし》んだ。窓の色ガラスは何枚も破れたままだった。まるで活劇を撮影した後のセットのように荒れていた。事実また、血なまぐさい喧嘩《けんか》が毎夜のことで、懐《ふところ》に兇器《きょうき》を忍ばせていない男は殆《ほとん》ど出入しないといってもよかった。古くから相当な酒場として知られている店であったが、リラ子が来てから一週間経たぬうちに、暴力とリラ子とを目的としない客はだんだん寄りつかなくなってしまった。女給達は掃除をする気もなくなってしまったらしく、じめじめ汚れた床の上に淀《よど》んだ空気は、唯《ただ》その夜の暴力の爆発を陰気に待っているのだった。

しかもそれら血の争いは、争う当人達にもはっきりとしない原因から起るのであった。リラ子というものが生れつき、なぜか男の殺気をそそり立てるとしか考えられなかった。けれども、良子の話によると、リラ子は毎夜寝床に入ってから、良子にしがみついて、自分ほど不しあわせな者はないと泣き叫んでいるかと思うと、レヴューの舞台での歌を、咽《のど》がかれて声が出なくなるまで歌いつづけたりするのだそうだった。それは新吉に、一人の女の痛ましい破滅を感じさせた。そして一層惹《ひ》きつけられた。

リラ子が無断で舞台を休んで、稽古《けいこ》にも出て来なかった夜、新吉が彼女を迎えに酒場に行ってみると、良子は内藤の下宿から帰って来たばかりだった。リラ子はその日の朝、まだほかの女給達が眠っている間に、内藤の下宿へ逃げて行ったのだそうだった。

酒場を出ると梅雨時の雨になっていたが、同じレヴュー劇場の文芸部に机を並べている永見が、懐手の袖《そで》を振りながら上野のほうへ走り出すので、新吉は後から、

「おい、どこへ行くんだ。」

「内藤の下宿さ。君の恋人の嫁入先を見に行こうじゃないか。良子に道を詳しく聞いて来た。――リラ子はあんな気性の女だから、内藤の下宿へ行ったにしても、男に指一本触らせないで夜明しするかもしれないよ。」

「そんな馬鹿な。」

と、新吉は友だちの慰めを打ち消しながら、

「リラ子があんなに寂しがっているんだもの。女が男のところへ行って、わが身が寂しくなったら、もう男のものだよ。」

「そうかね。」

「そうだよ。――しかしそれにしてもずいぶん寂しがりようが変は変だね。あんな妙なことってないね。そうだろう。とにかく君、恋人のところへ行ったんじゃないか。二人きりでいたがりそうなものだのに、三時間と経たないうちに、良子を電話で呼び寄せて、夕方まで留めておいてさ、帰ると追っかけるように速達をよこしたり、それでも足りないで直ぐ後から良子のところへ電話をかけて来たり、明日また朝早くから来てほしいといったり、リラ子のような女が恋人と一つ部屋にいて、まるで誘拐《ゆうかい》された少女みたいに寂しいものかしら。」

「昨日一日に二人の男と結婚の約束をしたというのも、正気の沙汰《さた》じゃないよ。」

「どこでもいい、落ちつきたかったのかもしれないね。身を隠したかったのかもしれないね。」

というと、新吉はリラ子が恋人の傍で幸福そうにはしゃいでいると聞くよりも、恋

人の下宿へ行くと一時間も経たないうちに二人きりでいることが堪えられなく寂しがっていると聞くほうが、却《かえ》って彼女らしく思われるのだった。このような彼女に不似合の弱々しさは、彼女が男の胸へ倒れかかって行くことを一層美しくするのだと思われるのだった。恋の力の弱さをではなく、その強さを現しているように思われるのだった。

下宿はもう大戸がぴったりしまっていた。隙間《すきま》から覗《のぞ》くと、玄関の正面に四五尺もある掛時計が見えた。真鍮《しんちゆう》の大きい振子だけが視野のなかで規則正しく動いているのが、魔物のような感じだった。

「確かこの家なんだがね。マッチをつけて見ようか。」

と、永見がマッチの火をかざして伸びあがった拍子に、帽子の縁にたまっていた雨水が、ざざざと肩に落ちかかった。その音に驚いて二人は飛び退《の》いた。そして路《みち》の向う側の煙草《たばこ》屋の軒下から、半洋風な高い下宿の建物を眺めた。三階の真新しい白いカーテンの窓一つだけが明るかった。そのなかにリラ子がいそうに思われた。新吉は力ない声で、

「今下宿へ乗り込んで行ったところでどうにもならないね。」

「そんなことは止《よ》し給《たま》え。——今夜君のところへ泊ってやろうかね。」

と、永見はさっさと歩きながら、

「なんのために見に来たのか分らないな。これで少しは気がすんだかね。」

リラ子は浅草のレヴュー劇場へ来たその日に、そこの文芸部員の新吉と結婚の約束をしたのだった。そして新吉が驚いたことには、彼女は劇場に雇われたその夜から、浅草の酒場でも働きはじめたのだった。

二

翌《あく》る日の夜もまた、新吉は永見に誘われると、

「少し恥さらしのようだね。」

といいながらも、リラ子の酒場へ行ってみた。

二人の姿を見ると、良子が扉のところまで走り出して来て、囁《ささや》くように、

「今リラ子さんが内藤さんといっしょに来たのよ。」

「ここへかい。」

と、永見は新吉と顔を見合わせた。リラ子は昨日の朝早く、こっそり手廻りのものを風呂敷包にして、この店を逃げ出したのではなかったか。おまけに、ここへ集って

来る無頼漢達を恐れて、行先や相手の男を絶対の秘密にしておいてくれと、良子に頼んだのではなかったか。

「それで、まだいるの？」

「いいえ、今帰ったばかりなんですの。今夜の終列車で内藤さんといっしょに九州へ行くのだって、急いでいましたわ。」

「九州って？」

「ええ。内藤さんのお家が久留米《くるめ》なんですって。」

「九州へ行ったかね。」

と、遠い道を思うように新吉は暫《しばら》く突立っていた。内藤はまだ二十そこその学生だ。リラ子のような女をいきなり自分の家と家族のなかへ連れて行く若々しい無謀さに、新吉は美しさを感じて、ふとうなだれた。もう終列車が東京駅を出てしまった時刻だ。浅草の十日間でリラ子につきまとったいろんなものも、彼等に追い縋《すが》ることは出来ない。

「関門海峡を越えて行くのだね。」

「お二階へいらっしゃいません？」

と、階段を上って行く良子の後から、永見もやはりリラ子のことを聞いた。

「さっきはどんな風だったい。」

「大変な元気でしたわ。昨日とは見ちがえるようよ。今度東京へ帰ったら、内藤さんと家を持つんですって。リラ子さんのお父さんも内藤さんとの結婚を承知なすったんですって。」

「嘘《うそ》つけ。おやじは神戸のほうにいるらしいから、昨日の今日、手紙の返事が来るはずがないじゃないか。まさか電報で結婚の相談をしやしまいし。」

新吉が椅子に坐ると直ぐ良子は彼の耳に口を近づけて、

「ね、下へいらしたらだめよ。川島さんの連中が来ているのよ。」

川島は法学士弁護士の肩書を持っているのだが、いつか浅草に流れ込んで、一つの暴力団の首領格の男であった。彼はいつもリラ子を自分のテーブルに引きつけておきたがっていた。彼女は窮屈そうに彼の傍に坐っているのだが、二三日の婚約者だった新吉を見ると、わざと親しげに川島とはしゃいだりしたことがあるのだった。

「リラ子が内藤のところへ行ったのは、まだ知らないんだろう。」

「それがね。」

と、良子は声をひそめて、

「大変なんですの。今川島さんがお帳場へ坐り込んで、短刀を畳へ突き立てているところなんですの。袋に入れたものを持っているから、尺八かと思ったら短刀なんですもの。」

「それで？」

「リラ子をどこへやったって、うちの主人を脅しつけてるんですよ。」

「いったのか、主人は？」

「私はこわくなって逃げ出して来たから分りませんわ。」

「だって、もうリラ子が東京にいないんだからどうしようもない。九州までは追っかけて行けやしないさ。」

と、永見は新吉の暗い顔の前で笑って見せた。そこへ商人風の客を案内して上って来た若い女給が、良子の肩をつかまえて、

「いよいよ芝居の幕が下りたわよ。リラ子さんが来てから誰も私達を相手にしてくれなくなったけれど、さてあの人がいなくなってしまうと、もうこの店もおしまいね。私はもう鞍替《くらが》えときめたわ。」

「川島さん、あのまますみそうもない権幕だったわね。白状しないと危かないの。」

「それがとても意外よ。」

「どうしたの。」

「おやじがいっちゃったのよ。昨日の朝、内藤さんのところへ行きましたって。川島さん、どんな顔をするかと思ったら、ふんそうかっていうのよ。そして畳に突き刺した短刀を抜いて、そうか、それならお前が二人の仲に立って、よろしく纏《まと》めてやれって、こうなの。あっさりしてるわ。」

「あら。」

「おやじも安心したのね。大きく出ちゃったのよ。実は私にも一言の挨拶《あいさつ》もなく飛出して行ったんで、腹が立ってるんです。私に一言いってくれりゃ、箪笥《たんす》の一本もつけてやるんでした。川島さんは笑いもしないで、腹も立とうが、そこはまあよろしくやってやれですって。」

と、若い女給は自分の客のほうへ、ついと逃げて行った。川島が上って来たのだった。彼は生真面目《きまじめ》な顔で、新吉の肩を穏かに抑えると、

「おい、出よう。いっしょに行かないか。」

「どこへ。」

新吉はお互に顔だけしか知らぬ相手なので、驚いた風に川島を見上げていると、

「どこだか分らないが行こう。」

川島の連れは七八人だった。学生風の男が多いようだった。新吉と永見の二人の体

の貧しさが、彼等の間で目立った。浅草公園を外れると、もう寝静まった電車通を一ぱいに歩いて行った。

「ちょっと裏道してくれ。交番の前はね。」

と、皆が申し合せたように横町へ折れた時、川島は苦笑しながら新吉に呟《つぶや》いた。新吉はなんだか急に人生の裏道へ落ちこんだような感じがして、気持が頽《くず》れて来た。リラ子を完全に失ってしまった今の場合、それは思いがけない魅力であった。川島は勿論《もちろん》新吉とリラ子とのことを知っているはずだが、それには一言も触れなかった。けれども、川島がいつになく誘い出してくれたりしたのは、リラ子のことで自分がいたわられているのだと分ったから、なんとなく彼等の暴力に甘えたい気持にさえなっていた。

路次の小さいカフェへ入ると直ぐ、印半纏《しるしばんてん》に向う鉢巻をした男が天秤棒《てんびんぼう》を振り上げて跳り込んで来た。

「やい、よくも人を斬《き》りやがったな。た、た、叩《たた》き殺してくれるから、お、お、表へ出ろ。」

彼の鉢巻の手拭《てぬぐい》は血で真赤だった。片頰へだらだら血が流れていた。その男が全く逆上しているのに反して、川島達は知らん顔で料理の皿をつついていた。その一人が、

「おい、若いのどうしたんだ。血が出てるよ。」

「な、なんの恨みがあって斬りやがったんだ。叩き殺してくれなけりゃ——。」

「そいつは気の毒だったな。しかしお前、お門ちがいだろう。」

「確かここへ入ったのを見とどけて来たんだ。」

「そうかい。そんならよく見てごらんよ。この中に斬った者がいるかい。気を落ちつけてな。」

「うう。」

と鉢巻の男は後が出なかった。

「畜生。覚えてろ。」

と、そのまま姿を消してしまった。

川島達の一人がなんのわけもなくただ出会頭に蕎麦《そば》屋の出前持の額を斬って、途中から帰ってしまったのだった。

新吉は血だらけの顔を見ても一向平気だった。却って昨日から沈んでいた心が活《い》き活きとして来るように思われた。そういう自分に驚いていると、

「リラ子が見てないと面白くないね。」

と、川島はぼんやり笑って、

「しかし、あの女のことだから、いずれはどこかで男の血を見てやがるんだろう。」

新吉は背筋の冷い顫《ふる》えを隠そうとしてうつ向いた。

（昭和七年七月、「サンデー毎日」）

彼女の盛装

一

新助は朝まで一眠りもしなかった。

頭は興奮で石のように固くなっていたが、六っ箇月振りで空想が華やかに踊り出した。しかも彼の癖として、彼の空想は事件がお伽噺《とぎばなし》の奇蹟《きせき》のように都合よく運ぶことばかりを、幸福の明るい夢ばかりを描くのだったが、それでもその激しい空想の重量に抑えつけられて、幾度も寝返りするうちに、背筋が凝り固まって来た。

けれども、電燈をつけて寝床の上に坐《すわ》ってみると、三月の夜更《よふ》けが肌寒かった。それに疲れた頭の奥の方から、しんしんと地の底へ沈んで行くような音が微《かす》かに聞えて来た。同じみち子に就ての空想なのだが、六っ箇月前のように新助の生活を清める生き生きしいものでないように感じられた。空想と実生活との間に、幅の広い濁りが流れていて、それを渡れそうもない自分が感じられた。

彼は寝床に倒れ込んだ。明りを消すと、また空想が起上って来て、小さい部屋に籠《こも》っている暗闇《くらやみ》が重々しかった。

とうとう寝間着の上に羽織をひっかけて、十五通ばかりのみち子の手紙を月日の順に読み返してみた。

○

おなつかしき新助様
お手紙うれしくございました。この間の私の手紙のことをおゆるし下さいませ。
あの時の手紙のことをお話いたしましょう。私はほんとうのことをお話いたします。私あなた様にあのようなむりなこと申しましてすみませんでした。あなた様に今お話致しますことを悪く思わないで下さいませ。私は正直にお話致します。
あなた様が東京にお帰り遊ばしましてから家で毎日のように私を叱《しか》るのです。お前は新助様と何の話をした、お前はもうどのようなことが書いた手紙が来ても、返辞を出すことはならん、手紙でも来たら見せよとか、それはそれは毎日申すのです。私はその時でした。いろいろ考えて、私はこの家にいてはあなた様が手紙を下さいましても、私一人で見ておくわけにはゆかず、このような家にいるよりも、東京のあなた様のところに行き、あなた様とお話した上で国に帰って、またあなた様に帰ろうと思い、それにしてもお金がない、どうしたらよいのでしょうと思いました。

私はあなた様からお金を送っていただいて、直ぐに東京へ逃げようと思って、その様な手紙を出したのでした。その時書いた手紙は気が落ちつかなくて、今となっては何を書きましたやら、私分らないのです。ほんとうにすみませんでした。

あなた様が私のような者を愛して下さいますのは、私にとってどんなに幸福でしょう。私は泣きます。私も今日までは沢山の男の方が手紙を下さいました。それには愛とか恋とか書いてありました。私はその返事をどう書いてやればいいのか、私には分りませんでした。

私は私をみんなあなた様の心におまかせ致します。私のような者でもいつまでも愛して下さいませ。

私は今日までに手紙に愛すると云うことを書きましたのは、今日初めて書きました。その愛と云うことが初めてわかりました。

また、この間の手紙に女の人のことも書きました。お話致しましょう。その方は今年二十三歳です。

名古屋にいた時、あるカフェにいられました。その時学生の人と一度結婚をなさいましたが今では離れて、この岐阜に親様方と一しょに暮していらっしゃるのです。その人はどうしても東京に行き、自分はカフェにはいり、そのような暮しをしてみたいと云って居《お》られましたが、今又ある学生の人から結婚を申しこまれて、東京に行くのはよしになさいました。御安心下さいませ。私も東京に行くにしても二人ではまいりません。

又あなた様のお手紙によれば、十一月の中頃に岐阜へ私を迎えに御いで下さいますそうですが、私として、来て下さいますのはどんなにうれしきことでしょう。しかし御母様はどこまでもあなた様や岩佐様のことを悪く申しているのです。御母様の申すことを聞いて下さい。今度あなた様方がお見えになっても御前は家の外に出ることはならんと、どこまでも私に申すのです。私はほんとうに泣いているばかりです。あなた様がわざわざおいで下さいまして、私がこの家から出て行くことの出来ぬ時、私どうしてよいのやら分りません。私もよく考えてみるに、あなた様に迎えに来ていただくより、私が東京に逃げたいと思い居ります。

おいで下さいましてあなた様の心を悪くするより、どうせ私は死んでも東京のあなた様のところへ行くのですから、十一月の一日には行けませんようになりましたが、十日頃には行きたいと思って居ります。しかしあなた様が岐阜においで下さいますなら待って居りますが、私があなた様のところへ行ってよければ、十日頃に逃げて行きます。

あなた様に来ていただいたほうがよいでしょうか、私があなた様のところへ逃げて行ったほうがよいでしょうか。あなた様はどうお思い下さいますか。私はあなた様の思い通りに致しますから、あなた様の思い通りに書いて、手紙を下さいませ。

私はあなた様に来ていただくのは、うれしいのですが、どうしても私を家の外に出して下さらぬその時、あなた様がお心を悪く遊ばしたら、私どうしてよいかわかりませんから。

そのことをよく考えて下さい。唯今《ただいま》書いたことを悪く思っては下さいますな。私は正直にお話致したのです。唯今の私が東京に行ったらよいのか、あなた様に来ていただくか、二つのことをおさしずお願い致します。私はどのようなことがありましてもお傍へ参らずには居られません。お手紙を待って居ります。

手紙は村川様方へ出して下さいませ。

先《ま》ずは失礼を致します。

御身大切に遊ばして下さい。

十月二十三日

○

おなつかしき新助様

お手紙ありがとうございました。

お返事を差上げませんで申しわけございませんでした。お変りもなくお暮しのことと存じます。

私は今あなた様におことわりしたいことがあるのです。

私はあなた様と固くお約束を致しましたが、私には或る非常があるのです。それをどうしてもあなた様にお話することが出来ません。私今、このようなことを申上げればふしぎにお思いになるでしょう。あなた様はその非常を話してくれとおっしゃるでしょう。その非常を話すくらいなら、私は死んだほうがどんなに幸福でしょう。

どうか私のような者はこの世にいなかったとおぼしめして下さいませ。

あなた様が今度私にお手紙を下さいますその時は、私はこの岐阜には居りません。どこかの国で暮していると思って下さいませ。私はあなた様との　○！　を一生忘れません。私はもう失礼を致しましょう――。

私は今日が最後の手紙です。この寺におたより下さいましても私は居りません。さらば。私はあなた様の幸福を一生祈って居りましょう。

私はどこの国で暮すのでしょう――

皆様によろしく申して下さいませ。お別れいたします。さようなら。

十一月七日

◯

新助様、この間は遠くまでおいで下さいまして、御心配をかけてすみませんでした。おゆるし下さいませ。

私があの様な手紙を出して申わけがありません。岩佐様よりお話を聞きましたが、大変あなた様に御心配をかけまして、ほんとうにすみませんでした。

私は東京のあなた様のところに行きます。私思うように家を出られませんから、正月元日には思う様に出て行きます。そのような時なれば、出て行くことが出来ます。

又、お手紙の中にお金をありがとうございました。

私、あなた様にお願いいたしておきたいのは、この間国の実父よりあなた様のことについて手紙を下さいました。が私はおことわりして下さいと書いて出しましたから、あなた様のところにおことわりの手紙が来ましても、ほんとうに思わないで下さいませ。

私がなぜ父にそのような手紙を出したかと申すと、その手紙を書きます時に、親類の女の子が来て居りまして、私の手紙を見て居るのです。その時に私はおことわりして下さいと書くよりしかたがなかったのです。その子がいたばかりに私が思うように書くことが出来ないのでした。

父からおことわりの手紙が来ましても悪く思わないで、どうか私を愛して下さいませ。

又、あなた様に父より手紙が来ましたら、あなた様より手紙を一本出して下さいませんか。私はあのような手紙を出しましたが、その女の子がいたばかりにことわって下さるようと書きましたが、ほんとうに心から書いたのではありませんから、そのところをよく書いて、すみませんが一本手紙を出して下さいませ。お願い致します。あなた様や岩佐様にほんとうに申わけがありません。

林様や瀬越様に皆《みんな》お話なさいましたそうですね。どうかよろしく申して下さいませ。また私、岩佐様のところにも手紙を出さないと悪いのですけれど、家の者が見張って居りますので、思うように書くことが出来ませんから、あとより出しますからよろしく申上て下さいませ。私今皆様のいない隙《すき》を見て書きましたのです。

手紙は村川様の所にいただくことも、少しの間出来ませんから、私がそのうちに手紙を出しますから、又その時に下さいませ。お願いいたします。

先ずは失礼を致します。皆様によろしく申上て下さいませ。

御身大切になさいませ。

十一月十一日

〇

新助様。お手紙有りがとうございました。

私はあなた様のお手紙を拝見いたしましてから、私はあなた様を信じることが出来ません。

あなた様は私を愛して下さるのではないのです。私をお金の力でままにしようと思っていらっしゃるのですね。私は手紙を見てから、私はあなた様を信じることが出来なくなりました。

私はあなた様を恨みます。私は美しき着物もほしくはありませんです。私がいかにあなた様の心を恨むことか。私を忘れていただきましょう。私もあなた様を忘れます。

あなたは私が東京に行ってしまえば、後はどのようになってもかまわないと思う心なんですね。

もう私は何ごとも申しませんが、私はあなた様を忘れて居りましょう。あなたは私を恨みになるでしょう。恨まれてもかまいません。村川様方に下さる手紙もとうに私の手に入らないようになりました。あなた様がこの手紙を見て岐阜にいらっしゃいましても、私はお目にかかりません。あなたがどのようにおっしゃいましても、私は東京には行きません。

手紙下さいましても、私は拝見しません。

私は自分を忘れ、あなた様を忘れ、真面目《まじめ》に暮すのです。私はあなた様の心を恨みます。私を恨みになるなら沢山恨んで下さい。

手紙下さいましても拝見しませんから、そのつもりでいて下さい。村川様もあなたの手紙は取次いでくれません。

私は永久にあなたの心を恨みます。さようなら。

十一月二十四日。

○

小さい革カバンの中の風呂敷包みから、みち子の手紙と一緒に運勢暦が二冊出て来た。去年の分と今年の分とだ。

白鶴易断所発行のこの運勢暦は、汽船の航海日程表のようにみち子の生活の進行を予言しているので、去年から新助は彼女の年齢の運勢を毎日のように読んで、今ではもう殆《ほとん》ど諳記《あんき》してしまっているのだった。そしてこの不思議な事実は、つまり丙午の娘の運勢の易断通りに彼女が生きて行くのは、彼女が典型的な丙午の娘だからだと考えて、恋愛の魅力を新鮮にしていたのだった。

新助は枕《まくら》もとにみち子の手紙を散らばらせたまま寝床にもぐり込んで、また今年の運勢暦を読み出した。

○

十七歳　丙午四緑《ひのえうましろく》　天河水

此《こ》の年の生れの人は、本年の干支《えと》の巡り合せが、十干《じっかん》は相剋《そうこく》であって、十二支は相《そう》生《じょう》である。これに本年の年の循環《めぐり》を考え合せてみると、今年は境遇に変化を生じ易《やす》い年で、殊《こと》に前半年は色々と辛労が起り、従って心中迷いを生じたり、我儘《わがまま》又は短気を出して運気を乱し、自分の心柄から凶運を招く惧《おそ》れのあるものである。故《ゆえ》に本年総体の運命に就て説明したる所を守り目上の意見に従いて、我意に任せて自分勝手な行いをしない心掛けが肝要である。此の心掛けで万事を行って行けば年の半頃《なかばごろ》からは吉運の兆《きざし》が現れて、人の助けもあり信用も得られて将来の為《ため》に有利な道が開け、希望を達し得る望が生じて来るものである。女の方は此の外に世間馴《な》れない為に人の甘言に乗って不幸災害を招く惧れがあるから、何事も自分一人の考えで行うことを慎むべきであるし、目上と衝突したり朋輩《ほうばい》から詰まらぬ疑いや妬《ねた》みを受ける憂《うれ》いがあるから慎むべきである。

吉方　南、艮《うしとら》、坤《ひつじさる》、

凶方　巽《たつみ》（五黄殺）、乾《いぬい》（暗剣殺）、東（本命的殺）、西（干支本命的殺）、北

（この方位は相剋故大事にはなるべく用いぬがよい。）

○

二月の運気　壬寅五黄《みずのえとらごおう》

此の月の運気は、本命星四緑と、中宮の巡命星五黄とは相剋であって、これに月の循環《まわり》を考え合せてみると、未《いま》だ吉運期に入らないに拘《かかわ》らず月初め頃に一寸《ちょっと》吉運のように見える為に、これに幻惑されて心中に活動の気が盛んに動く象《かたち》があるが、調子に乗

って浮々と行動するようなことがあると、却《かえっ》て身上に波瀾《はらん》を起したり物事に思わぬ故障を生じて、失敗災害に陥るような惧れがあるから、現状を守って控え目にすることが肝要である。殊に月半ば過ぎから月末へ掛けては衰運の傾きが強いから一層注意すべきである。その他目上との衝突、火難、不時の災害、特に月末は病難等に注意を要する。女の方は此の他に自分の望みが都合よく運ばないので心の鬱《うつ》する象《かたち》があり、目上の人から無理な処置をされて不満を感ずるようなことのある時であるが、辛抱して争わない方が利益である。

吉方　東、南、北、

凶方　巽、

○

三月の運気　　癸《みずのとう》卯四緑

此の月の運気は本命星四緑が中宮に巡り俗に云う本命月であって、これに月の循環《まわり》を考え合せてみると、衰運の時で諸事意の如《ごと》く運ばず心ばかり焦燥《あせ》っても運気が伴わないので色々と心中に迷いを起し、精神上にも境遇上にも変動を望むような象《かたち》があるものであるが、動けば却て不利益を招くような憂いがあるから、万事控目にして現状を守るべきである。此の心掛けで進めば月半ば頃より吉運の兆が現れ、月末になれば運気一転を示して順調に向って来るものである。その他、身内の者に就いての辛労、病難、不注意又は油断からの失敗、思掛けぬ出費、人から意外の迷惑を蒙《こうむ》る等のことが起り易《やす》い時であるから注意を要する。女の方は此の他に縁談の起る時であるが急ぎ過ぎて不幸を見る憂《うれ》いがあるから注意を要する。

吉方　北、坤《ひつじさる》、

凶方　巽、乾、

二

十一月二十四日附の手紙が、みち子の最後の手紙だった。

新助が洗面器を提げて二階から下りて来た時、

「宮坂さん、書留が参って居りますよ。」

と、渡されたのがこの手紙だった。

新助は歯を磨くどころか、洗面器に水の溜《たま》るのも待切れずに水道の水を両手に受けて、濡《ぬ》れた顔のままで二階へ飛上った。

封を切ると、中から小為替が落ちた。彼がみち子に渡して置いただけの金額だ。不吉な胸騒ぎで、彼女の幼い字を読んだ。そのままそこへがくりと眠ってしまいたいような失望を感じた。

机の上には原稿紙が散らばっていた。

「鏡台
女枕
手袋
化粧手拭《てぬぐい》
髪飾
針箱
針
糸
指抜
篦《へら》
鋏《はさみ》
アイロン

鏝《こて》
篦板
鏝台
鏡台掛
手鏡
洋傘と雨傘
部屋座布団《ざぶとん》
衣裳《いしょう》盆
…………
…………
…………」

みち子が東京へ逃げて来るまでに、彼女のために買ってやろうと思う品々の覚え書きなのだ。

「櫛《くし》
ブラッシュ
髪鏝

元結《もとゆい》
髷形《まげがた》
手絡《てがら》
葛引《くずひき》
鬢止《びんどめ》
おくれ毛止
ゴムピン
毛ピン
すき毛
かもじ
ヘヤーネット
水油
固煉《かたねり》油
鬢付油
香油
ポマード

櫛タトウ」

その前夜も、みち子から十日余り手紙が来ないのでいらいらしながら、こんな楽書をしていたのだ。

十月の初めに結婚の約束をした時の考えでは、みち子の実父や養父母の承諾も得て穏かに東京へ引取るつもりだったのだが、彼と約束をしてしまってからのみち子は、日々の感情の揺れ方の激しいのが東京の新助にも目に見えるように感じられたし、養父母との不和も一層荒々しくなって行くらしかったので、十一月の十日に彼女を岐阜から逃出させることにしたのだった。そして新助はその二三日前に八畳二間の二階を借りて置いたのだった。

ところが、その十一月十日の迫った七日になって、「私の身には非常がある。」と云う手紙だ。

新助は外出先きから帰ってその手紙を見ると、膝《ひざ》の風呂敷包みを転がし落して、家の者に一言の挨拶《あいさつ》もなく飛出してしまった。門口を這入《はい》ってから出るまでに、帽子を脱ぎもしなかった。そして岩佐に相談して、あわてふためきながらその夜の終列車で岐阜へ行った。

前後の見境もなく養家に駈《か》けつけてみると、自分の身の「非常」のために家出したとばかり思っていたみち子がちゃんと家にいたので、前夜からの新助の狂気《きちがい》じみた興奮は遣場《やりば》がなくなってしまった。しかしみち子は、家にいるにはいたが、一月前の彼女とは余りに変った姿だった。彼女は一個の苦痛のかたまりに見えた。かさかさと土色に乾いた顔に、白い粉が吹いていた。干魚の鱗《うろこ》の様に皮膚が荒れていた。眼はぼんやり彼女自身の頭の中を見ていた。瓦斯《ガス》紡績の綿入が白っぽく剝《は》げていた。

「非常」とは何であるか、またそんなものがあるのかないのかも、新助に分らずじまいだったが、とにかく彼は彼女の苦痛に打ちのめされてしまった。毎日父母と喧嘩《けんか》をしている、泣いている、と書いて来るみち子の手紙を読む度に、彼は彼女の苦しい生活をわが身に感じていたのだったが、それはまだまだ空想の感傷であったことが、彼女の現実に対面して分ったのだった。石のような一箇の苦痛と対座していると、彼は唯彼女の重荷を取り除いてやりたくなった。深く頭を下げて彼女の前から消えてしまいたかった。「非常」があるなぞと云って彼を狼狽《ろうばい》させたことを責めるどころか、そう云う幼いたくらみをめぐらしても彼から解放されたい彼女の苦しみが痛ましかった。

けれどもそれから新助は、彼女の手紙を素直に読むことが出来なくなった。と云うよりも、みち子が素直に読めるような手紙を寄越さなくなった。

親戚《しんせき》の娘が来ていたから、故郷の実父に縁談を断ってくれと書いたと云うのも変だ。

そんな娘の見ている前で手紙を書く筈《はず》がなかった。新助はこの裏の見え透いた口実を見て、みち子に対する寂しい哀憐《あいれん》の心を感じた。どうあろうともとにかく、東京の自分の手もとへ来てくれさえすればいいのだと思った。

その次が、またまた無鉄砲な縁切状だ。彼は「非常」の手紙を読んだ時のように、盲目的な狼狽はしなかった。前後の見境を失うような興奮はしなかった。唯肉体的な衰弱をどっと一時に感じた。

恨めしい。――と言う言葉は彼の胸を真直ぐに刺した。しかしそれは、彼女が書いているような理由を素直に受取ったからではなかった。金の力でままにするとか、東京へ来ればどうなってもいいと思っているとか云われたからでは無かった。手紙に書いてあることとは全然別に、その手紙を彼女の生活の苦痛の爆発として受取ったからである。

「苦しいから私を解放して下さい。」

唯それだけがみち子の目的であると感じられた。

「村川様方に下さる手紙ももう私の手に渡らなくなりました。もう岐阜へは来て下さいますな。」

これだけが云いたいのであると感じられた。

それを尋常三年までしか学校へ行っていなくて文章に不自由な彼女は、投げつけるようにあんな手紙を書いたのにちがいなかった。第一これから文章で立って行こうとする新助が、みち子をいたわる心を一ぱいにして書いた手紙が、どう考えたところで、彼女を怒らせるわけがなかった。「美しい着物もほしくはありません。」と彼女は云っているが、そのことにしたって、唯着物の寸法を書いて寄越せと云ってやっただけのことなのだった。どうせ家をこっそり逃出すのだから、不断着のままだろうが、汚い着物で若い娘に旅をさせるのは可哀想《かわいそう》だと思ったから、こちらで小ざっぱりしたものを拵《こしら》えて持って行くか送ってやるかしようと思っただけのことなのだ。

金の力でままにしようと思っている。――「ままにする。」と云う言葉だけが異常に彼を刺戟《しげき》した。青天の落雷と云う感じだった。ままにするとは何だ。

十六の小娘が上京するなり彼に身を委《まか》せなければならないことを予想して覚悟していたのであろうか、また予想して恐怖していたのであろうか。とにかくこんなことを書くみち子は、彼女に就ての彼の空想の限界を越えていた。結婚と云うこととこのことを結びつけて怯《おび》えさせないために、彼は口でも手紙でも細心の注意を払って来たのだった。彼はよく云った。

「東京へ来たって、何もしなくもいいんだよ。子供のように遊んでいればいいんだよ。

君もずいぶん苦労をしたから、もう一ぺん子供になり給《たま》え。」

「そんなこと勿体《もったい》なくて出来ませんわ。」

みち子は下を向いているような感じで彼を見上げながら微笑《ほほえ》んだものだった。

全く彼女をもう一度子供にしてやる必要があると、彼は思っていた。それは、彼女を得ることによって自分が子供になりたいと、彼が思っていたからだ。小さい時から両親を離れて育った二人は、もう一度子供に還《かえ》って、いや生れて初めて子供になって、清まらなければならないと思っていたのだ。彼は彼女の身についている過去の生活の滓《おり》を洗い落したいと思っていた。そして彼女を新しくするには、彼女を少女のままにして置けばよいのか、または却て女にしてしまった方がよいのかと、真面目に迷っていた。しかし彼女を女にすると云うことは、どうしても実感として考えられなかった。

それどころか、彼はみち子の手を握ったことすらないのだった。握りたくて握れないのではない。握ることを忘れていたのだった。そんなことが思い浮ばないのだった。一緒に家を持って水仕事をさせることさえ出来ない気持だった。彼女を一番自由に暢《の》び暢びとさせるために、彼女が東京に来ても別々に下宿していようと考えていたくらいだった。

だから、みち子の太々《ふてぶて》しい言葉は新助の空想へ嵐《あらし》のように情慾を吹きかかった。しかし彼女の手紙は、彼とのあらゆる交渉を拒絶していた。口実を選ぶ暇もなく、新助から逃れたがっていた。

彼は飯も食わずに彼女の手紙を持って、岩佐の下宿へ行った。「非常」の手紙を持って相談に行った時は、梯子段《はしごだん》を上る時に足が吊上《つりあ》がってぶるぶる震えたが、今度は割合に落着いていた。こんな手紙を見せるのをみち子のために恥ずかしく思う程の余裕があった。

「みち子からまた変なことを云って来たんだ。」

「どう？」

と、岩佐は手紙を読み出したが、少し顔色を変えてきっぱりと云った。

「もうみち子とのことは止《や》め給え。」

「止める。」

「こりゃ一体何だ。狂人《きちがい》としか思えないじゃないか。」

「うん。」

そう答えた新助を暫《しばら》く見ていてから、岩佐は、

「しかし君、どうするつもりだ。」

と、云い直した。

「それが一寸どうにもしようがないんだ。」

「こうなっちゃ手のつけようがないね。」

「手のつけようがないんだ。岐阜へ行っても、会わせないだろうし、手紙を出しても取上げられてしまうし――。」

「暫くみち子に考えさせて置くより仕方がないね。みち子の昂奮《こうふん》が鎮《しず》まってから、何とか方法をめぐらすんだね。」

「うん。」

「しかし君、この手紙を無理に書かされたんじゃないかね。」

と、岩佐は封筒の中を覗《のぞ》いた。

「何もないよ。僕も封筒の中は捜してみたんだ。」

と、新助は寂しく苦笑した。彼の手紙は時々養父なぞに見られることがあるので、岩佐や彼がみち子へ出す手紙の封筒の中に別の手紙を貼《は》りつけて置くことがよくあった。岐阜に落着いていて親孝行をし給えと書いた手紙の中で、出発の相談をしたりしたことがあった。

「それに――。」

と、新助は続けた。

「家の者が見ている前で書かされたのなら、もう少し文句があっさりしているよ。恨めしいなんて言葉が多過ぎるよ。それなら第一金を送り返して来る筈がないよ。」

「金を返して来たのか。」

「ああ、そっくりそのまま。」

「僕が君から預った時、畳の下へ隠して置けと云って渡しておいたんだがね。ちっとも使わなかったのかしら。」

「誰かに立替えて貰《もら》ったのかもしれない。」

「家の者がいろいろ云ったんじゃないかね。お前は騙《だま》されているんだとか何とか嚇《おど》かしたんじゃないかね。油の切れようが早いよ。」

「早いね。」

と、二人は笑った。この前、「非常」があると驚かせられて、新助が岐阜へ駈けつけた時、後から岩佐を呼んでみち子に会って貰ったのだったが、岩佐は彼女の心をもう一度彼へ取戻して来てくれてから、

「まあ要するに油が切れたんだね。端《はた》の者がみち子を責めつけているんだから、激流を遡《さかのぼ》って行く小舟のようなものなんだ。油が切れると直ぐ押流されてしまうんだ。だから君がせっせと手紙やなんかで油を供給するようにしないといけないね。」

と、云ったことがあったのだった。

新助は自分の挫《くじ》けた気持から立起ろうとするかのように云った。

「君は昼飯はまだだろう。みち子から返して来た為替を途中で金にして来たんだ。この間から一文なしでどうにも仕方がなかったんだからね。早速それでうまいものでも食いに行こうじゃないか。」

「よし。」

その日はちょうど土曜日だったので、電車に乗ると女学生の退時《ひけどき》だった。みち子と同じ年恰好《かっこう》の少女達が快活だった。新助は晩秋の冷たさだった。電車の釣革にぶら下っている腕に女学生の肩が触れると、その銘仙の冷い肌ざわりで彼は泣出しそうだった。

「また別の機会を待つんだね。」と、岩佐は云った。

「正月には帰省するから岐阜へ寄って、みち子に会って来てやるよ。」とも云った。

新助にしてみても、人前ではあきらめるあきらめると云ってはいたが、積極的な手段の取りようがなかったから、みち子の縁切状を受入れたかのように黙っていただけのことで、内心では彼女のことばかり思い続けていた。最後の手紙を受取った日に倒れた空想が、またいつのまにか起上って来ていた。唯以前は彼女を東京へ迎えてからの生活ばかりが花やかに空想されたが、今は岐阜の田舎でわびしく暮している彼女の生活ばかりが物悲しく空想された。その空想の中を冬の街の風が始終吹抜けていた。自分の体温が感じられないような冬だった。

文通もなかった。唯新助は儚《はかな》い感傷を宿した絵葉書を一枚みち子に送った。上品な令嬢が化粧をしている油絵の複写だった。

謹賀新年。

それだけしか書かなかった。しかしそれはみち子には、「新助が彼女を迎えに来て岐阜駅の前の赤壁の宿に泊っているから、直ぐ家を抜出して来い、一緒に東京へ行こう。」と読める筈のものだった。十一月にこの絵葉書を合図として、彼女に岐阜を出奔させる筈だったのだ。

勿論《もちろん》、正月に新助が岐阜の赤壁の宿へ行ったわけではなかった。何の意味もなくその絵葉書を送ってみたのだった。正月元日の混雑にまぎれて養家を逃出そうと計画していたことを、この絵葉書でみち子に思い出させてみたかったのだった。思出しているみち子を、彼自身が空想したかったのだった。

冬の梅の木がよく新助の心に浮んだ。みち子はその梅の木に隠れて月明りで彼の手紙を読んだことがあるのだ。

田舎風のかまどがよく彼の心に浮んだ。彼女は一人暗いうちに起きて枯木の小枝で焚《た》きつけながら彼の手紙を焼いたことがあるのだ。

彼女は毎日彼の中で、左の下瞼《したまぶた》に大きい黒子《ほくろ》のある意地の悪そうな養母と一緒に裁縫をしていたし、雲突くばかりの大入道の耳の遠い養父に大声で話しかけていた。

どんな不幸な日にも半日は快活でおしゃべりな彼女にはちがいなかったが、彼の空想に浮ぶ岐阜の彼女は、いつも灰色の布に包まれていた。第一、古ぼけた寺があの娘がいるには灰色過ぎた暮しぶりだった。それに、彼との婚約を破ったからと云って、新しい恋人が出来たわけではなし、到底気性の合わない養父母と不和が解けたと云うではなし、どう考えても、東京へ出て新助と結婚しようと思っていた時に較《くら》べて、希望のない暗鬱なみち子の冬であることが、彼の空想に静かな慰めを与えていた。そして、彼が今も尚《なお》彼女を愛しているように、やはり彼女も彼を思い出していると云う夢を見ることに時を忘れていた。何かお伽噺のような奇蹟で彼女が彼に結びついて来ることをぼんやり考え耽《ふけ》り勝ちだった。

それが三月になって、みち子が上京したと、突然聞いたのだった。

その夜、新助と林と瀬越と三人、男ボーイの喫茶店に集っていたのだったが、

「この頃われわれは女のいるカフェへちっとも行かなくなったのはどう云うわけだろう。」

　と、誰かが云い出すと、

「久しぶりでカフェ・ステルンへ行ってみよう。」

　と、林が立上った。新助は躊躇《ちゅうちょ》した。

「厭《いや》だな。」

「大丈夫だよ。誰も知りゃしないよ。」

「知ったってかまわないが、知られているところへわざわざ行くにも及ばないじゃないか。」

　カフェ・ステルンにみち子は十一から十五の秋までいたのだ。新助達は高等学校の三年から大学の一年にかけて、夜昼となくそのカフェに入りびたっていたのだ。ところが、そこのおかみさんが若い法学士と結婚して大連《だいれん》へ行くことになったので店を売った時、みち子をわが子のように愛していた彼女は、岐阜の真宗寺に嫁入りしている妹に子供がないものだから、みち子を養女にするつもりで、岐阜へ連れて行ったのだった。その頃の女給の一人は新しい経営者の妻君になって店に出ていたし、外にも知っている者がいるかもしれないので、新助はみち子とのことがあってから、前を通るのも憚《はばか》っているのだったが、その夜に限って新助は渋々友達の後について行った。

「まあ、お珍しい。」

と、おかみさんが奥からいそいそと出て来たので、店の客は変な顔をした。

「林さん、みち子さんのところへいらっしゃいました？」

「みち子さんて？」

「みち子さんが東京へ来ているの、ご存じでしょう。」

「岐阜にいたみち子かい。」

「まあ、ご存じないんですか。」

新助達は顔を見合せた。新助はぎくっとして、顔を上げることが出来なかった。

「そして、どこにいるんだ。」

「リオンですわ。」

「カフェ・リオンかい。岐阜から一人で来たのかい。」

「ええ。一人で飛出して来たんですって。」

「いつ？」

「二月の末に出て来て一旦《いったん》国のお父さんのところへ帰ってね、また二三日前に出て来たばかしですわ。昨日うちへ寄ってさんざん私の悪口を云って行ったわ。もうカフェ

って。」

「オペラの女優?」

「そう云って置きながら、もうリオンに出ているんですって。お客様が来て報《しら》せて下さいましたわ。とにかく、大変な元気ですわ。見に行っていらっしゃいまし。」

カフェ・リオンは直ぐその近くだった。林、瀬越、新助の順序に硝子戸《ガラスど》の隙間から覗いてみた。

みち子は正面のスタンドに頰杖《ほおづえ》をついて客席を見下しながら、こともなげに笑っていた。

「何だ、へらへら笑っていやがる。ちっとも変っていないじゃないか。ちっとも大きくなっていやしない。」

と、林は云ったが、新助の眼には岐阜の田舎の頃と非常にちがった感じだった。濃く塗り立てた白粉《おしろい》が、果物のように新鮮な野の匂《にお》いを失わせていた。少し太って下膨れになっているのが、どこかが弛《ゆる》んだ感じを与えた。

「何だ、こんな娘だったのか。」

彼の空想のみち子とは、まるでつながりのないように見えた。

内に這入《はい》りたがる林を、新助は無理に押し止めた。

「とにかく明日の昼僕が一人で会ってからにしてくれよ。今夜はだめなんだ。端に大勢客がいてだめなんだ。」

「実に大胆不敵な奴だ。一体何と思っていやがるんだろう。こんな本郷の真中に来て、君や僕達に会わないと思っているんだろうか。実に癪《しゃく》に障《さわ》るじゃないか。」

それから彼等は、また別の喫茶店で休んだ。林や瀬越も何となく昂奮していた。

「それじゃ明日朝八時に、高村教授の試験場で会うことにしようぜ。」

「会おう。」

「みち子はみち子として、今学年は修了科目をうんと殖《ふや》すことにしろよ。」

「よし。」

○

「今年は境遇に変化を生じ易い年で、殊に前半年は色々と辛労が起り、従って心中迷いを生じたり、我儘又は短気を出して運気を乱し、自分の心柄から凶運を招く惧れのあるものである。」

「女の方は此の外に世間馴れない為に人の甘言に乗って不幸災害を招く惧れがあるか

ら、何事も自分一人の考えで行うことを慎むべきであるし、目上と衝突したり朋輩から詰まらぬ疑いや妬みを受ける憂いがあるから慎むべきである。」

「二月は月初め頃に一寸吉運のように見える為に、これに幻惑されて心中に活動の気が盛んに動く象《かたち》があるが、調子に乗って浮々と行動するようなことがあると、却て身上に波瀾を起したり物事に思わぬ故障を生じて、失敗災害に陥るような惧れがあるから、現状を守って控え目にすることが肝要である。」

「女の方は此の他に自分の望みが都合良く運ばないので心の鬱する象《かたち》があり、目上の人から無理な処置をされて不満を感ずるようなことのある時であるが、辛抱して争わない方が利益である。」

「三月は衰運の時で諸事意の如く運ばず心ばかり焦燥《あせ》っても運気が伴わないので色々と心中に迷いを起し、精神上にも境遇上にも変動を望むような象《かたち》があるものであるが、動けば却て不利益を招くような憂いがあるから、万事控目にして現状を守るべきである。」

「女の方は此の他に縁談の起る時であるが急ぎ過ぎて不幸を見る憂いがあるから注意を要する。」

新助は運勢暦を投出して電燈を消した。

○

この暦は彼の知らないうちに起った、みち子の岐阜出奔やカフェ奉公をちゃんと予言していたのだと言う気がした。それなら、三月は縁談の起る月だ。彼の空想はまた羽搏《はばた》き始めた。彼は何度も寝床を這い出して雨戸に顔を押しあてては、節穴から夜空を仰ぎながら曙《あかつき》の色を待った。新聞が投げ込まれる音を聞くと、こっそり階下へ拾いに行った。水道の水音を待ちかねて、彼は顔を洗いに行った。下宿の婆さんの膨《は》れぼったい顔が驚いていた。

「まあ、お早い。宮坂さんどうかなさいましたか。」

「今日は八時から試験があるんです。」

試験があるにちがいなかった。しかし今朝の彼はじっとしているのが苦しいので、学校へ行ってみるのに過ぎなかった。まだ七時だった。朝寝坊の彼には、頸《くび》を襟巻で巻いて少し紫色に頰の荒れた朝の女学生なぞが大変珍しかった。昨夜からの空想の踊りが消えてしまって、朝風のうちに微かな希望を感じた。

教室にはまだ誰もいなかった。彼はスチームの鉄管の上にうずくまって膝を抱いていた。遠くから湯の来る音が聞えた。やがてぽつぽつ集って来る学生に交って島谷が姿を見せた。彼は助かったように、声を掛けた。

「やあ。」

「よう、馬鹿に早いね。」

「瀬越や林も来る筈なんだ。」

「そうかい。一体君達は試験に出ないからいかんよ。盲目滅法に出さえすればそれでいいんだ。」

「来るには来たが、ノートが十五六頁《ページ》しかないんだ。どんな問題が出たって、委細構わずそれを写して出すつもりだ。」

「そうさ。それでいいんだとも。」

「まあ闇に鉄砲だね。しかも弾丸が一発しかないんだ。」

百人足らず入れる教室が学生で一ぱいになった。八時の鐘が鳴っても瀬越や林はやって来なかった。例のように朝起きられなかったのだと新助は思った。自分一人なら来るのではなかったと思った。

高村教授が若い助手を連れて教室へ這入って来た。助手が答案用紙を配った。教授が禿《は》げた頭を見せながら黒板へ問題を書くのを、新助はぼんやり眺めていた。

一、本学年度講義の各部分の主要題目に言及しつつ、全体の梗概《こうがい》を記せ

二、左記 Shelley の詩中二篇を選びて批評せよ

1. Julian and Maddalo.

2. The Triumph of Life.

3. Alastor, or the Spirit of Solitude.

4. Rosalind and Hellen.

書き終ると教授は学生の方に向直って、無造作に口を開いた。

「勿論、ノートは見てもよろしい。一の問題はなるべく簡単な答案を願いたいですが、講義の全体に渡っていないと採点いたしません。それから、これは毎年のことですが、試験問題と縁もゆかりもないことを書いた答案が大変多い。今年はこう云う見当外れのものは一切採点いたしませんから、そのつもりで——。」

そして教授は会心の笑を洩《もら》した。机をがたがた騒がせて、学生達が教室を逃出し初めた。三四十人もぞろぞろと退場して行った。教授は微笑しながらそれを眺めていた。新助もはたと当惑した。

「おい島谷、僕も逃出すぜ。これじゃ手のつけようがない。」

「何だ。これしきのことでびくびくするな。坐ってさえすりゃ何とかなるさ。」

「とてもだめだよ。」

「逃出すなんて見っともない。やれ、やれ、やれ。」

「そうかい。」

と、新助はまた腰を落着けた。そしてぼんやりと答案紙に落書をしていた。

一年間忠実に講義を聞いた者にとっては、何でもない問題だった。しかし、毎週四時間ずつある講義に唯の一二度しか出席したことのない新助は、一行の答案も作れないのだった。シェリーの四つの詩も読んだことすらなかったから、批評の出来よう筈がなかった。他の学生が忙しそうに鉛筆を動かしているのを気まずい思いで傍観していた。しかし彼より一年後れて一高を卒業した学生が彼の右側に坐っていたので、名前も知らない間柄だったが、厚顔《あつかま》しく切出してみた。

「そのノートがあいたら見せていただけませんか。」

「ようござんすとも。三冊ありますから順々に廻します。」

と、その学生は快く答えて、第一冊目のノートを貸してくれた。部厚い筆記帳を三冊も読んでいる時間は到底ないので、新助はぱらぱらと頁を繰ってみた。幸なことには左頁の余白に赤インキで、講義の骨子の索引とも云うべき抜書きが記入してあった。彼はそれを夢中になって写し出した。三冊の頁を繰るだけでも大変だった。

「おい、まだすまないのかい。いい加減にしろよ。先きに出るぜ。」

と、島谷が催促をした。ノートを持っていない彼は書くことが余りないらしかった。

「待ってくれ、もう少しだ。」

新助は手首が痛くなる程の早さで書飛ばしていると、肉体的に快感を覚えて来た。三冊のノートの索引を拾い集めて、講義全体の梗概らしいものを作り上げてしまった。今度は島谷から借りた薄っぺらなシェリーの評伝に目を通して、詩の批評をそそくさと日本語に訳した。そして岩《(マヽ)》佐と一緒に教室を出て、青木堂の二階へ珈琲《コーヒー》を飲みに行った。

大きいテーブルに坐っていると、昨夜からの疲れが一時に出て、瞼がぴくぴく動くようになった。濃い珈琲を吐き出しそうだった。

「こんなことではみち子に会っても何も云えない。」

彼はそう思って強い珈琲を流し込むように何杯も飲んだが、気持が消極的に衰えて行くばかりだった。みち子が突然東京に現れたとしたところで、この味気ない現実を動かす力なんか自分にちっともないような気がした。それでも本郷三丁目の十字路で島谷に別れると、カフェ・リオンの方へ急いで行った。入口の硝子戸から緑のカーテンを透かせて中を覗いてみた。人影のない土間には、まだ椅子が逆さまにテーブルへ乗っかったままだった。午前のカフェの白々しさだった。それを見ると、彼の息苦しく張りつめていた胸に穴があいてしまった。

「とにかく帰って眠ってからにしよう。こんなに衰弱していてはしかたがない。」

そう呟《つぶや》くと、新助は却て助かったような気持になった。電車通りを渡って、向う側からもう一度カフェを眺めた。その中にみち子が眠っているとは到底信じられなかった。

うなだれて坂を下りると、彼は電車に乗った。

その翌日岩佐と林とがみち子をつれだしてくれた。新助に会うのは死んでも厭だと彼女が云っているので、彼は青木堂の二階に隠れていて、彼等が先きに行っている鳥屋へ後から行くことにした。

小雨で鋪石道《しきいしみち》が湿《ぬ》れていた。

みち子は林と並んで傘を倒しながら、新助の目の下を通った。彼女は何故《なぜ》出て来たのだろう。カフェを出て彼等と会いに来たことからして実に奇怪至極に感じられた。

死んでも会わないと云っている新助との婚約のことの外に、話がないことは分っている筈なのだ。

それに彼女は、けばけばしい盛装をこらしていた。臙脂色《えんじいろ》の毛織のコートに緑色の着物を着ていた。その時が十時だったから、彼女は八時頃から起きて彼等と会うための化粧をしていたに違いないのだ。新助を拒絶するための化粧と盛装なのだ。

彼がこの化粧と盛装とに就て奇怪な空想をめぐらせていると、林が昂奮しながら飛込んで来た。

「君、とうていだめだよ。何と云ったって聞かない。この上は奪略するより仕方がないんだ。無理に自動車に乗っけてどっかへ連れて行ってしまえ。盛装のまま奪略してしまえ。盛装のまま、盛装のまま。」


（大正十五年九月、「新小説」）

水　郷

水郷佐原市、観光ホテルの離れで、これを書く。——裏窓からよしきりの鳴きしきるのが聞えている。鳴くというよりも、さえずりと言いたいような鳴き方が、絶え間なくつづいている。けさ私は五時の早い目ざめだったが、それから正午まで鳴きづめで、夜通し鳴いていたかのような感じさえする。よしきりはよしの茎をさいて、そのなかの虫を食うのが、名の起りという。うぐいすに形も色も似て、うぐいすよりは大きいそうである。

潮来《いたこ》の十二橋の下を、おきまりの娘船頭の小船でくぐり抜け、与田浦へ少し出てもらった。そこの真菰《まこも》とよしのしげみのなかに、私もよしきりの姿を、ちらっと見た。水辺のよしのあいだに群がり住み、もちろん、水郷の鳥である。今、表の方にひばりらしいさえずりが聞えるので、障子をあけて空をながめ渡してみたが、ひばりは見つからない。しかし、よしきりではなく、ひばりの声である。表の方のひばりのさえずりは間《ま》があるけれども、よしきりの声は切れ目がない。うぐいすのさえずりよりは濁っていて、むしろ雀《すずめ》のさえずり声を大きくして、含み声を加えたものであろうか。朝、ホテルの女中さんに、よしきりのさえずりの話をすると、

「食用がえるは聞えませんでございましたか。もう土を出ているはずでございますけれど。」と言われた。あの、ぶざまな、やかましい、食用がえるは、ゆうべは鳴かなかった。潮来から佐原へ水の上を来る、横利根川《よこどねがわ》の屋形船の上で、昨日聞いた話だが、食用がえるを誰かの養殖したのが、水郷の水にひろがり、捕獲して冷凍しておもにアメリカへ送っている。このあたりで、そのかえる捕りが、一晩三千円ぐらいのかせぎになるともいう。雷魚とか、草魚とか、新しく大陸渡来の魚は、この水郷でも、古来の日本の淡水魚より強いようである。

よしきりの鳴く、裏窓をあけると、大利根にかかる水郷大橋の南の渡り口が、そこに見える。橋のたもとに、「水郷ノ美、天下ニ冠タリ。」との蘇峰《そほう》の碑があるそうだ。川向うは茨城県である。こちらは千葉県である。佐原を経て成田、銚子《ちょうし》に行く成田線、まだ県道が、千葉がわの川岸に通じている。大橋とホテルのあいだ、つまり利根川と宿とのあいだの湿地帯はよしのしげみで、よしきりの住みかである。よしきりのまた

の名の行々子《ぎょうぎょうし》は、むかしから詩人に知られている。宿の窓べ、そして湿地の道には、よしの原に柳、いちじく、ポプラなどが立っている。これらも水郷の景観である。

私のこんどの水郷めぐりは、土浦にはじまって、佐原にとどまった。土浦が上野駅から常磐《じょうばん》線の準急で一時間ほどなのも、思いがけなかった。そして、潮来のあやめ、十二橋など、知られた観光地でありながら、横須賀線、あるいは東海道線の鎌倉、江ノ島、三浦三崎あたりにくらべて、まだまだ観光化されていないのが思いがけなかった。地理のせいもあり、潮来十二橋のあやめのほかは、いくさ神の鹿島《かしま》、香取の神宮詣《もう》で、参拝者が戦後少くなって、冬の鴨《かも》猟、寒ぶな釣りの季節はずれは、これという観光の力点、あるいは観光の宣伝、施設が少い。

近年のいわゆる観光ブーム（いやな言葉で、しかも自然の破壊をともなう）に、うんざりしている私には、水郷がなぐさめだった。東京のすぐ近くに、まったくちがった自然の景色のあるのが思いがけなくもあった。たとえば、潮来から佐原まで、横利根川の一時間ほどの屋形船も、真菰の青のつらなりに白さぎを配し、県道ぞいの岸べにも釣宿があるくらいのものなので、私は船を往復してもらって、うつらうつら居眠りしていれば安らかであろうと思ったほど、のどかなものであった。

土浦で乗った汽船、浮島丸は、長さ十九・五四メートル、幅四・八メートル、深さ一・八九メートル、総噸《トン》数五十八・二六トン、旅客定員二百二十八名、進水年月昭和三十五年四月である。こんなことを写し取ってみるほど、霞《かすみ》ケ浦《うら》の船路ものどかであった。つまり、左右の岸に山の高い低いなどが少く、まあ平らなながめなのである。琵琶湖につぐ、日本第二の大きい湖とのことだが、岸の風景は琵琶湖といちじるしくちがう。

土浦にそそぐ桜川と高浜にそそぐ恋瀬川とのあいだへ、出島が出張って、霞ケ浦の頭（地図で見て）がV字形をなし、さらに霞ケ浦と北浦とがV字形をなして、利根川へつらなるあたりに、水流の入りくんだ、水郷をつくっているわけだ。桜川は謡曲の「桜川」の哀話の川で、今、その堤は桜の名所らしい。恋瀬川は百人一首の「筑波《つくば》ねの峰より落つる男女《みな》の川、恋ぞつもりて淵《ふち》となりぬる」の川である。霞ケ浦も北浦も、坂東《ばんどう》太郎という利根川の川口に向って細長い。はるかむかし、河床が海の波で川岸がひろがり、海が退いて湖になったという説も、素人《しろうと》にうなずけそうな形である。

霞ケ浦の水には、筑波山が投影するという。湖上ばかりでなく、平坦《へいたん》なこの地方では、筑波山の見えるか、見えないかが、風景のアクセントの問題らしく、麻生《あそう》に湖をあがって、そこで乗った車の運転手も、「今日のようにあんまり晴れてますと、筑波は見えません。雨あがりがよく見えます。」と残念がった。筑波はあの方角に見えると、この旅のあいだに、幾度か言われた。幸い梅雨の晴れ間にめぐまれたが、筑波はどこからも見えなかった。与田浦、霞ケ浦の秋の帆引網のころ、横利根の冬の鴨猟、寒ぶな釣りのころは、むろん、くっきりと見えることであろう。あやめ、菖蒲《しょうぶ》の梅雨は晴れと言っても、湿気が多い、乳色の空である。

今井正監督の映画「米」の、美しい帆船の群れの画面を、私はカンヌ映画祭で、日本出品作として見た。それはこの霞ケ浦の帆引網の帆だそうである。水郷の映画は少くないようだが、私になつかしくて忘れられないのは、栗島すみ子（現在は水木流の家元、当時、松竹蒲田《かまた》撮影所の大女優）が主演の「船頭小唄」と「水藻の花」である。「船頭小唄」はもちろん、野口雨情の唄の流行につれて作られたものであった。「水藻の花」は「船頭小唄」を追って出来た、小さい映画であった。四十年あまり前の映画である。

栗島すみ子がおそらく二十ころであったろう。私は浅草で見た。私は二十二三で、本郷の大学生であった。大正の終りであった。「おれは河原の枯れすすき、同じおまえも枯れすすき……おれもお前も利根川の、船の船頭で暮らそうよ。」の「船頭小唄」は、歌詞も曲もよく出来ていて、今もおりおり唄われ、流行歌の歴史からははずせない。「枯れた真菰に照らしてる、潮来出島のお月さん。」などの句もある。そのころの世情人心に訴えるものがあって、あんなに唄われたと言う人もある。佐原で与倉芸座連の人たちに聞かせてもらった「佐原ばやし」は、もちろん祭ばやしなのだが、それにまで「船頭小唄」が演奏されて、私はおどろいたものであった。

しかし、私が四十幾年前の映画をおぼえているのには、私ひとりのわけがある。二十一の私は十四の少女と結婚の約束をして、たちまちわけなくやぶれ、私の傷心は深かった。関東大震災にも、私はその少女の安否を気づかって、「焼け野原」の東京をさまよった。その少女が「船頭小唄」、殊《こと》に「水藻の花」の、潮来の娘船頭のような栗島すみ子に、じつにそっくりであった。私にはそう見えた。満員の映画館で立見していた私は、連れの友人の手前、涙をこらえるのに懸命であった。その少女も今は世にいない。姪《めい》の手紙で、私はその死を知った。

また、霞ケ浦にも、私は胸のいたむ思い出がある。敗戦の年の春、四十日ほど、私は海軍報道班員として、大隅半島鹿屋《かのや》の特攻隊基地に従軍したことがあった。山岡荘八氏らが同行であった。もはや海軍に軍艦はなく、飛行機を航空艦隊と、苦しい呼び方をしていた。沖縄戦のさなかであった。鹿屋が最前線であった。特攻隊員は飛立てば、爆弾を抱いて、機体もろとも敵艦に突入、体あたりするので、大方は生きてかえらない。

その隊員には、学徒出陣と少年航空兵とがあった。学徒は大学と高等学校の学生で、同じく特攻隊を志願した、あるいは志願させられたにしろ、少年航空兵とはおのずからちがっていた。派手な色のマフラーを首に巻き、風になびかせていたりしたのは、少年航空兵であった。これらの少年たちの方が、死におもむく思いも、おそらく単刀直入であり得ただろう。しかし、特攻隊員に変りない。朝に夕べに、あるいは夜なかに、私たちは特攻機の還《かえ》らぬ出撃を見送ったものだ。その少年航空兵の訓練場、飛行場は霞ケ浦にあった。「七つボタンは桜に錨《いかり》」の予科練の歌の名残りの土地は、土浦を出て間もなくの右岸だが、アメリカ軍の爆撃で、ほとんど跡形をとどめないそうである。

私たちの浮島丸の前にも後にも、小舟が一つ二つ見えるだけ、水路の波が鈍い日に光るだけ、船から湖をながめる客も多くないという、水の上の一時間半あまりで麻生に着いた。あやめの咲く季節、泊るのには、潮来のにぎわいよりも、静かなこの町という、案内者の心くばりである。船着場の岸の宿、「湖月」に一休みして見物に出かけた。天王崎に行って、私は湿気空にかくれた筑波山の姿を思い、映画「米」の帆の群れを、秋の帆引網のさまに近いものかと思った。

しかし、むかしながらの農村のような麻生は、私の心を休めた。私たちの浮島丸が麻生へ着くのと入れちがいに、土地の人をいっぱい乗せた船が湖へ出てゆくので、なにかと聞くと、国際空港設置反対の陳情団だそうであった。今日は、向う岸も合わせて十ケ町村から、千人ほど集ったそうである。まったく「静かなデモ」であったが。霞ケ浦の岸も新しい空港候補地の一つで、漁業妨害と騒音をおそれての反対運動である。「デモ隊」が小舟で帰るのは、めずらしいながめであった。

麻生から牛堀を経て、私たちは鹿島神宮に向った。長い神宮橋は北浦にかかっている。漁船が笹びたしを引きあげるのを、橋に車を止めて見た。竹の枝ではなく、くぬぎやならの枝を沈めておいて、それを巣にする魚をあげる。今、六月はおもにえびがかかるという。神宮の楼門前に露店を出す盆栽屋に、私は鹿島松の話を聞いた。

神官が宝庫をあけてくれた。最もおどろいたのは、長さ二メートル七十一センチの神刀である。奈良朝の作といい、国宝に指定されているが、日本一の長大な古刀であろう。もちろん、使えたものでなく、神威の象徴である。また、鎌倉時代の古瀬戸の狛犬《こまいぬ》も、立ちあがりの形などがみごとである。永仁《えいにん》の壺の騒ぎの時、にせものの壺とくらべてみるために使われたという。拝殿の前の立派な賽銭箱《さいせんばこ》は、巨人軍の城之内選手の寄進である。私たちは奥宮まで行った。遠い旅立ちを、「鹿島立ち」と言ったものだが、「万葉集」の防人《さきもり》の歌で知られる、東国での募兵は、この社《やしろ》に武運長久を祈って、遠く筑紫《つくし》の城の守りにおもむいたようである。夕べの静かな木立の境内で、私は奈良朝の防人の歌を思い出していた。椎《しい》の花の匂《にお》いがした。

あくる朝、潮来に行くと、NHKの「町から村から」の撮影隊が来ていて、私もあやめ祭の見物人にさせられた。あやめ園での芸者の手踊りを写す場面である。しかし、今年の異常な寒冷気象のために、あやめは咲きおくれていた。黄しょうぶは咲いていた。NHKにつきあったので、一時間ほどおくれて、娘船頭の船に乗った。潮来節に「ここは加藤洲《かとうず》十二の橋よ」とある、水郷見物の中心の水路は、私の思っていたより短かった。また、橋とは言っても、両岸の民家が行き来する私道のようなもので、素朴な木橋であるのが趣きである。狭い水路の両岸の民家やその庭を、観光客が見て通るというわけである。船も小さい田舟である。

娘船頭は手拭《てぬぐい》の頰かぶりに潮来笠（ぽっち笠ともいう菅笠《すげがさ》）、白い手袋、紺がすりの筒袖《つつそで》にもんぺ、それに伊達巻《だてまき》と腰紐《こしひも》は赤で、牧歌的な風情《ふぜい》をそえている。しかし、娘が船をこぐ習わしの起りについて、やさしい話を聞いた。百姓仕事はきついから、せめて娘が家族を船で田畑へ運ぶ心づくし、というのである。船は水郷の足であった。また、「並ぶ灯は潮来の曲輪《くるわ》」と唄にもあるように、潮来の遊女屋は、利根川を上り下りする人たち、鹿島、香取参りの人たちを誘ったのであった。今はその跡もない。

水谷八重子さんが日生劇場で主演した、三島由紀夫氏の戯曲「恋の帆影」は、ここら十六島に舞台の想を得たものと思われる。家が一軒きりの小島から、四方に橋のある舞台だが、そんなこともありそうなほど、入りくんだ水路である。水ぎわでなお色の濃いみどりをくぐってゆく、十二橋の水路に、娘船頭の姿はひき立つし、水の濁っているのが、かえって趣きと、野口雨情は言ったそうである。十二橋の岸でも、今年の寒冷のため、六月の十日ごろに、あやめやあじさいの花盛りはなかった。

私たちはいったん陸にあがって、長勝寺へ行き、国宝の鐘を見た。北条高時《ほうじょうたかとき》の寄進で、鎌倉円覚寺十六世の清拙《せいせつ》が「客船夜泊常陸蘇城」と銘をつけている。また水に浮ぶと、北利根川から横利根川にはいって、屋形船で佐原に向った。水のなかの部落を美しいと思った。今は青い真菰やよしが、秋、冬に枯れて、満目蕭条《まんもくしょうじょう》の水景色、そして水の月夜も、私は思ってみた。鴨猟、寒ぶな釣りの季節でもある。川岸に釣宿が多い。佐原では、香取神宮、伊能忠敬《いのうただたか》の屋敷などに行った。

早場米の産地、穀倉地帯としてのこのあたり、今年の冷害、また漁業、宿の川魚料理などについても、私は書きたかったが、とにかく、東京の近くに、こんなに風景のちがうところ、有名な観光地のわりに観光地ずれしていないところのあるのは、私をよろこばせた。――よしきりは夜もすがら鳴き通している（小声ながら）のを、自分で確めたことを、終りにつけ加えておく。

（昭和四十年七月、「週刊朝日」）

II

ちよ

山本

「千代」――

松氏が、突然、中学の寄宿舎に私を訪ねてきたのは、たしか虞美人草《ぐびじんそう》の咲く頃でした。

私は氏と花畑で立ち話ししましたので、身のまわり一面に咲いていたその花に、夕闇《ゆうやみ》が青葉に接吻《せっぷん》したのと同じ息づかいで、身を寄せてきたのが、妙に少年らしい悲みを誘ったのを覚えています。氏の土くさい田舎者の身なりが、友達に恥しかったものですから、花畑につれこんだのでした。はじめ、何のために来たのか、見当がつかなかっただけ、その用件も意外なことでした。

「千代」――

松氏は、私の祖父の名の借金証文を、祖父が死んだから、私の名に書きかえてくれというのです。第一寄宿舎で借金の証文なんか書く場所がないと思いました。それに家のことは一切親戚《しんせき》――後見人任せにしていましたから、勝手にそんなことをしては悪いと思いました。で、学校では書けないから、日曜に宿久庄《しゆくのしよう》――氏や私の村、中学から一里半――に帰って、氏の家で書くと、その場を云い逃げました。その日は、水曜か木曜かでした。そして、日曜までには後見人と相談し、氏の家にも行くつもりだったのですが、つい両方とも果さないでしまいました。

まさかと思っていた氏が、月曜になると、また寄宿舎に来ました。こんどは、証文の下書きを持ってきてこの通り書いてくれというのです。これには弱りもし、不快にもなりましたが、何より身なりのきたない田舎者に、早く帰ってもらいたかったのです。下書きを受取って、二階の和楽室に行きました。ピンポンの机の上でそれを写しました。――金高は、今恥しくてお話し出来ません。下書きでは、その時までの元利合計が新らしい元金になっていました。その上、期限がその年の十二月になっていました。ある悪意を感じない訳にゆきませんでした。また、祖父の名に書きかえた「重治」を見ていると妙な気がしました。その紙の左隅《ひだり》に、「大阪府立茨木《いばらき》中学校用箋《ようせん》」と赤く刷ってあったのを、今でもよく覚えています。これを、面会室に待っていた氏に渡すと、古い証文を戻してくれました。金額だけで、利子も期限も書いてない至極簡単な、巻き紙の切れっ端でした。中学三年の夏、盲目の祖父に代って、私が書いたものでした。私は無造作に、それを破って足もとにすてました。氏は見て厭《いや》な顔をしました。私も不きげんになりました。それから門まで送って、校庭のポプラの下をぶらぶら歩きました。死んだ祖父と過した、貧しい惨《みじ》めな日々が、思い出されて、感傷的になりました。

とにかく、親戚に相談せずに、利子を元金に繰り込んだり、期限をきめたりしたのが、気になって、是非手紙でなりと、言訳けして置かねばならぬと思いました。その上、十二月の期限までに、返せるかどうかも心配でした。祖父の死んだのは、中学三年の八月でしたがいまだに——中学五年——家の整理もつかず、三四の貸方に不安を与えていました。

証文を書きかえてから半月ばかりして、十二月までに返せるかとのけねんだけは、取りのぞかれることになりました。というのは、親戚の人達が、私の家屋敷を売って、借金のかたをつけてくれることになったのです。——家屋敷を売らなければ、かたがつけられなかったか、それは今云うべきことではありません。私にも小さい不平はないこともありませんでした。親戚と親戚との間、親戚と村人の間にも、小さいごたごたがありました。ひそかに色んな親切を、私に申し出た人もありました。が、私は、事が私を度外視して運んでいったのを、却《かえっ》て幸に、始終素知らん顔をしていました。だまっていました。いっさい差出口しない代り、誰からも厭な顔をされたくないという考《かんがえ》がありましたから。皆の前にいい子になっていたかったからです。

いよいよ借金をかたづけてくれることになりました。私は

「千代」――

松氏に渡した証文を思い出しました。まだ、親戚に話してないので気が咎《とが》めました。それで、何かの酒席の雑談の末に、そのことを云い忘れていたものとして、持ち出しました。ところが、結果はまるで意外でした。人々は氏の仕草を、ずるいひどいものとして、憤《いきどお》りました。寄宿舎で気まずい思いをさせられた私を同情してくれました。また、未丁年者に証文を書かせた間の抜け加減を笑いました。そして、さんざ油をしぼって、元金だけでも返してやろうと面白がりました。

その後私は、親戚の人から、借金、その他すべて、好《よ》くかたづいたことを聞きました。特に、

「千代」――

松氏には、思い切り頭を下げさせて、元金だけ返してやったと手柄そうに話しました。

私は、むしろ気の毒になって、親戚のやり方が不快でした。それから村に行った時も、同じようなことを聞きました。学校にまで乗り込んで、殆《ほと》んど強制的に、子供に証文を書かせたこと、未丁年者に書かせたこと、この二つを武器に、親戚の人達はずいぶん意地悪い態度に出たらしいのです。驚いたことには、このことは、憤りと嘲《あざけ》りで村中に伝っていました。意地ぎたなく金をためてきた

「千代」——

松氏を、常からよく思っていなかった村の人は、うまいものを見つけたように騒ぎました。私や私の家に降り続いた不幸に、皆同情していてくれる矢さきだったので、尚《なお》のことでした。——戸数三十ほどの田舎村ですから、そんなこともあり得るのです。これを見て、私は却てつらく感じました。氏の学校に来たのも律儀《りちぎ》な田舎者の単純な不安からとして、格別の悪意を認めたくありませんでした。学校で証文を書かされたぐらい、その実、皆の云うほど、つらいことでもありませんでした。金のためになら、それまでももっともっと間の悪いことを、度々忍んできましたから。

それからというものは、氏は私の前では、罪人のようにおずおずしていました、私もなるべく氏をさけるようになりました。

去年の夏休みでした。私は、いつもの休みの通り、宿久庄に行って、もとの私の家にとまっていました。買手は私の分家の又分家で、親しい間柄でしたから、心易《やす》く出入できました。その家は村の中央にあって暑苦しいので、夜はよく、友人の家の門に、涼みがてら話しに出かけました。友人の家は、村の南端、前に稲田を見渡す小高い土地にあって、門の石段のところは、村一番の涼み場で、毎晩、賑《にぎ》わいました。その涼み場の常連に、

「千代」――

松氏がいました。――私はもう高等学校の二年に進級したところでした。悲惨な幼少年時代とも少しずつ遠ざかり、心も次第に明るくなっていました。氏のことなんか、忘れ勝ちでした。したがって、氏とその時顔を合せるのは、いくぶん気分を曇らせることなので厭でした。

氏と出会う二晩目、氏は云いにくそうに、大した御馳走《ごちそう》もありませんが、これから家《うち》に遊びに来て下さいと招きました。私は返事に困りました。氏はあたりに恥しそうに、直ぐ来てくれと言葉を残して、こそこそ帰ってしまいました。

翌《あく》る夕方、氏は、昨晩はせっかく、用意して、皆と待ってたのに、なぜ来てくれなかったと、つぶやくようにうらみを云いました。そのまま、すごすご帰ってしまいま

した。変に思ってると、しばらくして、みごとな西瓜《すいか》を二つ抱えて来て、私にくれました。私は涙の出るような心になりました。中学校に来た頃とは衰えたいたいたしい姿を、始めて気づいたようにみつめました。――事実氏のからだは、非常に衰えていたのだそうです。出来るだけ滋養分をとっても、衰える一方だったそうです。村の人は、それを、氏の若い時からの働き過ぎと、食い物けちんぼうのせいだと悪口していました。

貰《もら》った西瓜の処置に困りました。その場で、皆に切って御馳走してしまいたかったのですが、それではあまり氏に気の毒だと思いました。友人の家にあずけて、小学教師をしている友人との約束があったので、そのまま小学校に行ってしまいました。後からこの無愛想が、気にかかってなりませんでした。西瓜は明る日、分家に持って帰って切りました。居合せた人は、又何か、

「千代」――

松氏のことを悪く云いました。私はその人達に反感を覚えました。そして、氏の田舎者らしい謝罪の心に涙ぐましくなりました。次の夜から、氏の姿は例の涼み場に見られませんでした。

そのことも、また忘れがちでした。ところが、秋になって、例の感冒の第一回目の流行が、東京で漸《ようや》く下火になった頃、私は思いもよらぬ一通の書留郵便を、山本家から受取りました。

「千代」――

松氏が感冒で死んだ報《しら》せでした。遺言によって五十円送るというのです。氏は、私への謝罪のしるしにそれを送ってくれと云って、死んだというのです。私ははじめて、私の親戚や村の人達から、不当に大げさに責められて、氏が衰えた心をどんなに痛めていたかを知りました。気の毒よりも気味悪くなりました。しかし、いろいろ考えた末、金を受取ることにしました。その金で、丁度一身上の面倒なことで苦んでいた頭を休めるため、旅に出ることにしました。

十日あまり伊豆の温泉場をめぐりました。その旅で、大島育ちの可愛《かわい》らしい踊り娘《こ》と知合いになりました。――娘一人とでなく、その一行と知合いになったのですけれど、思い出のうちでは、娘一人と、云いたい心持がしますから。一行の者は、その小娘を、

「ちよ」

と呼びました。

「千代」――

松と、

「ちよ」

私はちょっと変な気がしました。で、はじめて見た時の汚い考は、きれいにすてて――その上、その娘は僅《わず》か十四でした――一行の者と、子供のように仲よしに、心易い旅をつづけました。その小娘と、私は極《ごく》自然に話し合うようになったのでした。私が修善寺から湯ケ島に来る途中、太鼓を叩《たた》いて修善寺に踊りに行く娘に出逢《であ》ったのが、はじめてです。そして痛く旅情を動かしました。次の晩、湯ケ島の私の宿に踊りに来ました。三度目に、はからずも、天城峠頂上の茶屋の雨宿りに、一行と落ち合いました。一しょに湯ケ野まで、山を下りました。そこで二三日雨が続いたので、一行と下田に発《た》った時分には、まるで友達になっていました。私の旅の心も、そんな連中の道づれに、ぴったりしていました。下田に着いた翌る日は、矢張り一行中の小娘の実兄と兄嫁との間に産れて、旅に死んだ赤ん坊の四十九日に当っていました。その心ばかりの法事にとどまっていってくれと云いました。しかし私の頭には、

「千代」――

松氏の死のことがあって、法事なんか、よい気持がしませんでしたので、着いた翌る朝、船で東京に発ちました。小娘は、はしけで船まで送って、船で食うものや、煙草《たばこ》なんか買ってきて、よく気をつけて、名残を惜んでくれました。その小娘を、私は、

「ちよ」

と呼びました。

冬休み、今年の正月、私はくやみかたがた、礼のために、

「千代」――

松氏の遺族を訪ねました。遺族といっても、未亡人と、たしかこの春、女学校の四年になる娘と、二人っきりです。不思議なほど歓《よろこ》んで迎えてくれました。好意に甘え易い私は、二三日も泊りました。亡夫が、学校になんか行って、つらい目に合せてすまなかったと始終云ってたとのことでしたから、亡夫の行の謝罪にもてなしするのだろう位、かんたんに考えていました。と、帰り際《ぎわ》に、又小遣いを押しつけました。

「後見人なんかの世話になっていると、思うままにならぬことも多かろうから、小遣いなんか、不自由ないように気をつけてあげてくれ。」と遺言したというのです。娘までが、「自分の家のように思って、いつでも心易く帰ってきて下さい。」というので

す。この言葉はある意味にとれたので、私は娘の顔を、物問いげに見ました。が、そのあどけない笑顔から、何の特別の心も汲《く》みとれなかったので、自分を恥じました。恥じたものの、その何ものかさぐりあてたような感じは、追い払うことが出来ませんでした。その娘も、

「ちよ」

といいました。しかし、父の名をついだものとして、伊豆の踊り娘ほどには、気になりませんでした。押しつけられた金で、又伊豆に行きました。こんどは、熱海、伊豆山、湯河原の方に。

最近まで、遺族のことはあまり考えませんでした。私の方からは、南寮四番から、中寮三番に移った簡単な報知を出したきりですし、向うからも、別に便りありませんでした。

桜が散って、青葉の匂《にお》いが感じられる頃になりました。

突如、私は、いまわしい宿命の呪《のろい》の中に、自分がいるのを見つけました。考えないと云いながら、娘のことを考えていたのです。次第に、せまい所に追いつめられてい

るのを、うっすら気づきはじめました。まるで自分の意志なく、恐ろしい所につれこまれて、気づいてみると、逃れ難い呪の縄を、からだ中に受けている心持ちです。立ちどまって、

「千代」――

松氏の娘の

「ちよ」

のみめかたちや、気だてを吟味出来るのなら問題ありません。娘に対して、何の強い感情もありそうに思えないのです。それでいて、立ちどまれないのです。

偶然が即《すなわ》ち不思議という位の意味で、伊豆の

「ちよ」

もふしぎになってきました。未亡人もその娘も私も、同じ呪で、ずんずん暗い阪《さか》を下りて行くように気味悪くなりました。踊り娘も、夢とも現《うつつ》ともつかない亡霊に思えることさえあるようになりました。

私は、

「千代」――

松氏のことを新らしく考えない訳に行きませんでした。考えると新らしい怖《おそ》れが湧《わ》い

てきました。そうです。遺言した位ですもの、死際に私のことを思っていたにきまっています。――死際の心理なんか、むつかしいことはぬきにして、もし氏自身が他の人間のことを思ったとしたら、私が死の心に浮んでいたにちがいありません。死の真際、霊魂の肉体とこの世を去る瞬間に、私のことを思っていた、――考え方によっては、ずいぶん不気味なことです。霊魂が不滅にしろ不滅でないにしろ。絶対に滅びてしまうのなら、その瞬間ですから尚怖ろしいではありませんか。私に謝罪の心持ちで死んだって同じことです。

どこに行っても、氏の霊魂が、じっと見つめていて、逃げ場がない気がしました。

二人の
「ちよ」

も、氏の霊魂に追われている幻影として、心にうつってきました。氏の未亡人や娘と、同じ蟻《あり》地獄のような呪に落ちていって、底でぶっつかるにきまっているのが、たまらなくなりました。あせってきました。溺《おぼ》れる者の一握の藁《わら》をもとめました。

「ちよ」

という名でない人の手にすがろうとしました。

そして、四月十一日から十五日まで、五日間、私は怖れの代りに、のぞみと喜びの日を得ました。ほんとに恵まれたように二人の「ちよ」からのがれて、別の娘に思いをかけることができました。が、同時に一人の競争者を持たねばなりませんでした。しかもそれは、私のクラスでの友達でした。――この事件はまだ必ずしも大団円とは云えません。ですから、その友人や娘のために、詳しいことは遠慮します。とにかく、――その友人は、私と競争なぞいうひまもなく、一思いに、冒険的に、向うにぶっつかってしまいました。そして結局、その娘に、いいなずけがある――私にも友人にも真偽はまだ解《わか》りませんが――と態《てい》よく断られました。

事のはじめに、私等二人は、行動は別にするが、結果は報告し合う約束でした。私は、友達の冒険と失敗を聞くことになりました。

四月十五日です。一高の寮から分館に通じる廊下ででした。横降りの雨が吹きこんでいました。私等は立ち話ししました。友人の断られたところまではよかったのです。怖ろしいのは次の言葉です。友人はある微笑で、ささやきました。

「ちよ」

です。この娘も、――私等は最初娘の名を知りませんでした――

「ちよ」

でした。

　友人までその場でなぐり殺したい衝動を覚えました。あたりが暗くなった気がしました。もう助からないと感じました。

　その日から、私は気が変になりそうでなりません。


「千代」——

松氏が、死際に私のことを思ってたのが、気味悪いと云いました。が、気づいてみると、死際に私のことを思ったのは、三人や四人ではありませんでした。ぞっとしました。私の三つの年に死んだ父も、四つの年に死んだ母も、病弱な私に、どんなに心残りして世を去ったかを、よく祖父から聞かされました。八つの年には祖母が、私の手をとって、たっしゃになってくれと云い云い死にました。離れて育った姉も、やはり私のことを、叔父伯母に頼んで死んだそうです。十六の年に、祖父は、死んでもお前の身を護《まも》るとの言葉を残して死にました。十八の年、祖父の妹は、唯《ただ》一人の身うちの私に、財産を譲ると遺言——ある事情で実行されませんでした——して死にました。

それにこんどの

ています。

「千代」

松氏です。また、今病床にいる母方の祖母も死際に、私のことを叔父に頼むにきまっています。

こんなことは、気にかけないうちは何でもありません。心強くさえなります。私自身もそれ等の霊どもの力だけででも、天才にならないですまないと自惚《うぬぼ》れたこともありました。しかし、一度気にしだしたら、はてしない怖れです。親しい人達が、よかれと祈って、死んだのだと打ち消しても慰めになりません。それに折りも折りです。

「千代」――

松氏と、三人の

「ちよ」

こんな時、怖れを感じ出したんですもの。

霊どものことを思うと、今まで生きてきたのも、自力でないように疑われます。私は幼い時分、とても育つ見込がないと、あきらめをつけられていました。久しぶりの人に出会うと、丈夫になったのを奇蹟《きせき》としてびっくりします。その人等と共に、自分でもあやしくなってきました。夜なんか、寮の二階でふと目覚めると霊どもにじっと

みつめられてるようで、立ちすくんでしまうことがあります。自分が幽霊に見えて、自身さえ怖れます。三人の
「ちよ」
なんか、無論幽霊です。少なくとも、霊どもの力で生き動かされている幻です。
　昨日も、友人と二人で思った
「ちよ」
のいる所に、こわごわ行ってみました。娘が近づいてくると、その美しい顔のうしろに、霊どもを負うているように見えてなりませんでした。娘の背から蒼白《あおじろ》い手を出して招いているのです。その娘が人の世のものに思われないのです。
　霊どもを怖れながら、尚私は、娘の背からの手招きをこがれているのです。友人と二人で思った
「ちよ」
が、一寸《ちよつと》でも笑顔を見せてくれたら、とびついてその前に身を投げ出すにきまっています。踊り娘の
「ちよ」
に対する心持ちも、いつのまにか、恋に濃く変っています。も一人の

「ちよ」

にも、怖れが進むのとならんで、恋に近い心に進んでゆきます。変なことです。

夏休みが近づいてきました。休みには、娘と未亡人を訪ねない訳にゆきません。その時蟻地獄の底に落ちてしまうのだとの予感があります。一息するのも、一まばたきするのもみな霊どもから、みつめられみちびかれてるのだ、これが即ち宿命だ。——こんなことを思います。

街ででも、劇場ででも、美しい女をみるのが怖ろしくてなりません。みな「ちよ」という名にちがいないと不気味でなりません。その人が「ちよ」でなくとも、その人の母か、祖母か、または数代も前に、きっと「ちよ」という祖先があった、そうでない人が呪われた自分の目にとまる筈《はず》がない気がします。その美しい人達も幽霊に見えます。

青葉がこわくてなりません。この頃、心臓がだんだん、弱々しく感じ易くなってゆ

よ　ち

きます。時によって嗅覚《きゅうかく》が病的に鋭くなることがあります。触覚が病的に鋭くなることもあります。

私はこれが、狂ってない頭で話す最後のように思えてなりません。なんだか、狂青年の手記、とでも云った風のものの、発端のような気がします。

イブセンの「幽霊」じゃありませんが、各家に、それぞれ怨霊《おんりょう》がついているとしたら、私の家には、

「ちよ」

という人にちがいありません。祖先にまでさかのぼって、

「ちよ」

という人から受けた怨《うら》みをしらべてみたくてなりません。私の祖先のみならず、もっと広く、

「ちよ」

という人の怨みを知りたくてなりません。

そしてまた、私は多くの霊どもにいろいろたずねてみたくてなりません。霊どもから答えが得られないなら、三人の

てゆくか解りません。なければ私はどこまで追いつめられ

「ちよ」

の心なり、はっきりとたずねてみたいのです。でなければ私はどこまで追いつめられてゆくか解りません。

友人の氷室に、五月の校友会雑誌を自分が編輯《へんしゅう》するから、何か書いてみないかと云われました。つい勧めにのってしまいました。おまけに、しめきりを、四五日も延してもらったりして、書かぬわけにゆきません。けれども、今この怖れで一ぱいになっていますので、他のことを考えられる筈がありません。仕方なしに、この怖れをありのまま書くことにしました。原稿紙に落してしまうことで、頭から追い払ってしまいたいと思いました。ずいぶんつらい仕事ですから、出来るだけ自分の感情にふれるような言葉をさけて、ぶっきらぼうにそそくさと語ってきました。怖れを如実《にょじつ》に語ったら、其場《その》で極度の神経衰弱になるかもしれません。誇張して語ったら気狂いになったかもしれません。特に、

「千代」

松氏の顔や姿を細かく語ったら、幽霊が原稿紙から立ち上ってきたでしょう。

青葉がこわくてなりません。蟻地獄の底に落ちる夏休みも近くです。

やっぱり、今でもあんなに私をみつめているあの霊どもと、同じように、肉体をぬぎすてた霊の姿にならなければこの怖れはのがれられないのでしょうか。

（大正八年六月、「校友會雜誌」）

孤児の感情

一

父母——父母という言葉が久し振りで私の頭に浮んで来た。妹という言葉の聯想《れんそう》としてである。

私の妹に就て知っていることを何もかも心に描き出してみるとしたところで、私の思い出は二分間で種切れになりはする。しかし、妹は現に生きている。これは何より強いことである。また、妹がこの世にいる証拠には、今日もこんな手紙をよこしている。ところが、私は父からも母からも葉書一枚貰《もら》った記憶はない。もっとも、死んだ人間が私に手紙をよこしたりすれば、不可思議な出来事であるが——。けれども私は、千代子というこの一人の女から、世界中のどの人間ともちがった感じを受ける。この感じは何か。妹である。千代子はなぜ私の妹か。私と父母が同じだからである。だから妹は、時々彼女の聯想として父母を私の頭に持って来るのである。

父母が死んだ夏から、四歳の私と一歳の妹とは、別々の家に引取られて大きくなった。幼い頃の私は父母が死んだことも忘れていたし、妹が生きていることも忘れていた。自分の目で見たことのない人間が、この世に生きていたとも、この世に生きているとも、考えようとはしなかったのである。

だから、田舎の家の縁側に七歳の私と並んで焼栗を食っている女の子、その日初めて見る都会風な女の子が、ぽんと天から降った妹であることに、私は面喰った。兄という感情を私の中に捜して、若《も》し見つからなければ急に拵《こしら》えなければならなかったからである。その時の感情の幼い狼狽《ろうばい》が、私の妹の最初の記憶である。つまり、感情の強盗であるこの女の子は、「押掛け妹」となることに成功したのである。

妹が小学校の二年の時、田舎の叔母は妹の習字を十枚ばかり貰って来て、私に見せた。級中で成績が一番だが、字は特別に上手だと言った。私は嫉妬《しっと》を感じ、少し右下りの書方だという欠点を捜出して安心した。またある時叔母は、千代子は鉛筆が彼女の親指より短くなるまで使い、筆記帳の最後の一頁《ページ》まで最初の一頁と同じ綺麗《きれい》な字を書く、と言って私の贅沢《ぜいたく》を責めた。そんな妹はろくな女にならない、と私は思った。

私が中学を出て東京の学校で勉強をするようになってからは、春夏冬の休みに帰省する度に、妹の養われている家へも挨拶《あいさつ》に行った。しかし、客間で昼飯を食うと夕食までいることはなく、一度も泊らなかった。妹も客間へは来た。けれども、私が妹の部屋を見たことはないし、妹と二人きりになることもなかった。みなし児二人《ご》でみなし児じみた話をするなぞは嫌だった。

「この少女は相手にしなくとも差支えない。妹だから。」

そう思いながら、私は妹の顔を見るのもなんだか気恥しい気がするのだった。この気恥しさは一種喜ばしい感情であった。

私が暇《いとま》を告げる時に、叔母はきまって妹に言った。

「千代子さん、停車場までお兄さんを送っていらっしゃい。」

「はい。」と答えはするが、妹はいつも玄関で家の人たちと一緒に両手をついてしまって、一度も門の外までは来なかった。

そして、妹が十五の頃から私は故郷に帰らない。最後に会った時、妹はもう女学校に通っていた。叔母が言った。

「千代子さんはね、尋常五年の正月から一日欠かさず、そりゃあ細かい字で長い日記を書いているのですよ。よく書くことがあると、不思議な気がしますよ。誰にも見せないんですって。」

妹は赤くなった。私は妹に新しい親しみを感じた。何だか秋のような気持だった。

――その妹に結婚の話が持上った。相手の男は東京にいる。その人に会ってみるために、東京へ来て私の下宿に泊る。

年賀状しかよこしたことのない妹から、珍しく今日来た手紙に、そう書いてある。

二

妹は長い夜汽車を一人で来た。

妹は小さい時から髪が豊か過ぎて長過ぎた。彼女の髪を眺めていた眼を彼女の顔に移すと、妹の年を二つ三つ間違えていたのに気がつき、おやと思うことがあった。十五の娘の顔が十七の娘の髪を持っているような不自然を感じた。

しかし、停車場で五年振りに見る妹は、顔と姿が美しい髪に追附いて調和した、結婚期の娘であった。

下宿につれて帰ると私は言った。

「国を出る時に皆がやかましく言わなかったかい。お父さんやお母さんが生きていたら、お前が今日のようなことになったのを見て、どんなにお喜びになるだろう、と。」

「聞きましたわ。少しうるさいくらい。」

「そう。——そうだろう！　涙を流さんばかりにして言ったんだろう！」

私の調子が余りに熱心なので、妹はちょっと変な顔をした。

しかしだ。

「お父さんやお母さんが生きていらしたら、どんなにお喜びになるでしょう。」

この言葉を私は何度聞かされたことか。例えば学校の入学とか、卒業とか、その他私の身に何か事がある度に、人々はきまってこの言葉を私にくれるのである。そして、この言葉を聞くと、私はいつもうつむいて黙ってしまうのであった。

それを口に出す時、彼等には私の父母の姿が思い浮んで来るのだろう。しかし私には何も見えて来ない。また、彼等はその時、浮んで来た姿と共に甘悲しい感情を味うのだろう。しかし私は親子という感情を知らない。私の感情を拷問《ごうもん》にかけでもしたら、「そうです。父母が生きていてくれましたら——。」と言うかもしれないが。

けれども、一方私は一度も聞いたことがない言葉がある。

「お父さんやお母さんが生きていらしたら、どんなにお悲しみになるでしょう。」

誰もこうは言ったためしがないとすると、若し二親が生きていたら、私は彼等を一度も怒らせたり悲しませたりしない孝行息子なのであろうか。親が子供の行いのなかに悲しみと怒りとの種を見出《みいだ》さない、つまり愛のない親であり、子供らしくない子なのであろうか。

それはとにかく、世間の人々はなぜ子供を親や家庭と結びつけて考えないと気がすまないのであるか。なぜ私の成功を第一に喜ぶ者が、影も形もない、私が見たこともない父母であると、空想しなければならないのであるか。——この調子では人々は、私の婚礼の宴席の上をも、父母の葬《とむら》いの行列を通らせずにはおかないつもりらしい。

私が中学に首席で入学した時のことであった。妹が養われている家へ挨拶に行くと、その家の叔母はいつもの通りの文句だ。

「まあ！　お父さんやお母さんがいらしたらどんなにお喜びになるでしょう。お父さんやお母さんは——。」

「そんなものはないんです。」と私は言放った。

「そりゃ、今はないけれども——。」

「ないんです。」

「おかしな子だこと。親のない人間てありますか。それに、お父さんは私の兄さんですもの。」

「ないんです。」

「だって千代子は、あったって言ってますよ。千代子はお父さんやお母さんの話を聞きたがるのに、あんたはちっとも聞こうとしない。」

　傍にいた妹はなんだかきまり悪げな顔をした。

　しかし私はもう四五年も故郷に帰らないので、「父母が生きていたら――。」という言葉も聞かない。けれども、結婚問題なぞで東京に来る妹は、きっと見送りの人々からお祝いとして父母の幽霊をもらって来たにちがいないと、私は思ったのである。

「あの――生きていたら、という挨拶には僕は十年間苦しめられたね。若し父母が生き返ってひょっくり僕の前に現われたらどうだろうという空想、僕にはこれ以上不愉快な空想は世の中に二つとないという気がする。」

「それは兄さんの誇張だと思うわ。私はそうは思わない。兄さんはいろいろある気持のうちの一つばかりを、自分で百倍にも二百倍にも無理に強めてみて楽しんでいらっしゃるのですわ。」

「つまり、悲しみをはじき返すための、逆説的《パラドキシカル》な感情の遊びというのかい。」

「誇張するのなら、私は兄さんと反対の方へ感情を誇張しますわ。そうしなかったら、私きっと不良少女になっていてよ。女は馬鹿だと世間の相場がきまっているとしたら、不良児は孤児で、孤児は不良児だと、世間の相場がきまっているのね。今朝も汽車の中で新聞を見たら、兵隊上りの人が孤児養育院を建てるという記事が出ていました。

ふた葉のうちに不良の若芽を摘むために――ですって。不良の若芽なんですって。」

妹と二人で話をするのは生れて初めてだが、彼女はおしゃべりらしい。

「しかし、笠原がお前を欲しいというのは実に意外だね。それを僕に言わないで、叔父さんに手紙を出すのは可笑《おか》しい。笠原ならよく知っているし、この頃もちょいちょい会うんだよ。」

「まあ！　そうなの！」

妹は突然無遠慮に派手な表情を動かした。これが肉親の親しみかな、と思いながらも私は少しあっけにとられた。

しかし、笠原という男は――私が彼を下宿に初めて訪ねた時、テーブルの上の硝子《ガラス》の水盤に井守を百匹ばかり飼っていたのだった。そして、彼はピンセットで黒い井守を捕えて、赤い腹を見せたのであった。

三

私の祖父に妹が一人あった。夫に死別れて、子供がなかった。六十過ぎてから、夫の遠縁の家の少年を養子に迎えた。中学を卒業すると養子は家出をしてしまった。それから後老婆《ろうば》は、竹藪《たけやぶ》に向いた大きな門のある家に一人で住んでいた。彼女が危篤《きとく》という報《しら》せを受けて私が竹藪の家へ行ったのは、中学四年の夏休みであった。

老婆は前夜騒ぐ鼠《ねずみ》を鎮《しず》めに床を出ようとして、蚊帳《かや》の裾《すそ》に足を巻かれてうしろに倒れた。女枕《まくら》の鋭い角が落ちて来た彼女の後頭部を一寸五分程切った。廊下まで這出《はいだ》して気を失った。翌《あく》る朝、近所の者が戸を明けてみた時には、老婆は半ば死んでいた。血を出るにまかせたのがいけなかった。

私がこの老婆に一番近い血族だった。遺言を聞いてくれと、私だけを残して人々は病人の部屋を退いた。私は遺言という言葉にこだわった。言遺《いいのこ》すことはないか、ときくのは、あなたは死ぬのだ、と知らせるのと同じだと思って、ためらっていた。ためらっているうちに老婆は息が絶えてしまった。それから四五日私は老婆のことを考えながら眠りに落ちた。今夜彼女は私の夢に現われて、言いぞこなった遺言を告げはしないだろうかと、毎晩思った。一七日《ひとなぬか》に養子が帰って来た。

それから七年の間、私は彼の噂《うわさ》も聞かなかった。ところが、私の文章が雑誌に出ると、突然彼が私を下宿に訪ねて来た。同じ日、誘われて彼の下宿に寄ってみた。その時、井守を見て驚いたのである。彼が笠原である。笠原は井守の交尾を研究していたのである。彼は大学の動物学科を卒業して、大学院で発生学を研究しているのであった。

春の日曜日の正午、笠原は医学の解剖学教室へ私を誘った。彼の研究室は二階の明るい部屋であった。

笠原は強燭光《しよつこう》の電球を顕微鏡に反射させ、種板を何枚も入替えて、私に覗《のぞ》かせた。

新しい人間をこの世に生み出すために男と女とが体の内に持っている細胞を、何千倍かに廓大《かくだい》して、私は眺めているのである。笠原は人間発生の科学を熱情的に解説した。また、どうして男が生れ女が生れるか。人間やいろんな動物の生殖細胞と受精卵との染色体を顕微鏡で数え雌雄を決定する性染色体に就て説明した。

「これが人間です。」

「これが犬です。」

「これはバッタです。」

「バッタ?」

「そうです。バッタは割合はっきり出ます。バッタで研究する学者もあるし、蜜蜂《みつばち》、鶏、蜻蛉《とんぼ》、いろんなちがった動物でそれぞれ研究しています。僕は主に犬を材料にしています。もう犬を二百匹以上使ったでしょう。犬殺し連中とすっかり友だちになってしまいました。犬の変なところをくれと言うので、初めはずいぶん笑われましたよ。

人間のはなかなか手に入りませんからね。」

人間の男女が持つ細胞も、顕微鏡では、バッタの雌雄が持つ細胞と同じ取扱いを受けている。しかし、男と女とが感情と感覚とを昂奮《こうふん》させ、時にはこのために人間同志で「醜いけだもの」と呼び合わねばならなくする力の源が、まことに美しい空色の装飾の図案のように見えるのを、私は不思議に思った。一枚の種板には、蚕の繭《まゆ》を綺麗に並べたような染色体が見える。かと思うと次のやつは、おたまじゃくしが沢山泳いでいる絵のようである。このまま少女の半襟の図案としたいと思うのがある。また、提燈《ちょうちん》行列の提燈を見るようなのがある。振乱した女の髪のようなのがある。川の流れのようなのがある。――そうしてこれが、人間発生の廓大図だと言う。二時間を費した笠原の講義も、私には一つのお伽噺《とぎばなし》に近かった。

それから、解剖学標本室へ行った。足もとに長い硝子箱がある。人間の輪切りを入れてある。一人の女の足の尖《さき》から頭のてっぺんまでを一寸目一寸目に、腸詰を切るように横切りにして、腸詰の料理のように並べてある。見渡すと、ここは人間の体を材木に使って建築した部屋としか思えない。

次の部屋へ行くと私はほっとした。ここは骸骨《がいこつ》の林である。

「骸骨！　骸骨とは死肉に較《くら》べて、なんと清らかに枯れた親しみを感じさせる物であることよ。」

四方の壁に幕が垂れてある。幕の裏には骸骨が、古洋服屋の店の洋服のように、百姓家の軒の干大根のように、ぶらぶら並んでいる。笠原は幕を上げて言った。

「これはジプシーの女です。――これはドイツの男です。――フランスの女です。――中国の男です。――これがコーカサスの女。――ホッテントットの女。――朝鮮人。――この一列が日本人です。」

そして、その骨組みの特色を、彼は一々私に教えた。

窓の外には、思わせぶりな桜の並樹が今まっ盛りに咲いている。桜の下を女が二人薬壜《くすりびん》を下げて大学病院へ行く。

私と笠原とは高い靴音で長い廊下を歩いた。笠原の鍵《かぎ》が扉を開いた。獄死したという瘠《や》せた男が、机の上にふんぞり返っている。死体室である。笠原はタンクの蓋《ふた》を明けた。解剖を待つ死人が五六人アルコールに漬っている。

それから解剖室へ行って、笠原は解剖台の白い覆《おお》いを捲《まく》った。私は二十代の男と三十代の女との生々しい内臓を眺めた。図書室で解剖図を見た。西洋の医学が初めて日本に来た頃の絵巻物であった。女は体の一部を解剖されながら、花やかな流目を送っていた。

夕暮れた廊下に電燈がついた。私達はもう一度標本室へ引返した。古ぼけて白くなったガウンを着た老婆が一人、硝子箱の塵《ちり》を払っていた。硝子箱の中には愚かな顔の田舎娘が寝ていた。切開いた腹の中には生れぞこなった大きな子供が陰気に縮かんでいた。

小使の老婆の塵はたきの微《かす》かな音だけをそこに残して、私達は街に出た。笠原が私に肩を寄せて言った。

「常々からあなたの御意見は、死を否定するためには死を肯定しなければならない、つまり生と死を一つに感じ、生と死に通じて流れているものを感じなければならないと言うのでしたな。人間も動物も植物も、生物も無生物も、形ある存在も形のない無も、ある高い世界では同じである、と言うのでしたな。しかし例えば死体です。人間でもないような生物でも無生物でもないような死体をどう解釈しますか。」

「過渡期です。」

「過渡期と言うと?」

「つまり、あらゆる存在にも、無にも、意義があるが、死体は無価値な一時的状態である、他の存在へ移るか、または無に消えて行くかの過渡期だと言うのですか。」

「死体は無価値ですか。」

「僕達の解剖しているのは死体です。」

「生の象徴として？」

「同時に死の象徴として。」

「何も死は手足がある死体だけのことじゃないでしょう。さっき顕微鏡で見せてもらった硝子板の上でも、沢山の生命が生れぞこなって死んでいたでしょう。」

「そうです。だから、選ばれた細胞だけが生命を宿すのです。生れようとする意志、生きようとする意志は宇宙に満ちていることは私の今日の説明だけでも分るでしょう。しかし、それを成し遂げる意志は少いのです。だから、生命は尊い。」

「尊いから、一切は生きていて、死はないと考えるのです。意志することは意志を遂げることだと言えませんか。」

　笠原は笑っていた。

　――その時から私には、笠原の聯想として、あの研究室と標本室と解剖室とが浮んで来るのである。妻に欲しいと言う男が笠原だと妹に聞いた時にも、それが浮んで来たのであった。

四

妹は不思議な神経を持っているらしい。

妹は毎晩私より二時間さきに寝床に入る。その二時間に私は原稿を書く。二つ並んだ寝床のうち私の机に遠い寝床で妹は眠る。私の眼と電燈の光を寝顔に受けないために、こちらに背を向けて眠る。

東京に妹が来た日の夜、二時間後れて私が寝床に入ると、彼女は静かに寝返りをした。起したかな、と私は思った。しかし、目が覚めたらしい呼吸はしていない。次の夜も私が寝床に入る時に、矢張り彼女は寝返りして、私の方に向直った。それから毎夜同じである。目が覚めるのだとは、どうしても思えない。眠っていながら私を感じて体を動かすらしい。妹のこの神経質は私を物悲しくした。そして、毎夜音もなく寝床に辷込《すべりこ》みながら、妹の体がこちらに向直るのを一つの楽しみとして待つのである。

今夜も私は妹をさきに寝かせて原稿を書いている。私は毎月それを売って学資としなければならないのである。

隣室に下宿している学生が、壁越しに大きな鼾声《いびきごえ》で妹の寝顔を撫《な》でている。

髪の豊かな色の白い女とでなければ、私は断じて結婚しない。——こんなことを私はしきりに考えている。妹が髪の豊かな色の白い女だからである。あちらを向いた妹の寝顔を見て考えている。

「こいつは馬鹿だ。反省と懐疑ということを知らない馬鹿だ。」

男と床を並べて、よく平気で眠れたもんだ。妹という概念に安心しているのだ。兄妹ではあっても、一つの家に寝るなぞは生れて今度が初めてであるし、私が妹に就て知っていることを何もかも心に描き出してみるとしたところで二分間で種切れになるくらいなのだ。兄妹であるからという気持も、私達の場合には、人間の感情の因習を概念的に信じることに過ぎないのだ。同じ父母から生れたというのか。でも私は父や母を見た覚えもない。千代子が私の妹であるとは思えても、私の父母の娘であるとは思えない。とにかく千代子は、私の妹であるという記憶のようなものを、彼女の頭の中に持っている。そしてその持っているものに反省と懐疑との眼を向けてみないのだ。しかし、若しそれを忘れてしまったら——。

私は一つの夜を思い出す。——大正十二年地震の時、焔《ほのお》は東京の半ばを舐《な》めて、まだ焼けない私達の町に嘲笑《あざわら》いながら近づき、私が逃込んだ森の夜を明るくしていた。私は立木の枝に蚊帳を釣り地面に夜具を敷いた。私がその家に下宿していた会社員の妻が、蚊に攻められて泣く赤ん坊のことばかりを頭一ぱいにして、私にろくろく挨拶もなしに、私の寝床に入って来た。彼女は一日間の混乱で少し常識を失って、無考えになっているのだろう。しかし、彼女も自分の蒲団《ふとん》を敷けばいいではないか。蒲団を持って逃げる気は彼女にないし、この小さい森も火に食われることを知っている。それだのに彼女は、蒲団を地面に敷いた記憶はないということ、つまり、蒲団は地面に敷くものではないという概念に捉《とら》えられて、自分の蒲団が地面に敷けないのである。そしてまた、他人の若い妻が私と一枚の夜具の上に寝ているのに、周囲に一ぱいの人々は少しも怪しまないのである。なぜか。彼等は私と彼女とが何者であるかを知らない。私達に就ての記憶を持っていない。そして、私と彼女と赤ん坊とが夫婦とその子なのだろうと思っているからである。私と彼女とが夫婦ではないという記憶を、彼等が持っていないからである。それならば若し——と、私はその時空想したのであった。彼女も傍の人々と同じように、私と彼女とは夫婦ではないという記憶を失ったとしたら。会社員の妻であるという記憶も失ったとしたら。そして、世の中の人間が悉《ことごと》く記憶力と名づけられた頭の働きを失ったとしたら。夫は昨日のわが妻を忘れ、妻は昨日のわが夫を忘れ、親は昨日のわが子を忘れ、子は昨日のわが親を忘れたとしたら。その時は、人間は悉くみなし児となり、ここは「家庭のない都市」となるだろう。——誰も彼もが私と同じ身の上になるだろう。

この空想を今夜私は思い出して、新しい一句を附け加える。

「そして、私は妹と結婚するだろう。」

しかし、私と妹とは同じ遺伝を受けている。だからいけないのだ、と私は呟《つぶや》く。遺伝。遺伝。——笠原は遺伝学者である。

してみれば彼が私の妹を妻にすれば、彼は妻の性格や体質から、私の父母を想像に描出すかもしれない。私は知らない私の父母の性格を彼は知るかもしれない。いや、私は見たこともない私の父母の姿形を、彼は見ることが出来るかもしれない。そして、私は私の父母を所有する権利を、彼に奪われてしまうことになるのだ。そんなことは断じて許せない。私の神秘を発《あば》く道具に妹がなってはいけない。

——などと考えた時、さっきから私を愚かな妄想に耽《ふけ》らせていた「夜」というものを追払うかのように、私は激しく頭を振った。

五

笠原は私の妹を見たことがない。それがどうして彼女を妻にくれと言い出したか。

それに就て私は一つの想像が出来る。私は笠原の養母の遺言を聞きぞこなった。あの時私が何か老婆に言えば、私が笠原家の遺産を相続することになっていたかもしれない。だから、笠原は私の妹と結婚しようという気になったのかもしれない。または、笠原の周囲の人が私への義理を感じて、彼に勧めたのかもしれない。

妹を養っている叔母はこの話を喜んだだろうと思える。笠原は近く大学の講師になるはずである。妹も大学教授という肩書を好いているにちがいない。しかし私にはどうしてもあの解剖学教室の有様が目に浮んで来る。研究は尊敬するが、若し私が女なら、あの研究室や標本室や解剖室を見れば、笠原の細君にはなる気がしないだろうと思う。もっとも、ほんとに女になってみれば、たとえ笠原が人間の眼球を食っているのを見たにしても、彼の細君になりたい程彼が好きになるかもしれないが。そして、妹はそんなことを案外気にしないのかもしれないが。でも、笠原の研究に就ては、私はまだ妹に話せずにいる。彼に会わせてみてからのことにしようと思っている。笠原の洋行の話だけはした。彼が洋行することは妹も叔母から聞いていた。しかし、彼がスエーデンへ行くとは知らなかった。ストックホルムに偉い動物学者がいる。彼はその学者の教えを受けに行くのである。

私と妹とは、今朝もストックホルムの話をしている。二人とも空想に描くことさえ出来ない遠い知らない町の話をしている。

「でも私、パリとかロンドンとかベルリンより、却《かえ》ってストックホルムなんていう町に行ってみたいような気持があるのね。」

「動物学の研究にかね。」

「あんなことを。何もストックホルムは結婚の条件にならないわ。」

「じゃ、どうして。」

「ただそんな気持。ストックホルムでなくってもいいのよ。ロンドンよりも例えばストックホルムというだけですわ。」

「少し知っている所よりも何も知らない所、華やかな所より寂しい感じの所というのかね。つまり孤児の浮浪性なんだね。」

「浮浪性でしょうか。」

「でなければ、なんとなしに棄鉢《すてばち》な気持なんだね。」

「そうかしら。でも、人一倍われとわが身を可愛《かわい》がる気持と、人一倍われとわが身を棄てる気持はあると思うわ、みなし児に。」

「みなし児に限ったことでもないだろう。」

「私何もストックホルムなんかへ行きたくはないわ。――でも、東京へは来たいと思っていました。」

妹の甘い言葉にひっかかって、私は窓の外を眺めた。神社の境内に落葉が風で走っている。

「落葉が風に吹かれて行って見えなくなってしまうんだね。」

「え？」

「林檎《りんご》の落ちるのを見て引力を発見した男があるんだから、落葉が消えてなくなるのを見たって何かは発見出来るさ。」

「落葉を飛ばせる風力を、でしょう。」

「落葉が目の前にある間は単なる一枚の枯葉だ。しかし見えなくなればもう単なる一枚の枯葉ではない。一枚の枯葉以上のものだね。どこかへ行ってしまった落葉の姿を思い浮べてみることは出来ても、本物を見ているのとはちがうだろうじゃないか。ある形を目で見るのと心に浮べるのとは大いにちがう。心に浮べる場合には、また別の感じがある。この感じという奴だ。枯葉が窓の下に落ちていれば枯葉一枚の形と色だ。しかし、風に吹かれて飛んで行ってしまった枯葉を思い浮べてみると、枯葉一枚の形と色ではない。形と色との制限を脱《のが》れた、形と色とを失って何かを得た物になっている。それよりも、風で走って行ってしまった枯葉をすっかり忘れて、二度と思い出さないとしたらどうだ。それよりも、最初からその枯葉を僕が一目も見なかったらどうだ。僕というものには、その枯葉がないことになる。無いということの感じが分るかい。無はあらゆる存在より広々と大きい自由な実在だということが。感じ方一つでは、僕が見なかった一枚の枯葉の感じはこの青空よりも大きいことにならないとも限らない。」

「何だか分らない一人よがりでしょう。」

まことにそうだ。私は私の死んだ父母を考えていたのである。私が見たこともない父母、私には無と同じものに感じられる父母のことを言っていたのである。

妹は窓を離れた。

「今日は行って下さる？」

「ああ、行こう。」

私は妹を歯医者へつれて行くのである。糸切歯と隣りの前歯との間に少し隙《すき》がある。それは一つの風情《ふぜい》なのだが、妹はそこに隙を入れてから笠原に会いたいのかもしれない。東京で歯科病院を開いている遠縁の人の話をすると、妹は喜んだのであった。

街は年の暮れである。赤いシルクハットをかぶって広告屋が歩いている。かき餅《もち》を焼く匂《にお》いが微かに漂って来る。醬油の焦《こ》げる匂いで、私は五年見ない故郷の風景をふと思い浮べた。

（大正十四年二月、「新潮」）

青い海黒い海

第一の遺言

帆かけ船の船頭です。

「おおい。」

「おおい。」

河波の上の呼声でほうと眠りから覚めると、私の眼に船の帆が白い渡鳥の群のように浮びました。そうです。白帆を見た瞬間の私は、その胸に鳥を飛ばせている時の青空のように無心でした。

「おおい。」

「おおい。生きてるのかあ。」

帆かけ船の船頭に呼ばれてこの世へ新しく生れたように私は眼を開いたのでした。

——私は一月程前にも、女の呼声でこの世に生き返った人間なんです。そして、その日の夕方には、その女が遊覧船でこの海浜に来ることになっているのでした。

私は顔に載せていた経木帽《きょうぎぼう》を捨てて立ち上りながら、日に焦《こ》げた腹に河の水をかけました。夕方近くの風を待っていた帆船が河を上って来たのでしょう。波の光が夕方でした。

間もなくびっこの少女の豆自動車が砂浜を走って来る時刻でしょう。その少女は別荘番の娘です。別荘の主人はやはりいざりの少年です。少年は足が立たないばかりではないと見えます。毎日夕方になると、少年と少女とを乗せた豆自動車が海から投げ上げられた水色の毬《まり》のように海辺を飛ぶのですが、少年は下顎《したあご》ばかりをぴくりぴくりと動かしています。この少年には家庭教師がついています。私はその男を撞球場《どうきゅう》で二三度見たことがあります。しかし、少女は村の小学校に通っています。

その日も河口の砂原へ行く途中で、私は学校から帰って来る少女に出会いました。少女は松葉杖《まつばづえ》の上に怒った肩を蝙蝠《こうもり》の翼のように羽ばたいて、ぴょくりぴょくりと踊るように砂浜を歩いていました。砂や波の上は影のない七月でした。突然少女は大きいあくびをしました。

「あっ。暗闇《くらやみ》。暗闇！」

ぎらぎら眩《まぶ》しい光の世界で、少女が大きく開いた口の中に、唯《ただ》一点の暗闇が生れたのです。その暗闇はじろりと私を眺めました。どうして私はこんなものにびっくりするのでしょう。その後で見た蘆《あし》の葉にしてもそうです。

この頃、私は毎日河口の砂原へ昼寝に行くことにしています。海には泳ぐ人がちらほら出はじめましたので、わざわざ人目のない河口まで行くのです。私は一月程前女の呼声でこの世に生き返ったばかりのからだなんですから、夏の日をまともに受けながら裸で砂の上に眠ったりするのは、大変毒だと思いますけれども、こんな風に自分を青空に明っ放して寝ることがたまらなく好きなんです。それに私は、生れながらの人生の睡眠不足者なのかもしれません。人生で寝椅子《ねいす》を捜している男かもしれません。私は生れたその日から母の胸に眠ることが出来なかったのですから。

そんなわけでその日も、砂の上へ寝ころがりに行ったのでした。

空が澄んでいたので島が近く見えました。白い燈台がほんとに白く見えました。ヨットの帆の黄色いのが分りました。そのヨットはちょっと見ると、若い夫婦かなんかが乗っていそうですけれども、実はドイツ人のおじいさんなんです。とにかく私は、熱い砂が背中の皮膚に馴染《なじ》んで来るのを感じながら、主人のいない部屋の硝子戸《ガラスど》のような眼で、海の景色を眺めていました。ところが、私の眼に一本の線を引いているものがありました。

一枚の蘆の葉です。

その線がだんだんはっきりしてきました。せっかく近づいた島が、そのために、だんだん遠退いて行きました。蘆の葉が私の眼の中一ぱいに拡《ひろが》って来ました。私の眼は一枚の蘆の葉になって行きました。やがて、私は一枚の蘆の葉でした。蘆の葉はおごそかに揺れていました。その蘆の葉が、河口や海原や島々や半島やの大きい景色を、私の眼の中で完全に支配しているではありませんか。私は戦いを挑まれているような気持になって来ました。そして、じりじり迫って来る蘆の葉の力に抑えつけられて行くのでした。

そこで私は、思い出の世界へ逃げ出しました。

きさ子という娘は十七の秋に私と結婚の約束をしたのでした。その約束はきさ子が破りました。けれども私は余り気を落しませんでした。お互に命さえあればいつかはまた、と思っていました。私の庭にも芍薬《しゃくやく》の花があります。きさ子の庭にも芍薬の花があります。その根さえ枯れなければ、来年の五月にはまた花が咲くでしょう。そしたら蝶が私の花の花粉をきさ子の花に運んで行くようなことがないとも限りません。そう思っていました。

ところが、去年の秋のことでした。私はふと気がつきました。

「きさ子は二十になった。」

「私と婚約した十七のきさ子が二十になった。」

「きさ子は私と結婚しないのに！──二十になれたのは、何故だ。きさ子を二十にしたのは、何者だ。――とにかく、私ではない。」

「見よ、汝《なんじ》と婚約した十七の娘は汝の妻としてではなく二十になれたではないか、と私に戦いを挑むのは誰だ。」

私はこのどうしようもない事実を、その時初めてほんとに心で摑《つか》んだのでした。そして、歯をぎりぎり嚙《か》みしめてうつむいていました。

しかしです。私はきさ子が十七の年から後きさ子に会っていないのですから、私にとっては、きさ子は二十になっていないとも言えるのです。いいえ、このほうが正しいのです。その証拠にはその時もちゃんと十七のきさ子が小さい人形のように私の前へ現れて来たではありませんか。けれども、この人形は清らかに透明でした。そしてそのからだを透き通して、白馬の踊っている牧場や、青い手で化粧している月や、花瓶が人間に生れようと思って母とすべき少女を追っかけている夜や、そんな風ないろんな景色が見えるんです。その景色がまた非常に美しいんです。

するとは私は、自分というものがぴったりと鎖《とざ》した部屋一ぱいの濁った瓦斯《ガス》のように思えて来ました。もし扉があるなら、直ぐにも明け放して、きさ子のからだのうしろの美しい景色の中に濁った瓦斯を発散させてしまいたくなりました。生命とは、ある瞬間には、ピストルの引金をちょいと引く指の動き、ただそれだけのものに過ぎないのですからね。

しかし、しあわせなことにちょうどその時、私の死んだ父がほとほとと扉を叩《たた》いてくれました。

「ごめん下さい、ごめん下さい。」

「はい。」と答えているのは小さい人形のようなきさ子でした。

「私は忘れものをした。この世に息子を置き忘れた。」

「でも、私は女でございますよ。娘でございますよ。」

「部屋の中に私の息子を隠しているので、私を通さないと言うのか。」

「どうぞ御自由におはいり遊ばせ。人間の頭の扉には鍵《かぎ》がございません。」

「しかし、生と死との間の扉には？」

「藤の花の一房ででも開くことが出来ます。」

「あれだ、私の忘れものは。」

部屋にはいって来た父は稲妻のように腕を突き出しました。その指の先で、私はぎょっと身を縮めました。しかし小さいきさ子はけげんそうな眼をしていました。

「あら。あれは私の鏡台でございますよ。それともあなたは、鏡の前の化粧水のことをおっしゃるのでしょうか。」

「ここは誰の部屋だ。」

「私のです。」

「嘘《うそ》だろう。お前は透明ではないか。」

「あの化粧水だって桃色に透明でございますよ。」

父は私を眺めて静かに言いました。

「私の忘れ者よ。お前は十七の娘が二十になったのでうろたえたではないか。それでいながら十七のきさ子をこの部屋の一隅の虚空《こくう》に描いて、命を吹き込んでやっている。すると、お前のいる生の世界には二人のきさ子がいるのか。または、一人のきさ子もいないのか。或は、お前唯一人しかいないのか。——しかし、お前が生れない前にお前と別れた私は、二十六のお前を一目見たばかりで、こんなにも素直に、私の忘れものよと呼んだではないか。これは私が死人だからだろうか。」

その時でした。なぜでしょう——私がほうっと太息をすると、それが、

「お父さん。」という声になっているのでした。

「あら。私の化粧水がものを言った。ああ。」

きさ子は鮎《あゆ》の眼のような小さい眼に、無限の悲しみを浮べたかと思うと、すうっと姿を消してしまいました。

「息子よ。この部屋はなかなか立派だ。一人の女がこの部屋から消え失《う》せても、空気が一そよぎもしない程に立派だ。」

「しかしお父さん。あなたは私にちっとも似ていませんね。」

「そうだ。それをお前も気がついてくれたか。私がここへ来る前に一番苦心をしたのは、自分の形をどう作ろうかということだった。少しでもお前に似ていてはお前が気を悪くすると思ってな。」

「その御好意はよく分ります。」

「でも、眼が二つ、耳も二つ、足も二本の人間だ。一般の幽霊のように、足だけはなしで来ようかとも考えたが、それも月並だからな。一そのこと、鉛筆か煙水晶の姿をして来るのも面白いのだが、死人は生存ということに対する信用が薄いからな。」

「とにかく、あなたが私のほんとの父なら、その頭を殴らせてくれませんか。他人の頭を殴るのは、どうも気まずいのです。肉親があれば、その頭を一つ、ぽかりと力まかせに殴ってみたいと、時々考えるのです。」

「いいとも。しかし、お前はきっと失望するよ。たんぽぽの花の上の陽炎《かげろう》を殴るのと同じように手答えがないだろうから。」

「しかし、たんぽぽの花の上に陽炎からは人間が生れないでしょう。」

「しかし、たんぽぽの花の上に陽炎が立たなければ、人間も生れないのだ。」

そして実際、私の頭の中にはたんぽぽの花が咲き、陽炎が揺れているのでした。父の姿なぞはどこにも見えませんでした。きさ子もいませんでした。私と結婚の約束をした十七のきさ子が私の妻としてではなく二十になれた——このことについての、さっきの白い驚きも消えてしまっていました。

そうして、私の感情はだらりと尾を垂れて眠がっていました。

こんなことがあったからかもしれません。その後間もなく私はもう一人の女りか子の前で、

「はははは……。」と笑ってしまったのです。

「ほんとにお聞きしないほうがよかったわ。ほんとにお聞きしないほうがよかったわ。」と、りか子は言いました。すると、重苦しい気持で恋を打ち明けていた私は、

「ははは……。」と笑ってしまいました。なんという虚《むな》しい笑い声でしょう。自分の笑い声を聞きながら、まるで星の笑い声でも聞いたように、私はびっくりしました。

それと同時に、自分という一本の釘《くぎ》が音もなく折れて、その釘にぶら下っていた私はふうっと青空へ落ちて行きました。

そして、りか子はその青空に昼の月のように浮びました。

「りか子はなんという美しい眼をしているのだろう。」

私は不思議そうに眺めていました。そして私たちは二個の風船玉のように立ち上りました。

「あの丘へ登って椎《しい》の木のところを右へ廻って下さい。」とりか子は自分で自動車の運転手に言いつけました。

りか子を下してしまうと、私は自動車の中でにこにこにこにこ微笑《ほほえ》みました。嬉《うれ》しい気持がぽこぽこ込み上げて来て、どうしようもありませんでした。

「恋を失ったのだから悲しまねばならない。」

そう思って自分を叱《しか》りつけました。また、この並外れた感情の動きに不安を感じました。しかしそれも、腹の皮で水の中へゴム毬を抑えつけているようなくすぐったい気持がしただけで、間もなくぷっと吹き出してしまいました。

「悲しむべき時に喜ぶ自分は褒むべきかな。これは、神様唯今帰りました、という気持なんだ。足を北へ運びながら南へ行く自分は褒むべきかな。」

そんな風に戯《たわむ》れながら、私は一人で微笑していました。愉快で愉快でしかたがありませんでした。けれども、この明るい気持はその日一日だけでした。とは言え、翌《あく》る日から悲しかったと言うのではありません。ただそれからは、自分に対するぼんやりした疑いが、私の身のまわりを野分《のわき》のように通っていました。

——ところが、すべてこれらの感情を私の熱病がみごとに裏切りました。五月でした。私は熱病を患《わずら》って死にかかっていました。熱に浮されて意識を失っていました。

「きさ子。」

「きさ子。」

「りか子。」

「きさ子。」

「りか子。」

「りか子。」

「きさ子。」

私はうわごとを言い続けていたそうです。

私の枕辺《まくらべ》にいた伯母は奇蹟《きせき》が好きだったのでしょうか。りか子を私の病床へ呼んでくれたのでした。りか子、と私が呼ぶ声に、りか子が答えたならば、私が命を取り止めるかもしれないと考えたのです。

二人の女のうち、きさ子はその時どこにいるのか分らなかったのです。いいえ、伯母はきさ子という女の名をその時初めて聞いたのです。ところが、りか子は伯母の姪《めい》だから嫁入先も分っていたのです。第一、それが奇蹟ではないでしょうか。そして、奇蹟は第二第三と続いたのでした。

りか子は直ぐに私の枕辺へやって来たそうです。するとどうでしょう。

「りか子。」

「りか子。りか子。」

「りか子。りか子。りか子……。」

私はりか子の名ばかり呼んだそうです。きさ子の名は一度も呼ばなかったそうです。考えても見て下さい。私は高い熱で意識を失っていたんですよ。私はこれを、人間の中の悪魔の狡猾《こうかつ》——なぞと言って片づけられない気がします。後でこのことを伯母から聞いた時私は、

「これは死ぬに価《あたい》する。」と何気なく呟《つぶや》いたのでした。

とにかく私は、りか子に自分の名を呼ばれ、自分の手を握られながら、この世に生き返ったのです。そして、意識を取り戻した瞬間に見たりか子の印象はどうだったでしょう。いつかりか子が私に話したことがあります。

「私の一番古い記憶を話してもいい？　二つか三つの頃でした。お日様はお寺の塔から昇って芭蕉《ばしょう》の葉へ沈むという考えがあったらしいのね。昇る、沈む、という言葉を知らなくっても、朝日と夕日とでちがった感じがあったのね。ところが、ある日、芭蕉の葉からお日様が昇った、芭蕉の葉からお日様が昇ったと思うと、わあっと泣き出してしまいましたわ。子守の背中で夕方眼を覚ましたのよ。」

――私は一枚の蘆の葉を見て、これらのことをすべて聯想《れんそう》したというのではありません。ただ、一枚の蘆の葉からも、きさ子が二十になったことからも、同じように戦いを挑まれた気持がしたというだけなんです。

そして、帆かけ船の船頭の声で目を覚ますと、りか子の声で生き返ったことを思い出したのです。

もう日が半島の上に傾いていました。しかし私は三歳のりか子のように、日が西の半島から昇ったとは思うことが出来ませんでした。

もう直ぐに、りか子の汽船が沖へ現れるでしょう。そして、彼女は沖から遊覧船でこの浜辺へ来るでしょう。

りか子は船室に寝ころびながら、足袋を脱いでしまった美しい足を船腹に突っ張って、波の動揺を支えているのでしょう。その姿を描いた頭で、私は河口を立ち去ったのでした。

第二の遺言

「私は死ぬ。りか子は生きている。私は死ぬ。私は死ぬ。りか子は生きている。生きている。生きている。生きている……。」

あの時の気持を言葉で現せば、こう言うよりしかたがありません。あの時とは——私が短刀でりか子の胸を突き、それから自分の胸を突いて、意識を失って行く時のことです。

ところが、どうでしょう。私が意識を取り返してみると、最初に浮んだ言葉が、

「りか子は死んだ。」

というのでした。しかもそこに、

「私は生きている。」

という言葉は伴って来ないのでした。それぱかりではありません。私が意識を失って行く時には、

「私は死ぬ。りか子は生きている。」という言葉が浮んだのではなかったのです。その時の気持を言葉で現そうとすれば、そうとよりしかたがないというだけなんです。

その時私の頭を走り過ぎたすべてのもの、火のように熱い小川に見えた流血や、骨の鳴る音や、蜘蛛《くも》の巣を伝わる雨滴のように幾つも幾つも流れて来る父の顔や、渦を巻いて飛び廻る叫び声や、さかさまになって浮き沈みしている古里の山なぞの、どれもこれもから私は、

「りか子は生きている。」という同じ一つのことを感じたのでした。

そして、私は「りか子の生存」とでもいうものの波に溺《おぼ》れかかってもがいていたのです。それからいつの間にか、その波の上に軽やかに浮んで、ゆらゆら揺られていたのです。

――けれども、意識を取り返した時には、

「りか子は死んだ。」という言葉がはっきり言葉そのものとして浮んで来たではありませんか。そしてまた、

「私は生きている。」という言葉を伴わないで、それがはっきり浮んで来たではありませんか。

——これでみると、生存というものは死というものに対して、非常に傲慢《ごうまん》なのかもしれません。

しかし、やっぱり——その言葉がこの世の光と物の世界の明るさとよりも先きに感じられたのではありませんでした。

最初私は明るい光の中へ、ぽっと浮き上ったのでした。

その時は七月の海浜の真昼でした。でも、たとえ私が真夜中の暗闇の中で生き返ったとしても、この感じは同じだろうと思います。盲目でも明るさと光との感じは持っているでしょう。私たちは暗闇の中で眼を覚ましても、やはり明るさと光との感じが起るのですから。そして、私たちはこれを眼で感じるのでなくて、生命で感じるのですから。生存とは、一口で言えば、光と明るさとを感じることだ、とも考えられます。ただその時の私には、毎朝眼を覚ました時よりもその感じがもっともっと清らかでした。

それからが音です。波の音でした。その音が私の眼に見えました。静かに踊っている金色の一寸法師の群として見えました。その一寸法師のうちで手を高く伸して飛び

上った一人が、

「りか子は死んだ。」

という言葉だったのでしょうか。

とにかくこの言葉は私を驚かせました。この驚きが私の意識を初めてはっきりさせました。

窓の外の空には松の芽が伸びていました。五歳の子供が青い紙へやたらに墨で引っぱった線のようでした。

私は私に切りかかって来る幻の下で、ひらりひらりと身をかわしているような気がしました。夕方野を走って行く夕立の後足のように、私の視野の中に幻が何本も光っていました。

その時私は、墨で黒くなったりか子の脣《くちびる》を思い出しました。

煖炉《だんろ》のある正月の西洋間でした。りか子は十四でした。書初めをしていました。十四になっても、筆を舐《な》めて脣を黒くしながら字を書くのでした。――その脣を思い出したのです。そして私は自分の手を眺めました。誰かが洗ってくれたにちがいないのですから、りか子の血なんぞ附いているはずはないのでしたが。

それにしても、私がりか子を突き殺した時、女の血は私の右手の四本の指に流れたのに、なぜ紅差指だけを汚さなかったのでしょう。いいえ、それよりも、紅差指一本だけが血みどろの手のなかで悪魔のように白かったことなぞが、あんな場合にどうして私の気にかかったのでしょう。紅差指一本が白かったから、私は生き返って、りか子は死んでしまったのでしょうか。いいえ、そんなことはどうでもいいのです。紅差指一本だけが白く見えたりしたのは幻だったのかもしれません。

そんなことよりも、私たちはなぜ死ぬ気になったのでしょう。熱病で死にかかっていた私の命をりか子が取り止めたからでしょうか。そうです。そうにちがいありません。

しかしその夜、あんまり月が明る過ぎたのもいけなかったのでしょうか。あんまり砂がまっ白過ぎたのもいけなかったのでしょうか。満月は白い浜を空気のないような色に冴《さ》え返らせていました。月光が水の滴《しずく》のように真直ぐ降る程静かなためか、空の動く音が微《かす》かに聞えました。私の影は白紙に落した墨のようにまっ黒でした。私のからだは白砂に突き立てた一本の鋭い線でした。砂浜が白い布のように、四方からきりきりと巻き上って来ました。

その時私とりか子とは、この三日間で目高の死骸《しがい》のように疲れ切っているということに、どうして気がつかなかったのでしょう。それを知らないばっかりに私は、

「人間はこんなに真っ白な土の上に立ってはならないのだ。」と考えたのでした。そしてベンチの上に足を縮めてしまいました。りか子にも足をベンチの上に上げさせました。

海はまっ黒でした。その広い黒にくらべて、この砂浜の白はなんとちっぽけだろうと思いながら、私は言いました。

「黒い海を見てごらん。私は黒い海を見ているから、私は黒い海だ。あなたも黒い海を見ているから、私の心の世界もあなたの心の世界も、この黒い海だ。ところが、私たちの眼の前でこのあなたと私との二つの世界が同時に一所を占めながら、一向ぶつかりも、弾《はじ》き合いもしないじゃありませんか。衝《つ》き当る音も聞えないじゃありませんか。」

「私に分らないことはおっしゃらないでね。信じ合って死にたいから。気違いじみたことを言わないでも死ねるうちに死にましょうね。」

「そうだ。そうでしたね。」

私が死ぬことにきめたのはその時だったのでしょうか。それとも前に、そんな約束をしていたのでしょうか。

とにかく、二人が一つの黒い海のように信じ合いながら、そして二人が死んでも一つの黒い海がなくならないことを信じながら、死のうと思っていたらしいのです。ところがどうでしょう。私が生き返ってみると、海はまっ青でした。まっ青な海ではありませんか。

赤かった私の手が白いように、まっ黒だった海はまっ青でした。そう思うと、涙がぽろぽろ流れました。悲しいのではないのですが、涙壺の蓋《ふた》がこわれてしまったのです。私が生き返らなかったならば、海はきっとまっ黒だったでしょう。それでは、あれがいけなかったのでしょうか。あの時、りか子を突き飛ばしたのがいけなかったのでしょうか。

りか子は両方の腕で私の首にぴったり抱きついていました。そうしていてくれと、私が頼んだのでした。二個のからだが一個のからだの感じになる、つまり、りか子が独立した一個の人間という感じを失わないと、私はりか子の胸を突き刺すのがこわかったのです。

私は空っぽになろうとして、りか子の頰の匂《にお》いの中で、ぽかあんと口を開いていました。すると、さらさら流れる小川の幻が浮んで来ました。そこで、私は短刀を力まかせにりか子の左の胸へ突き立てました。それと同時に、抱きしめ合っていたりか子のからだを、どんと突き飛ばしました。かと思うと、私はすくっと立ち上っていました。

あおむけに倒れたりか子は、自分の血の上で素早く寝返りしてうつぶせになりながら、

「し、し、死んじゃいけません。」

と、冴え冴えとした声で言いました。しかも、胸に刺さった短刀を自分で抜き取ると、鋭く投げつけました。短刀は壁にたらたらと血を流して畳に落ちました。

その時でした。私は自分の紅差指一本だけが悪魔のように白いのを見て身ぶるいしました。

りか子は五分間程で動かなくなりました。動かないりか子を見て、私は心が澄み通ったような落ちつきを感じました。そして、手拭《てぬぐい》を短刀の上に載せ、突っ立ったまま足で短刀の血を拭《ふ》いていました。

それから、機械のように自分の動作を疑うことなく、りか子の腹の横に膝《ひざ》を突いて、短刀を持ちながら目をつぶりました。出来ることなら、りか子と重なって死にたいと思っていたのです。それには、最初からりか子とからだをくっつけていては苦しまぎれに離れるだろうと考えたので、こうした風の身構《みがまえ》で胸を突き、いよいよこらえ切れなくなったら、りか子の上へ身をのめらそうという計画だったのです。

ところが、どうでしょう。短刀をぐっと突き立てると同時に、姿を崩して前へ倒れかかりました。と、叫び声をあげて飛び上っていました。

ああ。それは、りか子の体温でした。

りか子の上に倒れかかった私は、りか子の体温を感じて飛び上ったのでした。りか子の体温が私を撥《は》ね退《の》けたのです。りか子の体温が私に伝わった瞬間の恐怖――これは一たいなんでしょう。

とにかく、それは本能の火花でした。人間の奥底にひそんでいる憎しみだったのでしょうか。でなくて人間が人間に感じる恐しい愛だったのでしょうか。でなくて、生命と生命との稲妻が目に見えぬ世界でぶっつかったのでしょうか。その時、私がなんと叫んだかは覚えていませんが、恐らくこれ程凄《すご》い叫び声はなかったろうと想像されます。

飛び上った私は、横ざまに倒れました。痛みや苦しみは直ぐに、痛みや苦しみでなくなってしまいました。

急な傾斜面を疾風に追っかけられているような気持が、からだ中にありました。

やがて、世界は一つの強いリズムとして感じられました。私と一緒に世界が大きい鼓動を打っていました。全身の筋肉がその鼓動の音を聞いていました。「暑い。」と思うと同時に、自分の眼界の暗さを感じました。

その闇に金色の輪が二つ三つ浮びました。と、りか子が私の古里の橋に立って水を眺めていました。――りか子は生きているのです。そのりか子は顔が広がって足の小さい三角形でした。私の父らしい男が逆立ちして、流星のように河底から浮いて来ました。鳥の翼のような花弁のダリアの花が風車のように廻っていました。その花弁はりか子の唇でした。しんしんと音を立てて月光が横向きに降っていました。

――こんなことを幾ら書いてもきりがありません。とにかく私は高速度の幻想に乗って、弾丸が草木を追い抜くように、時間というものを追い抜いていたのでした。

そして、この幻想の世界では、色が音であり、音が色でした。ただ、匂いだけは少しも感じられませんでした。それから、この豊富で自由な幻想の断片のどれもこれもが、前にも書いたように、

「りか子は生きている。」

という意味を私に感じさせました。その感じの裏には、

「私は死ぬ。」

という感じが青い夜のように拡がっていたのでした。――ですけれども、私が自分の胸を突く前には、

「りか子は死んだ。」

と信じていたのでした。

いいえ、死んでいるか、死んでいないかを、疑おうとさえしなかったのです。それは後から考えると不思議です。りか子の生死を一応確めてみるのが普通なのではないでしょうか。

不思議と言えば、自分の胸を突くまでは、りか子は死んだと信じていたのに、私の薄れて行く意識の断片が、

「りか子は生きている。」

ということに感じられたのも不思議です。それから、意識を取り返してみると、余りにも素直に、

「りか子は死んだ。」

という言葉が浮んだのも不思議です。

なるほど、りか子は死んだにはちがいありません。けれども私が生き返ったということはりか子の死を確めたことではないではありませんか。

若《も》し私が生き返らなかったらどうでしょう。私にとってこの世界は「生きているりか子」の広々とした海だったではありませんか。

また、りか子が苦しい息の下から冴え冴えとした声で、

「し、し、死んじゃいけません。」

と言った言葉も不思議です。心中の相手に死んではいけない、と言ったのでしょうか。自分自身に言ったのでしょうか。それとも、りか子の心に浮んだ私でもりか子でもない何かに向って言ったのでしょうか。

それよりも、私は短刀で自分の胸を突く前に、この言葉について何も考えなかったのはなぜでしょう。私はそれほど死というものに対して臆病《おくびょう》だったのでしょうか。だから機械のように自分の動作を疑うまいとしていたのでしょうか。しかし、ほんとうに私は死に対して臆病だったのでしょうか。また、臆病ならどうして死ぬ必要があったのでしょうか。

「し、し、死んじゃいけません。」と、りか子も言っていたではありませんか。

そして、私の死は「りか子は生きている。」という象徴の世界だったではありませんか。

それから、私の生は「りか子は死んだ。」というはっきりした言葉だったではありませんか。生はそれだけのものではないと言うのですか。

「だから、お前は生き返った。」

と言うのですか。

――明日になったら、いろんなことを考えてみましょう。

窓の外の松林は真直ぐに立っています。あの松林が水車のような音を立てて廻るダリアの花に見えたら、私は「りか子の生存の象徴の世界」に生きることが出来るのでしょうか。

時間と空間とを征服した、あの素晴しく豊富で自由な世界を束の間《つかま》持つために、人間は生れて来たのでしょうか。そして死ぬのでしょうか。

ああ。分りません。

私が眼の前の青い海でないことが不幸なのでしょうか。いいえ、あの時は私もりか子も、眼の前の黒い海だったではありませんか。

作者の言葉

作者はこの二つの文章に、「第一の遺言」、「第二の遺言」という題を附けた。この筆者は、心中の前に第一の文章を書き、二度目の自殺の前に第二の文章を書いたからである。そして、こん度こそは蘇生《そせい》しなかった。だから、もうこれ以上彼から「生と死」の話を聞くことは出来ない。しかし、定めし彼は「りか子の生存の象徴の世界」に再び生きたことであろう。言うまでもなく、彼はりか子に恋をしていた。けれども作者は、たとえ彼が、

「一茎の野菊」

に恋をしていて、野菊の幻想の波の上に死んだとしても、この遺言は書き変える必要がないと思うのである。

（大正十四年八月、「文藝時代」）

油

父は私の三歳の時死に、翌年母が死んだので、両親のことは何一つ覚えていない。母はその写真も残っていない。父は美しかったから写真が好きだったのかもしれないが、私が古里の家を売った時に土蔵の中で、いろんな年齢のを三四十種も見つけた。そして中学の寄宿舎にいた頃には一番美しく写った一枚を机の上に飾ったりしていたこともあったが、その後幾度も身の置きどころを変えるうちに、一枚残らず失ってしまった。写真を見たって何も思い出すことがないから、これが自分の父だと想像しても実感が伴わないのだ。父や母の話をいろんな人から聞かされても、親しい人の噂《うわさ》という気が矢張りしないので、直ぐ忘れてしまう。

ある年の正月、大阪の住吉神社に詣《まい》って反橋《そりはし》を渡ろうとすると、幼い時この反橋を渡ったことがあるような気持がおぼろげに甦《よみがえ》って来たので、私は連れの従姉《いとこ》に言った。

「子供の時分にこの橋を渡ったことがないかしら。なんだかそんな気がする。」

「そうね。あるかもしれないわ。お父さんが生きていらした時には、直ぐこの近くの浜寺や堺にいたことがあるのですもの、きっと連れて来て貰《もら》ってよ。」

「いいえ。一人で渡った気がするんだ。」

「だって、そんなはずがないじゃないの。三つや四つの子供はあぶなくって、とてもこの反橋の上り下りは出来やしない。お父さんやお母さんに抱っこされていたんでしょう。」

「そうかなあ。一人で渡った気がするんだが。」

「お父さんが亡《な》くなった時は子供だったのね。家が賑《にぎや》かになったのを、あんた喜んでいたわ。それでも棺に釘《くぎ》を打たれるのは嫌だったのか、どうしても釘を打たせようとしないので、みんなそりゃ困ったのよ。」

また、私が高等学校に入学して東京に来ると、十何年振りで会った伯母が私の成人を驚いて言った。

「親はなくとも子は育つ。お父さんやお母さんが生きていたらどんなに喜ぶだろうね。お父さんやお母さんが死んだ時には、無理を言って困った。仏の前で叩《たた》く鉦《かね》の音を大変嫌がって、その音を聞くと泣きむずかるもんだから、鉦は叩かないことにしたんだよ。その上仏壇の燈明《とうみよう》を消せと言うんだもの。消すばかりでなしに、蠟燭《ろうそく》を折ってしまうし、かわらけの油を庭に流してしまうまで、疳《かん》を鎮《しず》めないんだからね。お父さんの葬式にはお母さんが泣いて怒っていた。」

従姉から聞いたような、父の葬式で家が賑かになったのを私が喜んでいたことや、また、棺に釘を打たせまいとしたことも、ちっとも覚えていない。ところが、伯母の話にはこちらが忘れていた幼な友だちに声を掛けられたような親しみを感じた。かわらけを持ち手を油で汚している幼い私の泣面《なきつら》が浮んで来た。この話を聞くと直ぐに古里の庭の木斛《もっこく》の木が私の心に見えた。十六七まで毎日私はその木に登り、幹の上へ猿のように坐《すわ》って本を読んでいたのだった。

「油を零《こぼ》したのは、あの木斛と向い合った座敷の縁側の手洗鉢の横だった。」などということまで思い出した。しかし考えると、父母の死んだのは大阪の近くの淀川べりの家だ。今思い描くのは淀川から四五里北の山村の家の縁先だ。父母が死ぬと間もなく淀川べりの家を毀《こわ》して古里へ帰ったので、川べりの家のことは少しも覚えていないから、油を零したのも山の家らしく思われるのだろう。それから、場所も手洗鉢の横とは限らないし、かわらけは私の手にあるよりも母や祖母が持っているほうが自然である。また、父の時と母の時との二度が一度として、或は同じことの繰り返しとしてしか思い浮べられない。細かいことは伯母も忘れている。私が記憶と思うものは多分空想なのだろう。しかし私の感情は却ってこの怪しいなり曲ったなりを真実として懐《なつか》しみ、人聞きなのを忘れて自分の直接の記憶であるかのような親しみを感じている。

——この話は生命あるかのように不思議な働きを私の上に加えた。

父母の死の三四年後に祖母が死んだ時とか、またその三四年後に姉が死んだ時とか、そのほか、折々私を仏壇に礼拝させる度毎《たびごと》に、祖父は必ず燈心の灯を蠟燭につけ変える習慣だった。このことは伯母の話を耳にするまで、なぜ祖父がそうするのかとも訝《いぶか》らずに、ただその事柄として頭に残っていた。私は何も生来鉦の音とか油の灯とかが嫌いだったのではあるまい。祖母や姉の葬式の時分には、父や母の葬式に油を捨てさせたことを忘れて、燈心の燈明でも平気でいたかもしれない。しかし、祖父は油の燈明を私に礼拝させはしなかった。そして伯母の話を聞いて初めて私は、このことのうちに含まれた祖父の悲しみを知ることが出来たのだった。——可笑《おか》しいことには伯母の話によると私は父母の葬式に蠟燭を折り油を庭に流したのに、祖父は明りを蠟燭に移している。私も油を流したのはぼんやりと思い浮ぶが、蠟燭を折ったのはちっとも覚えていない。蠟燭のほうは多分伯母が記憶の誤りか話の調子で誇張したのだろう。また祖父は仏前の油の灯こそ私に見せなかったが、私が中学に入る頃まで二人は油の灯で暮していたのだった。祖父は自分が半盲で明るくても暗くても大した変りがないために、古風の行燈《あんどん》を石油ランプ代りに使っていたのだ。

私は虚弱な父の体質を受けた上に月足らずで生れたので、生育の見込みがないように見えた。小学に通う頃まで米の飯を食べないような有様だった。嫌いな食物が多い中でも、菜種油の臭《にお》いのする物を口に入れると、きまって吐いた。小さい時鶏卵の焼いたのは落焼でも巻焼でも非常に好きだったが、焼く時鍋《なべ》に菜種油を引くことを思うと、焼けてから臭いがしなくても嫌だった。鍋についていた表面をきっと祖母か女中かに剝《む》かせてから食べた。食の進まない私のために、この面倒は毎日繰り返されていた。またある時、行燈の油が一滴沁《し》みた着物をなんと言われても二度と着ようとせず、そこを切り抜きつぎを当てさせてから、やっと気味悪そうに手を通したことがあった。今日まで私は油臭いのに敏感だった。単純に油の臭いが嫌いのつもりでいた。しかし伯母の話を聞いて初めて私は、このことのうちに含まれた私の悲しみを知ることが出来たのだった。仏前の油の灯を嫌がった私に父母の死は油の臭いとして沁み込んでいたのかもしれないのだ。また油嫌いの我儘《わがまま》を許してくれた祖父母の気持も、伯母の話から初めて想像出来たというものだ。

これらのことを伯母の話ではたと思い当った時に、ふとある夢が記憶の底から這《は》い上って来た。子供の頃山の神社の祭に見た御百燈のように灯が一つ一つついた土のかわらけが沢山並んで虚空《こくう》にぶら下っている。撃剣の先生——実は悪党が私をその灯の前へ連れて行って言う。

「竹刀《しない》でこのかわらけを真っ二つに破ることが出来たら十分腕が達者だから、剣道の極意を授けてやる。」

太い竹刀で素焼の皿を打ち下すのだから、こなごなに壊れて仲々真二つにはならない。脇目《わきめ》もせず皆叩き毀してしまって、はっと我に返った時には、灯が一つ残らず消え、あたりが暗闇《くらやみ》となっている。と、剣術者が忽《たちま》ち悪党の本性を現わし、私が逃げる。目が覚める。

私はこれに似た夢を度々見ることがあった。この夢も伯母の話から考えてみれば、幼い時父母を失った痛手が、私の内に潜んでいて、その痛手に対して矢張り私の内の何ものかが戦っている気持の現われだったのだ。

聯絡《れんらく》もなく記憶していたことが、伯母の話を聞くと同時に、こんな風に一点に馳《は》せ集って、お互いに挨拶《あいさつ》を交し共通な身元を親しげに語り合うのを感じると、私は自然に心が生き生きと明るんで来た。——幼い時肉親達に死別れたことが私に与えた影響に就て改めて考えてみたい心持になった。

私も少年時代には、父の写真を机の上に飾っていたように、「孤児の悲哀」を甘い涙で悲しみ、それを訴える手紙を男や女の友だちに書いた。

しかし間もなく、孤児の悲哀が何物だか少しも分っていない、と言うよりも、分るはずがないのだと省るようになった。両親が生きていたらこうだが、死んだからこうだったのだと、この二つのことがはっきり分ってこそ孤児の悲しみだが、事実死んでいるのだから、生きていたらどうだったかは神だけが知っているのだ。若《も》し生きていたら更に不幸なことがなかったとも限らないではないか。それなら顔も知らない父母の死のために流す甘い涙は幼稚な感傷の遊戯なのだ。しかし痛手にはちがいない。この痛手は自分が年を取って一生を振り返った時に初めてはっきりするだろう。その時までは、感情の因習や物語の模倣で悲しむものかと思った。

そして私の心は張りつめていた。

しかし、そうした意気張りが却って私をいびつなものにしていることを、高等学校の寄宿寮で私の生活が自由にのびのびとして来た頃から気づき初めた。そうした心が私の心の傷や弱身を意固地にかばうほうにばかり働いていたのだ。悲しむべきを素直に悲しみ、寂しむべきを素直に寂しみ、その素直さを通してその悲しみや寂しみを癒《いや》すことの邪魔をしていたのだ。前々から私は、明らかに幼い時から肉親の愛を受けないことに原因している恥ずべき心や行を認めて人生が真暗になることが度々ある。そんな場合、「ええい。」と投げ出したくなる心持を殺し、静かに自分を哀むように傾いて来た。劇場や公園やいろんな場所で幸福な家庭の親兄姉《おやきようだい》に連れられた子供とか、子供らしい子供同士でいるのとかに、何気なく見惚《みと》れ、見惚れている自分を見出《みいだ》してほろりとし、ほろりとする自分を見出して、「馬鹿。」と叱《しか》ることがあった。しかし、その叱る自分がいけないのだと思うようになった。

父の三四十枚の写真を何時《いつ》となくすっかりなくしてしまったように、死んだ肉親なぞにはこだわらなくなればいいのだ。孤児根性が自分にあるなぞと反省しなければいいのだ。

「まことに美しい魂を自分は持っている。」

ひそかに抱いているこの気持を余計な反省の蔭《かげ》にいじけさせずに、野方図《のほうず》に青空へ解放してやればいいのだ。こんな風な気持で二十歳の私は人生の明るい広場へ出て来た。幸福に近づきつつあるような気がして来た。ちょっとした幸福にも我ながら呆《あき》れるほど有頂天になるようになってきた。私は自分に問うのだ。

「これでいいのか。」

「幼少年時代を幼少年らしく過さなかったのだから、今は子供のように喜んでよろしい。」

こう答えて自分を見逃してやるのだ。やがて来る素晴らしい幸福一つで、私は孤児根性からすっかり洗われそうにさえ思える。永い病院生活を逃れた予後の人が初めて目にする緑の野のように、その時は人生が見えるだろうと待ち遠しい。

こんな風に気持が移って来た私には、伯母からの話を聞き、あれらのことを思い当った瞬間が生きていた。父母の死で受けた痛みの一つから忽然《こつぜん》助かったなと直覚したからだ。ためしに、菜種油臭いものを食べてみようと思い立った。そして不思議に食べられるようになった。種油を買って来て指先につけ、なめてみたりした。臭いも敏感に鼻に来るが気にならなくなった。

「この調子。この調子。」と私は叫ぶ。

この変化もいろんな風に考えられる。父母の死とはなんの関係もなく生来油が嫌いだったのに、助かったなと喜ぶ心が打ち勝って、なんでもなくなったとも言える。しかし、父母の死を悲しむ心がふと仏前の燈明に宿り、その油を庭に棄てたことから油を憎むようになり、その因果関係を忘れながらも油を嫌っていたのが、父母の話で偶然原因と結果とが結びついたためだと、無理にも言いたい。

「油からだけは助かりましたよ。」と、痛手の一つを実に明かに癒した証拠として信じたいのだ。

幼い時肉親達に死別したことが私に与えた影響は、私が人の夫となり人の親となり、肉親達に取り囲まれるまで消えるはずがないとも考える。不断の浄心も大切だ。しかし、この油のようにひょいとした機会で、私の心のいびつから助かることも、第二第三と続かないとも限らないだろうと望んでいる。

人並の健康になり、長生きし、魂を高く発展させて、自分一生の仕事を果したい希望が増々強く働いている。油のことで浮き浮きした拍子に、身体のため肝油を飲んでやろうと微笑《ほほえ》み、この油臭いものが毎日咽《のど》を通るようになった。しかも飲む度に、亡き肉親達の冥護《みようご》が私の身に加わっているような気さえする。

祖父も死んでから十年近くなる。

「明るくなりましたね。」

こう言って、肉親達の仏前に油の御百燈を花々と献じてやりたいものだ。

（大正十四年十月、「婦人之友」）

時代の祝福

一

篝火《かがりび》は一つ、長良橋の上から見えた。金華山の麓《ふもと》に燃えていた。月のない川原に船の支度を待って、鵜匠《うしょう》達が屯《たむろ》しているのだろう。橋を一足踏むと、早瀬の音がそうそうと彼の胸を染めて来た。彼は北岸《きたぎし》へ急いだ。

「今篝火を船に分けるところでございますわ。ほんとにいい時でございました。」

宿の女中に云われて、彼は脱ぎかかった袴《はかま》を引きずったまま廊下へ出た。欄干に腹を押しあてて川上を見晴した。六月の初めでまだ見物の船は一艘《そう》も浮んでいない。

「今夜は中鵜飼で八時だって聞いたものだからね。」

「火が船に移りますわ。」

燃えさかった篝火が花火の散るように幾つかに別れて動き出した。つつつと流れて一列に並ぶと、それぞれの篝火が火影《ほかげ》を水に落してゆらゆらと伸び上った。もう船の上だ。火を吸い込むように彼の頭は明るんで来た。それは加代子の思い出だった。でなくとも、冷い闇《やみ》の川瀬を流れる火はいつも新鮮だった。

「ここへ流れて来るんだろう。」

彼は六年前と同じことを云った。

「ええ、この目の下へ流れて参ります。」

女中はその時の加代子と同じようなことを云った。

六年前も二階のこの部屋だった。秋だった。しかし今は初夏だった。それだけがちがっていた。あの時の鏡台があった。彼は鏡の前に加代子の白いタオルを感じた。

結婚したいと云う彼の突然の言葉を受け入れると、直ぐに加代子は宿の湯へ行った。上って来た彼女は彼を見ずに床の間へ行き、手提袋をさぐってから障子を明けて廊下に出た。部屋の中で化粧するのが恥しいのだろうと思って、彼はそのほうを見ないでいた。暫《しばら》くして電燈のともる拍子に廊下を振り向いた。加代子は川瀬に向いてうずくまり、欄干の上に顔を押しあてて両手で眼を抑えていた。

「あ、そうか。あ、そうか。」

隠れて泣いている彼女の気持が彼に沁《し》み込んで来た。加代子は十六だった。彼に見られると、彼女は直ぐ立ち上って部屋へは入って来た。紅《あか》い瞼《まぶた》でもたれかかるように弱々しく微笑《ほほえ》んだ。彼が思った通りの表情だった。

夕飯の膳《ぜん》で加代子は新しい顔だった。風呂場には紅も白粉《おしろい》もなかったし、廊下でも化粧しなかったのに、朝から蒼黄《あおき》色《いろ》かった肌が冴《さ》え冴《ざ》えと白く澄み、頬が初めて花びらを貼《は》ったように色づいていた。病人が娘になった。家を出しなに結い直す暇もなかった髪を湯で撫《な》でつけて来て少しおでこに見えた。そして眉《まゆ》や目や唇《くちびる》がはっきり浮き出したので、ぽつんぽつんと離れて幼く見えた。ほうっと座っていた。夕飯がすむと彼女は廊下に出て、川面を染めて来る夕暮を眺めながら早口にしゃべった。彼は膨らんだ感情で寝そべっていた。広い早瀬の向うに町外れのともし火が浮んだ。彼女の濡《ぬ》れタオルが鏡台の上に崩れ落ちていた。

その時のように鵜飼を見よう。

これは彼等の講演旅行の目的地の一つに岐阜市が選ばれたのを知った時からの彼の空想だった。

――八時が近づいて参りました。もう川原に篝火が燃え出した頃と思います。私は鵜飼を見に行かねばなりません。

彼は奇怪な文学論を切り上げる口実を見つけ出した。さっさと演壇を下りて行く彼を見て、聴衆は忘れていた拍手を送った。彼は自分の言葉の厭味《いやみ》から逃れるかのように、夜空ばかりを見上げながら長良川へ急いで来たのだった。

「君は毎晩鵜飼を見ているね。」と彼は肩を並べている宿の女中に云った。彼はあの時加代子が額を押しあてた欄干を掴《つか》んで立っていた。

「それでも今夜初めて見るような気がしないかね。」

彼女は軽く振り向いて笑っていた。花の咲いた金目黐《かなめ》の木のような娘だった。少くとも彼の妻よりは美しかった。

闇が流れている――彼には広い川幅が布のように沈んだ闇の滑らかな肌に見えた。それだけに、漂って来る七つの篝火は感情的だった。一列に並んだ篝火は次第に房のような長い尾を振り初めた。黒い船の形が火明りに浮び出した。鵜匠が、中鵜使いが、そして舟夫《かこ》が見えた。楫《かじ》で舷《ふなばた》を叩いて声をはげます舟夫が聞えた。松明《たいまつ》の燃えさかる音が聞えた。舟は瀬に乗って、彼の宿の川岸へ流れ寄って来た。舟足は早かった。彼はもう篝火の中に立っていた。炎の旗が船からゆらゆら流れていた。

黒い鵜が舷でしたりげな羽ばたきをしていた。ついと流れるもの、潜るもの浮び上るもの、鵜匠の右手で嘴《くちばし》を開かれて船底に鮎《あゆ》を吐くもの、水の上は小さく黒い身軽な魔物が火祭に踊り狂っているようで、一船に十六羽いるという鵜の群がつぶてのように乱れ廻った。烏帽子《えぼし》のような頭巾《ずきん》をかぶった鵜匠は舳先《へさき》に立って、十二羽の鵜の手縄を巧みに捌《さば》いていた。

彼は頻に篝火を感じた。この焔《ほのお》があかあかと映っていた加代子の頰を思い出した。

その時彼女は云った。

「あら、鮎が見えますわ。」

「どこ、どこ。」

「ほら、あすこにあんなに泳いでいますわ。」

彼は今もまた篝火が萌黄色《もえぎいろ》に透き通った水底を覗《のぞ》き込んだ。しかしやっぱり鮎は見えなかった。

二

——私の処女作は「篝火」という小説でしたが、舞台はこの岐阜です。つまり、長良川の川岸の宿から娘と一緒に鵜飼の篝火を眺める、だから「篝火」という題を附けたのでした。さっき出がけに玉井屋旅館で聞きますと、今夜は中鵜飼で八時の船出だそうですな。これから半時間ばかりしゃべって居りますと、ちょうど八時になりますが、そしたら話の糸口であろうと中途であろうと、仔細《しさい》かまわずこの演壇を逃げ出して、もう一度長良川へ船の篝火を見に行くつもりであります。なんのために。

ひどく座談の口調なので彼は声を改めた。

――なんのために僕はそんなに鵜飼の篝火が見たいのか。私に甘悲しい思い出があるからですか。ところが私は思い出なんていうものはぞっとする程嫌いだ。思い出は煙草《たばこ》の吸殻か、すり切れた草履のようなものです。そんなものを振り返っているようでは牛より劣ります。ほんとですよ。牛は足の草履の鼻緒が切れて落っこちたって、素知らん顔でよたよた歩いて行くが、人間は草履が切れたらきっと情ない顔をして振り返る。また過去という奴は糞《ふん》みたいなものかもしれません。それも馬なんかは朗かにぽたりぽたりと道へ落して行く。ところが人間と来たら、低い屋根と狭い壁に隠れてこっそり――一体、人間は馬よりどこが優れているのですか。真実な意味でははっきり云える人はあるまいと思う。例えば魚は人間よりも上品に子供を拵《こしら》える。この魚の上品さを見ならって、人間も近頃では人工妊娠ということをやり出しています。

――とにかくこの思い出という奴をいつまでもぶら下げて行かねばならんとすると、風の神のような大きい袋を背負っていたって直ぐは入りきらなくなるでしょう。近江なる築摩《ちくま》の祭とくせなん、つれなき人の鍋《なべ》の数見ん。という歌が伊勢物語にありますね。風俗史上に「鍋被《かぶ》り祭」として伝わっている昔の風習ですが、その祭の日には女達は自分がこれまでに持った男の数だけの鍋を頭に被って出なければならんのです。そんなお祭が今でもあると我々男は大いに便利だが、女はたまったものでない。近頃では自分の髪の毛さえ頭に被るのを嫌って断髪が流行している程ですからな。全く過去を頭に載せて歩くなんて馬鹿げている。しかし実を云うと、人間は風の神よりも数十倍大きな袋を背負って歩いています。金持程大きい袋です。その袋に過去を詰め込んで目を白黒させて重たがっている。つまり、さっきも云いましたが、人間が隠れて糞《ふん》をする屋根と壁――屋根と壁に囲われた家がその袋なのです。

――私は先年の東京大地震の直ぐ後で浅草の小学校の屋上庭園へ登ってみたことがありました。鉄筋コンクリートの四階建でしたが、ちょうど私の傍に巡査が一人立っていて、まだぶすぶす煙が立っている見渡す限りの焼野ケ原を見晴しながらにやにや笑っているのです。ふん、なるほど、と私は思いました。彼は実に便利な世の中になったと思っていたにちがいないのです。つまり、屋根と壁がすっかり焼け落ちてしまって都会が裸になった。あすこの道角で一様にしゃがんでいる人の群は、あれは時計屋の焼跡で貴金属や宝石を漁《あさ》っている餓鬼共だ、そら、遥《はる》かかなた西の方角に金庫破りの賊が現れた、まあこんな風にいろんな犯罪が自分の掌の上のことのように見つかるんですからな。巡査は今の交番の代りに火見梯子《ひのみばしご》のようなものを作って、その上から望遠鏡で四方八方を睨《にら》んでりゃいいんですからな。もろもろの犯罪が造作なく見つかるばかりじゃなく、屋根と壁とがなかったら、人間の罪悪なんか硝子《ガラス》の壊れた温室の花のように殆《ほとん》ど皆根から枯れてしまうかもしれません。屋根と壁は雨風や寒さ暑さを凌《しの》ぐためでなくて、罪悪が天日にさらされるのを隠すためのものかもしれません。人生のもろもろの苦しみは人間が屋根と壁とを作り出した時に初まった。こういう金言はどうです。そう、そう、私は地震の時にずいぶん沢山の惨死《ざんし》体《たい》を見ましたが、同じように腸《はらわた》を飛び出して隅田川に浮んでいるのでも、私は人間よりも馬の死骸《しがい》に涙を流してやりました。だって、人間は人間自身が作り出した都会だとか家だとかいう生活形式のために焼け死んだのだ。いわば自業《じごう》自得《とく》だ。ところが馬は、馬自身の生活形式を人間の手に奪われていたからこそ死んだのじゃないでしょうか。諸君は馬を笑うか。人間の生活形式だって何かに強いられてこうなっているのではなかろうかと、疑えば立派に疑えるのです。

――こんなことを云ったって、私は原始に憧《あこが》れているわけではありません。自然に還《かえ》れなんて、そんなお月さまと結婚するようなことを考えているのでもない。私の云っているのはただものの譬《たと》えです。「容貌《ようぼう》の端麗月の如《ごと》く、白象の清鮮雪山の如し。」と云ったって、容貌と月、白象と雪山とが同じものだと思う愚か者はあるまい。大昔にお釈迦《しゃか》さんがちゃんとそう教えている。しかしながら、人間の罪悪の大部分は因習の花の果実であると思う。因習という目隠しをして歩いているから罪悪の泥溝に落っこちるのだ。そしてあの思い出という曲者《くせもの》は因習という鬱陶《うっとう》しい幕を織る縦糸なのです。屋根と壁――さっき云ったあの壁の壁土の働きをする悪魔なのです。その壁の蔭《かげ》にこっそり隠れないと、人間は糞《ふん》をすることさえ出来ない。ところが、文学というものは、白日の街道にぽたりぽたりと朗らかに落して行くあの馬糞のようなものなのです。私の「篝火」もなんのことはない、馬の糞《ふん》なのです。自分の糞《ふん》を見に帰って来る馬があったためしはないでしょう。だから私も甘悲しい思い出のために鵜飼の篝火を見に行くのではない。それならなぜか。正直に云うと、諸君の顔よりも長良川の篝火のほうが少くとも詩的だからであります。

　聴衆はまたしても笑った。

――諸君にしたところで、間もなく来月にはこの劇場へ雁次郎《（ママ）》一座が大阪から来るそうでありますが、私の講演なんかより雁次郎《（ママ）》の古典劇のほうがどれだけ詩的であるか分らない。そこで私は篝火を見に行き、諸君は雁次郎《（ママ）》を御覧になる。まあ諸君のことはどうでもいいとして、篝火を見て古めかしい抒情詩《じょじょうし》を歌うようなことは、私達文学者の間では時代後れであるばかりでなく、時代の良心に背くものとされています。

篝火を見るよりも鵜を見よでありまず。けなげに早瀬へ潜って鮎を捕える鵜は、自分の獲物が咽《のど》を通らないように首を締められている。そして飼主に口の中の魚を搾《しぼ》り出される。だから何十匹の鮎を捕えても彼は飢えている。これは今日の多くの生産者の姿そっくりである。これは今日流行の鵜飼の見方である。

思いがけなく時代の口真似《くちまね》をさせられた自分に気がついて、彼は目の前の人々を毒々しく嘲《あざけ》りたくなった。

――しかし諸君は自分が鵜であることに十分満足していらっしゃる。諸君の顔がどうやら鵜に見えて参りました。人間はすべて鵜である。どうも岐阜というところは私にろくでもないことを考えさせるとみえますな。この前来た時、それは「篝火」という小説に書いてありますが、その時私は一人の女と一生一緒に暮すという驚くべき希望を持って居りました。私がまだ学生で少年らしい幼い夢を見てみたからにちがいありません。その甘悲しい思い出は、さっきからくどくどと罵《ののし》ったように、私は自分の糞《ふん》よりも見たくないのであります。だからそんなセンチメンタルな思い出のある岐阜では、私は意地にも艶消《つやけ》しな話、古い抒情詩を踏みつぶした科学の話がしたくなる。

――例えば私がさっきも人工妊娠と口走ると、その辺の御老人がにがい顔をされました。しかしながら、人工妊娠は現に日本でも行われて立派に成功して居ります。つまり、父親がなくとも子供が産めるという甚だ散文的な方法でありますが、魚のように上品に子供を拵えることが何が可笑《おか》しい。云うまでもなく、この方法は魚の人工孵《ふ》化《か》や家蓄《(ママ)》の人工受胎を人間に応用したものです。科学としては朝飯前の簡単なことで、ただ手術を受けた婦人は汽車、電車、散歩、ダンス、そういう劇《はげ》しい動揺を少くとも四週間慎んでいればいいのですから、夫を持つよりはよっぽど楽だ。

——まあ今のところでは、お地蔵さんの頭を撫でてみたり、お社の松の木に抱きついてみたり、温泉にうだってみたり、それでも子宝が得られない場合に蛇でも飲むような大決心でこの手術を受けて、そのうちの約三十二パーセントくらいめでたしめでたしで子供を産んでいるのです。ところが世の中がずっと変って、例えば産児制限なんてものも耳隠しや断髪のように行き渡ってしまうと、人工妊娠は増々必要になって来る。実際子供を産むことは単に職業である時代が来るかもしれない。出産婦とでもいう職業婦人だけが専問《(ママ)》に子供を産むのですな。彼女等は国立授産場で人工妊娠術を受けて国家から給料を貰《もら》う。そうなれば親子という厄介な絆《きずな》が地上から消えてしまい、夫婦という鎖も重い目をして引きずることがなくなるでしょう。そして屋根と壁が崩れる。

——勿論《もちろん》そういうことになれば、男の子を産んだり女の子を産んだりすることくらいは、自由自在となるにきまっています。私の親戚《しんせき》の者が東京帝大の動物学研究室で発生学――つまり、その時はどうして男が産れたり女が生れたりするかということを研究して居りまして、私も顕微鏡を覗いて説明を聞いたことがありますが、それはまだ仮説だそうだけれども、男女の性の決定は或る種の細胞の性染色体が一個多いか少いかによる――まことにたわいの〔ない〕話で、それがはっきりすれば自然お好み次第に男や女が産めるようになろうと云うのです。それどころじゃない。男を女に作り変え女を男に作り変えることが出来ると云う、天上の神々よりも有難い大法螺《おおぼら》を吹く科学者が現れた。世の中にこれ程有難い福音はまたとないじゃありませんか。例えば失恋の悩みなんかは立ちどころに消えてなくなる。「金色夜叉《こんじきやしゃ》」の貫一でも科学の御《ご》利益《りやく》で自分がお宮より美しい女に作り変えて貰えば高利貸なんかにならずともすんだでしょう。

――この奇想天外な大法螺吹きは、ワシントン科学研究所々長、エドウィン・イー・スロ〔ッソ〕ン博士であります。彼は魚が住んでいる水の中へマグネシュウム塩化物を入れて、頭の真中に目玉が一つある魚に見事造り変えて見せたのです。魚の目玉を一つに出来たのだから、どうかすれば人間の目玉も一つに出来ないことはない。そこで彼スロッソンは、或る種の化合物を用いることによって極めて短い時間に人間の形、例えば眼や足の数から皮膚の色なんかも思い通りに変えることが出来るし、人間ばかりじゃなく動物や植物の形もお望み通りになると、荒唐無稽《こうとうむけい》な予言をしたのです。この予言はこの間の新聞に出ていたのだから私の作り話ではない。

——もしそういうおとぎばなしのような時代が来れば、一寸法師や一つ目小僧を作ることが出来る。遠足をする時には足を六本ばかり、いやそれより鳥のような翼をつけて飛んで行けばいい。決闘をするなら心臓を七つば〔か〕り殖しとけばなかなか殺されない。銀座通りを横切るにはうしろにも目玉を附けとけばいい。泥棒なんか塀を乗り越える時には足を十五尺ばかり伸して、それから体を紙のように薄くして戸の隙《すき》間《ま》を辷《すべ》り込むし、見つかったら芥子粒《けしつぶ》のように小さくなる。猿飛佐助の忍術ですな。流行にしたって、着物の色とか、足の見せ具合とか、そんな生《なま》やさしいものでなくなりますよ。眼の数だとか、耳の格好だとか、鼻の在り場だとか、それから男であることも女であることも、ただの流行に過ぎなくなるし、その人の好き好きで百人百色になる。虎のような肌で歩く者もあれば、魚のように五色の鱗《うろこ》を見せびらかす女もある。百鬼昼行の化物の世界が現れる。

——科学がそこまで進歩すれば当然人間が猫になったり、麒麟《きりん》が植物になったり、百合《ゆり》が鉱物になったりすることも自由自在となるにきまっています。仲の悪い夫婦は二人で鴛鴦《おしどり》に化ければいいし、動くのが厭《いや》な人は牡丹《ぼたん》の花にでもなるんですな。人間が万物の霊長だなんて云う誇りは時世後れの笑い話になってしまう。そして日高川で蛇になった清姫や石になった佐保娘（ママ）は人類の偉大なる先駆者であります。それよりも輪廻《りんね》転生《てんしょう》の説を唱えた仏教の聖者達は新しい予言者として甦《よみがえ》ります。

――とにかく、あらゆる人間のあらゆる希望、あらゆる空想はわけもなく成就《じょうじゅ》されて、この世は変化《へんげ》と怪奇の乱舞となるでしょう。人間の一切の慾望は実を結び、人の世の悩みは煙のように消え、今日の感情は目盛のない物尺のように役立たなくなる。あらゆる空想家、理想家、反逆者、革命家、そういう人々の頭に浮ぶことは一つ残さず実現されるでしょう。人間が考えることはすべて出来上る日が来る。現在のすべてのものが死に、現在にないすべてのものが生れる。そしてそういう時代が来れば文芸はどうなるのですか、文芸は？

――これは私の誇大妄想じゃありません。スロッソン博士の責任です。文句があるならアメリカへ行って下さい。しかし、そんな創造の神様を馬鹿にするような時代が来る前に、神様が地球をぶち壊してしまうかもしれませんな。また人間としてもそんな妖怪変化《ようかいへんげ》となる前にいさぎよく滅んでしまったほうがいいかもしれません。けれどもこんなことはたとえエドウィン・スロッソンの法螺だとしてもですな、科学という奴は諸君が想像するよりも遥かに恐しい怪物であります。例えば芸術の方面で云っても、新しい科学を表現の手段とするものに映画とラジオが現れ、こいつらも見方によっては文芸の敵であります。この敵といかに戦うかについては後程お話いたしますが、このラジオ、この電波も音や写真を送っている間は無事だけれども、飛行機や軍艦なんかを陸上から電波で運転するようになり、殺人光線のようなものに用いられ出すと、大分妖怪時代じみて参ります。現にそんなことは今日殆ど成功している。日本でも自動車を人が乗らずに離れていて自由自在に運転するくらいのことは、某方面でこっそりやっているのであります。してみれば、スロッソンや仏教の聖者達の予言が実現されるのも、私達の孫の孫くらいの時代かもしれませんよ。

——支那の老子が荘子に君は胡蝶《こちょう》の生れ変りだと云った話がありますね。それを荘子が素直に信じたとすれば面白い。輪廻転生の信仰は東洋の仏教ばかりでなく、西洋にも昔から沢山あります。古代エジプトの「死者の書」にも人間が鷹《たか》や燕《つばめ》や蛇に生れ変ることが書いてあって、その絵まで残っていますし、ギリシャ神話の花物語なんか今でも女学生に持てはやされています。またヨーロッパの古城や田園にも、人間が白《しろ》兎《うさぎ》や薔薇《ばら》になった伝説はいくらでもあります。私はこういう話を集めてみたことがあったが、「輪廻転生伝説辞典」という辞書が出来る程沢山の話で面倒臭くなった。とにかく、現世のお姫様は前世の紅雀であり来世の野菊である――こんな考え方はこの天地万物、宇宙の一つの解釈として人間が古くから持っていたのです。これは原始的で幼稚な自然観でありましょう。

――しかしながらスロッソン博士のような科学者の大法螺もあるし、近頃の原子論とか電子論とかいう科学も案外そんなことを証明するかもしれない。それは今どうでもよろしいのですが、私はこの宇宙観を一個のおとぎばなし、一篇の詩として楽しんで居ります。人類の頭にこれまで宿った思想のうちで一番美しいものだと信じて居ります。この詩を思うと心がなごやかに静まり広々とした愛を感じて安らかになる。一体人間は何千年もかかって、人間と自然界の万物とをいろんな意味で区別することに永い歴史的の努力を続けて来たんだが、空に投げた石の力がつきて落ちて来るように、これまでの努力の道を逆戻りしなければならぬようになるかもしれません。今の人間が人生をこんなに空虚に感じるのはそんな一人よがりの努力の遺伝のせいかもしれません。

――例えば近頃の西洋の心霊科学者にしてもです。人間の霊魂ばかりが目に見えぬ世界や死後の世界でも尊いと云うような考えを土台にして研究しているのは大いに不服だ。私は死んでから蓮華《れんげ》の台《うてな》の上の仏様となるよりも、野の一茎の月見草となると思うほうが、心がほのぼのと軽いのであります。……

そして彼はオリヴァ・ロッジ、ゼームス、フラマリオン、ヒスロップ、ヘーア、バーレット、コナン・ドイル、クルックスなぞの心霊学者が報告した心霊現象の話をした。そこから彼の奇怪な文学論へは入って行った。彼のじょうだんばかりを笑っていた聴衆はもう笑わなくなった。聞いていないのだ。分らないのだ。分ったら不思議だ。それは文学論でなくて、彼の悪夢だった。やはり、彼の奇怪な詩であった。彼はさっき人に分る詩を罵って、今人に分らない詩を説いたのだった。彼の声を離れて人々の体がざわめき出した。

――八時が近づいて参りました。もう川原に篝火が燃え出した頃と思います。私は鵜飼を見に行かねばなりません。

そして奇怪な文学論から逃げ出して、夜空ばかりを見上げながら長良川へ急いで来たのだった。

三

鵜飼船は瀬の紆《うね》りに乗って弓形に彼の宿を遠さ《(ママ)》がって行った。篝火が橋の裏を照し出した。橋の影が空に写るか。ふとそんな気がして空を見上げた。空は夢の中で落ち込むことがある闇のように、摑まりどころもない鬱陶しい深さだった。彼は自分の胸の底が抜けたような感じだった。

向う岸の橋蔭に流れ寄って篝火が消え初めた。

「もうおしまいか。」

「川の瀬が早うございますからね。」

彼は部屋には入って季節に早い鮎を食べた。

「廊下の障子をしめてくれ。寒くなった。」

篝火の消えた川を見ていてもしかたがなかった。向う岸に町外れのともし火があるにはあった。しかしそれが沈めたように低く見えた。そしていじけて見えた。その上に、彼は加代子とこのともし火を見たことを思い出さずに弓子を思い出した。

彼の処女作集の出版記念会だった。新しいビルヂングの七階だった。窓の硝子が清らかだった。装飾燈が重なり合って写っていた。彼はライラックの花籠《はなかご》に肩を傾けて座っていた。

再　会

敗戦後の厚木祐三の生活は富士子との再会から始まりそうだ。あるいは、富士子と再会したと言うよりも、祐三自身と再会したと言うべきかもしれなかった。

ああ、生きていたと、祐三は富士子を見て驚きに打たれた。それは歓《よろこ》びも悲しみもまじえない単純な驚きだった。

富士子の姿を見つけた瞬間、人間とも物体とも感じられなかった。祐三は過去に出会ったのだ。過去が富士子という形を取って現れたのだが、祐三にはそれが抽象の過去というものと感じられた。

しかし、過去が富士子という具象で生きて来てみればそれは現在だろう。眼前で過去が現在へつながったことに祐三は驚いたのだった。

今の祐三の場合の過去と現在との間には、戦争があった。

祐三の迂闊《うかつ》な驚きも無論戦争のせいにちがいなかった。戦争に埋没していたものが復活した驚愕《きょうがく》とも言えるだろう。あの殺戮《さつりく》と破壊の怒濤《どとう》が、しかし微小な男女間の瑣事《さじ》を消滅し得なかったのだ。

祐三は生きている富士子を発見して、生きている自分を発見したようだった。

祐三はあとくされなく富士子と別れたように自分の過去ともきれいに訣別《けつべつ》し、その二つとも忘却しおおせたつもりで、戦争のなかにいたものだが、やはり持ってうまれた生命は一つしかないのだった。

祐三が富士子と再会したのは日本の降伏から二ケ月余り後だった。時というものも喪亡してしまったような時で、多くの人々は国家と個人の過去と現在と未来とが解体して錯乱する渦巻に溺《おぼ》れているような時だった。

祐三は鎌倉駅におりて若宮大路の高い松の列を見上げると、その梢《こずえ》の方に正しく流れる時の諧調《かいちょう》を感じた。戦災地の東京にいては、こんな自然も見落しがちに過した。戦争中から方々に松の枯死が蔓延《まんえん》して国の不吉な病斑《びょうはん》のようだが、ここの並木はまだ大方生きていた。

鶴《つる》ケ岡八幡宮《おかはちまんぐう》に「文墨祭」があるという鎌倉の友人の葉書で祐三は出て来たのだった。実朝《さねとも》の文事から思い立った祭らしく、いくさの神が世直しの意味もあったろう。

平和な祭見の人出はもう武運と戦勝とを祈願する参拝ではなかった。

しかし祐三は社務所の前まで来て、振袖《ふりそで》の令嬢の一群に目の覚める思いをした。人々はまだ空襲下の、あるいは戦災者の服装から脱していないので、振袖の盛装は異様な色彩だった。

進駐軍も祭に招待されている、そのアメリカ人に茶を出すための令嬢達だった。進駐兵は日本に上陸して初めて見るキモノだろうから珍らしがって写真を取っていた。

祐三にしても、これが二三年前までの風俗だったとは、ちょっと信じられぬほどだった。みじめに暗いまわりの服装のなかで最大限の飛躍を見せた女の大胆さに感心しながら、野天の茶席へ案内されて行った。令嬢達の表情や動作にも華美な盛装が映っていた。これも祐三を呼びさますようだった。

茶席は木立のなかにあった。神社によくある細長い白木の卓にアメリカ兵が神妙に並んで、無邪気な好奇心を見せていた。十歳前後の令嬢が薄茶を運んでいた。模型じみた服装と作法で、祐三は古い芝居の子役を思い出した。

そうすると大きい令嬢の長い袖や盛り上げた帯が今の時代に錯誤し矛盾した感じも明らかとなって来た。健康な良家の子女が身につけているので、かえってなお妙にあわれな印象を受けた。

けばけばしい色彩や模様も今こうしてみると俗悪で野蛮だった。戦前の着物はつくる者の工芸も着る者の趣味もここまで堕落していたのだったかと、祐三は考えさせられた。

後で踊の衣裳《いしょう》と見くらべてこれを一層強く感じた。社の舞殿で踊があったのだ。昔風の踊の衣裳は特別のもの、令嬢達の服装は日常のものだろうが、今は令嬢達の盛装も特別に見物すべきもののようだった。そして戦前の風俗ばかりでなく女性の生理までが露骨に出ているのだった。踊の衣裳は品があり色も深かった。

浦安の舞、獅子《しし》舞《まい》、静《しずか》の舞、元禄《げんろく》花見踊――亡《ほろ》び去った日本の姿が笛の音のように祐三の胸を流れた。

左右に分れた招待席の一方が進駐軍で、祐三達は大公孫樹《おおいちょう》のある西側の席にいた。公孫樹は少し黄ばんでいた。

一般席の子供達が招待席へ雪崩《なだ》れこんで来た。子供の群のみじめな服装を背景として、令嬢達の振袖などは泥沼の花のようだった。

舞殿の赤い柱の裾《すそ》に杉林の梢から日がさしていた。

元禄花見踊の遊女らしいのが、舞殿の階《きざはし》をおりたところで、あいびきの男と別れて立ち去る、その裾を砂利に曳《ひ》いてゆくのを見ると、祐三はふと哀愁を感じた。

綿で円くふくらんで、色濃い絹の裏地がたっぷり出て、花やかな下着をのぞかせて開いた、その裾は日本の美女の肌のように、日本の女の艶《なま》めかしい運命のように――惜しげもなく土の上を曳きずってゆくのがいたいたしく美しかった。華奢《きやしや》で無慙《むざん》で肉感の漂う哀愁だった。

祐三には神社の境内が静かな金屏風《びようぶ》のようになった。

静御前の舞の振《ふり》は中世的であって、元禄の花見の踊は近世的なのだろうが、敗戦間もなくの祐三の目は踊のようなものに抵抗力を失っていた。

そういう目で舞姿を追っている視線に、富士子の顔があったのだ。

おやと驚くと祐三はかえって瞬間ぼんやりした。こいつを見ているとつまらないことになるぞと内心警戒しながら、しかも相手の富士子が生きた人間とも自分に害を及ぼす物とも感じられなくて、直ぐには目をそむけようとしなかった。

舞衣の裾の感傷は富士子を見た途端に消えたが、それほど富士子が強い印象なのではなく、失心した人が意識を取りもどした目に写る物のようであった。生命と時間との流れの継目に浮んだもののようであった。そして祐三のそういう心の隙《すき》に、なにか肉体的な温かさ、自分の一部に出会ったような親しさが、生き生きとこみあげて来た。

その富士子の顔もぼんやり舞姿を追っていた。祐三には気がついていない。祐三は富士子に気がついているのに富士子は祐三に気がついていないことが、祐三は奇妙な感じだった。そうすると二人が十間と離れないでいながらお互いに気がつかなかった時間は、更に奇怪なことに思えた。

祐三がなんの顧慮もなくとっさに席を立って行ったのは、富士子の無力にほうけた顔つきのためかもしれなかった。

祐三は失心しそうな人を呼びさますような気組で、いきなり富士子の背に手をおいた。

「ああ。」

富士子はゆっくり倒れかかって来そうに見えて、しゃんと立つと、体のぴりぴり顫《ふる》えるのが、祐三の腕に伝わった。

「御無事だったのね。ああ、びっくりした。御無事でしたの？」

富士子は体をかたくして立っているのだが、抱かれに寄り添って来る感じを祐三は受けた。

「どこにいらしたの。」

「ええ？」

今の踊をどこで見ていたのかとも聞え、富士子と別れて戦争中どこにいたのかとも聞え、また祐三にはただ富士子の声とも聞えた。

祐三は幾年ぶりかで女の声を聞いた。人ごみのなかにいるのを忘れて富士子と会っていた。

祐三が富士子を見つけた時のなまなましさは、富士子から強められて祐三に逆流して来た。

この女と祐三が再会すれば道徳上の問題や実生活の面倒がむし返されるはずで、言わば好んで腐れ縁につかまるのだから、さっきも警戒心がひらめいたのだが、ひょっと溝を飛び越えるように、富士子を拾ってしまった。

現実とは彼岸の純粋な世界の行動のようで、しかも束縛を脱した純粋な現実だった。過去が突然こんなに現実となった経験はなかった。

新膚《にいはだ》の感じが富士子とのあいだにふたたびあろうとは夢にも思わなかった。

富士子も祐三を責めとがめる様子は微塵《みじん》もなかった。

「お変りにならないわねえ。あなた、ちっともお変りになってらっしゃいませんわ。」

「そんなことはない。大変りだよ。」

「いいえ。お変りになってないことよ。ほんとう。」

それが富士子の感動らしいので、祐三は、

「そうかねえ。」

「あれから……ずうっとどうしてらしたんでしょう。」

「戦争してたさ。」と祐三は吐き出すように言った。

「うそ。戦争してらしたみたいじゃないことよ。」

側《そば》の人達がくすくす笑った。富士子も笑った。まわりの人々は富士子の邪魔にならないようだった。思いがけない男女の邂逅《かいこう》を見る人達はむしろ好意で明るくなっているらしかった。富士子は周囲の空気にもあまえかねない風だった。

祐三は急にきまり悪くなると、さっきから気づいていた富士子の変りようが一層はっきり目について来た。

小太りだったのがげっそり瘦《や》せて、切の長い目ばかり不自然に光っていた。富士子は赤毛の薄い眉《まゆ》に以前は少し赤みがかった眉墨を引いたりしていたが、今はその眉墨もなく頰紅もかすかなので、頰の肉がさびれたのに、平べったい顔が見えた。白い肌が首から上はやや黒ずんでいる、その素顔が出て、首の線の胸の骨へ落ちるところに疲れがたまっていた。毛筋の細い髪の器用な波も怠って頭が貧相に小さくなった。

祐三に会った感動を目だけで懸命に支えているようだった。

以前気になったほど年齢の差が感じられなくて、祐三はかえって安穏な不便《ふびん》を催しそうなものなのに、若々しいときめきが消えないのは不思議だった。

「お変りにならないわ。」と富士子はまた言った。

祐三は人ごみのうしろに出た。富士子も祐三の顔を見ながらついて来た。

「奥さまは……?」

「…………。」

「奥さまは……?　御無事?」

「うん。」

「よかったわ。お子さまも……?」

「うん。疎開《そかい》させてある。」

「そう?　どちら。」

「甲府の田舎だ。」

「そう?　お家はいかがでしたの。助かって?」

「焼けた。」

「あら、そう、私も焼け出されました。」

「そう、どこで。」

「東京よ、無論。」

「しかたがないわ。女ひとりで、ほかに行場もいどころもないでしょう？」

祐三は冷やっとして、急に足もとが崩れるようだった。

「死ぬつもりになってしまえば、結局東京が気楽——というわけもないけれど、戦争中はどんな暮しをしていても、どんな恰好《かっこう》をしていても、まあ平気だったわ。元気だったのよ、私。自分の境遇を悲んだりしてるどころじゃなかったでしょう？」

「国へは帰らなかったの？」

「帰れやしないじゃないの？」

その理由は祐三にあるはずなのにと反問する調子だった。しかし祐三をとがめる毒気はなくて、あまえかかるような声だった。

祐三はもう古疵《ふるきず》にさわった自分の迂闊さに嫌気がさして来たが、富士子はまだなにか麻痺《まひ》のなかにいるらしかった。富士子が醒《さ》めるのを祐三は恐れた。

祐三はまた自分の麻痺にも気がついて愕《おど》いた。戦争のあいだ祐三は富士子に対する責任も徳義もほとんど全く忘れていた。

祐三が富士子と別れ得たのは、幾年かの悪縁から放たれたのは、戦争の暴力のせいだったろう。微小な男女間の瑣事にからまる良心などは激流に棄てていられたのだろう。

戦争の巷《ちまた》を富士子がどう生きて来たのか、今その姿に出会うと、祐三はぎょっとするが、あるいは富士子も祐三をうらむことは忘れていたのかもしれなかった。

富士子の顔には以前のヒステリックの強さも消えてしまっているようだった。少し濡《ぬ》れているらしい目を祐三はまともに見ることが出来なかった。

招待席のうしろの子供を掻《か》きわけて祐三は正面の石段下に出た。五六段上ったところに腰をおろした。富士子は立ったまま、

「こんなに人が出ていて、今日はお参りする人がさっぱりないのね。」と上の社の方を振りかえった。

「しかし社に石を投げる人もないさ。」

舞殿を取り巻いて石段下の広場に群衆が円を描いているから、参道はちょっと塞《ふさ》がった形だった。元禄の遊女の踊やアメリカ軍楽隊が八幡宮の舞殿に上る祭など、昨日までは思い及ばなかったことで、こういう祭見の用意は気持にも服装にも出来ていないが、境内の杉木立の下から大鳥居の向うの桜並木、それから高い松のあるところまでも続く祭見の列を見ていると、秋日和《びより》が胸にしみるようだった。

「鎌倉は焼けないからいいわね。焼けたと焼けないとでは、たいへんなちがい。木だ

って景色だって、ちゃんと日本の恰好をしているわね。お嬢さんの風を見て驚いたわ。」

「ああいう着物はどうだい。」

「電車には乗れないわね。あんな着物を着て電車に乗ったり町を歩いたりした時が私にもあったのよ。」と富士子は祐三を見下して傍に腰かけた。

「お嬢さんの着物を見て、ああ生きていてよかったとうれしい気がしたけれど、それからなにか思い出すとぼんやりして生きてるのがかなしいような気もしてたの。自分がどうなっちゃったのか、私よく分らないわ。」

「それはお互いさまだろうね。」と祐三は話を避けるように言った。

富士子は男物の古着を直したらしい紺がすりのもんぺを着ていた。祐三はこれと似たかすりが自分にもあったと思った。

「奥さま達が甲府で、あなたおひとり東京?」

「そう。」

「ほんとうかしら？　御不自由じゃないの？」

「まあ世間並に不自由だね。」

「私も世間並だったのかしら？」

「…………。」

「奥さまも世間並にお元気？」

「まあ、そうだろうね。」

「お怪我《けが》もなさらなかったのね。」

「うん。」

「よかったわ。私——警報の時なんか、奥さまにもしものことがあって、私だけ無事に助かっていたら、ほんとうにどうしようと思ったことがあってよ。そんなこと偶然ですものね。偶然でしょう。」

祐三はぞっとした。しかし富士子は声が細く澄んで来て、

「真剣に心配しましたのよ。なぜそんな自分が危い時に奥さまのことなぞ案じて上げるのか、馬鹿だとかなしくなっても、やっぱり心配でしたわ。もし戦争がすんであなたにお目にかかったら、この気持だけは申しあげてみたかったの。言っても信じていただけるかしら、逆に疑われやしないかしら、そうも思ったけれど、戦争中はよく自分のことを忘れて人のことをお祈りしましたもの。」

そう言われてみると祐三にも思いあたる節はあった。極端な自己犠牲と自己本位と、自己反省と自己満足と、愛他と我利と、徳義と邪悪と、麻痺と興奮とが、祐三のなか

でも奇怪に混乱しながら結合していたのかもしれなかった。

富士子は祐三の妻の偶然の死を希《ねが》いながら無事を祈っていたのかもしれなかった。その半面の悪心を意識しないで半面の善心に陶酔していたとしても、それは戦時の凌《しの》ぎよう、生き方の一片に過ぎなかったろうか。

富士子の口振には真実がこもっていた。切長の目尻《めじり》に涙が湧《わ》き出していた。

「私よりも奥さまの方があなたに大事だと思うから、奥さまのお身を案じたって、しかたがなかったわ。」

富士子がしつっこく妻のことを言うので、祐三は当然妻を思い出していた。

しかし、ここにも疑惑が生れた。祐三は戦争中ほど脇目《わきめ》も振らずに家族と結びついていた年月はなかった。富士子さえほとんど全く忘れていたほど妻を愛していたと言える。痛切な半身であった。

ところが、祐三は富士子を見たとたんに自分と出会ったように感じた。また妻を思い出すのに稀薄な時間を隔てたような努力を要した。祐三は自分の心の疲れを見た。雌をつれた動物の彷徨《ほうこう》に過ぎなかったような気もした。

「あなたにお会い出来て私なにをお願いしていいのか、急にはわからないわ。」

富士子はまつわりつくような口調になった。

「ねえ、お願い、聞いて下さらなければいやよ。」

「………。」

「ねえ、私を養って頂戴《ちょうだい》。」

「え、養うって……?」

「ほんの、ほんのちょっとの間でいいの。御迷惑かけないでおとなしくしてるわ。」

祐三はついいやな顔をして富士子を見た。

「今どうして暮してるの?」

「食べられないことはないのよ。そういうんじゃないの。私生活をし直したいの。あなたのところから出発させてほしいの。」

「出発じゃなくて、逆戻りじゃないか。」

「逆戻りじゃないわ。出発の気合をかけていただくだけよ。きっと私ひとりで直ぐ出てゆくわ。——このままじゃだめ、このままじゃ私だめよ。ね、ちょっとだけつかまらせて頂戴。」

どこまで本音か祐三は聞きわけかねた。巧妙な罠《わな》のようでもあった。哀憐《あいれん》の訴のようでもあった。戦争のなかに棄てられた女が戦後に生きてゆく力を祐三から汲《く》み取り、祐三のところで身支度したいというのだろうか。

祐三自身も過去の女に出会って思いがけない生命感がよみがえって来たのだが、富士子にその弱点を見破られたのだろうか。富士子に言われるまでもなくひきずられるものが心底にあって、祐三は罪業と背徳とから自分の生存に目覚めてゆくのかと暗い気持に沈んだ。みじめに目を伏せた。

群衆の拍手が聞えて、進駐軍の軍楽隊が入場して来た。鉄兜《てつかぶと》をかぶっていた。無造作に舞台へ上った。二十人ほどだった。

そして吹奏楽器の第一音が一斉に鳴った瞬間、祐三はあっと胸を起した。目が覚めたように頭の雲が拭《ぬぐ》われた。若々しい鞭《むち》の感じで歯切のいい楽音が体を打って来た。群衆の顔が生きかえった。

なんという明るい国だろうと、祐三はいまさらアメリカに驚いた。

鮮かに感覚を鼓舞されてみると、富士子という女についても、男の明快さが祐三を単純にしてしまった。

横浜を過ぎるころから物の影が淡く薄れた。その影は地面に吸い取られたかのようで、夕《ゆうべ》の色が沈んで来るのだった。

長いこと鼻についていた焦《こ》げくさい臭気はさすがもうなくなったが、いつまでも埃《ほこり》を立てているような焼跡も、秋になるらしかった。

富士子の赤毛の薄い眉や毛筋の細い髪を見ていると、これから寒空に向うのにという言葉など祐三はふと浮んで、厄介なものを背負いこみそうな自分は、昔からいう厄年かと苦笑しそうにもなったが、焦土にも季節がめぐって来たことに驚く感慨さえ、なにか無気力な人まかせを助長するかのようであった。

祐三は自分が降りるはずの品川駅も通り越してしまった。

四十を一つ二つ過ぎた祐三は、人生の苦しみや悲しみがいつとなく時の流れに消え去り、難関や悶著《もんちゃく》も自然と時間に解決されるのを、多少は見て来ていた。わめき狂ってもがいても、黙って手をつかねて眺めていても、同じような結末になる場合を経験しないではなかった。

あのような戦争さえ過ぎ去って行ったではないか。

しかも思ったより早かった。いや、四年間というのがあの戦争としては早かったのか長過ぎたのか、それを判断出来る物差も祐三などは持っていないが、とにかく終った。

以前祐三は富士子を戦争のなかに置き去りにしたように、今度は富士子を時間の行手に流し落せるだろうか、というような下心が、再会したばかりでもう萌《きざ》さぬではなかった。しかも先きの戦争の場合は、暴風が二人を吹き離したような形ですんだし、清算という言葉に祐三は興奮してさえいたが、今はともすると自分の狡猾《こうかつ》な打算が見えるのだった。

しかし、清算の陶酔よりも打算の困惑の方が道徳的かもしれないと思われることも、祐三にはちぐはぐな気持だった。

「新橋よ。」と富士子が注意した。

「東京駅までいらっしゃるの？」

「ああ、うん。」

この駅から二人づれで銀座へ出た以前の習慣を、富士子はこんな時にも思い出すのかもしれなかった。

祐三はこのごろ銀座を歩いたことがない。品川駅から東京駅まで通勤しているのだった。

祐三はぼんやりと、

「君はどこ？」

「どこって……あなたのいらっしゃるところへ行くわ。どうして？」

富士子は少し不安な顔をした。

「いや、君が現在住んでるところさ？」

「そんな立派なものはないわ、住んでるところなんて……。」

「それはお互いさまだがね。」

「これからあなたの連れて行って下さるところが、私の住むところよ。」

「それじゃまあ、今まで君が飯を食ってたところ？」

「御飯というほどのものはいただいてませんわ。」

「どこで配給を取ってるんだ。」

怒ったように言う祐三の顔を富士子は見たが黙っていた。

いどころを明したくないのかと祐三は疑った。

祐三も品川を通った時に黙っていたのを思い出して、

「僕は友人のところに置いてもらってるんだがね。」

「同居？」

「同居のまた同居だ。友人が六畳間を借りてる、そこへ一時割り込んでね。」

「もう一人私も置いていただけないの？　三重の同居、いいでしょ？」

富士子は粘りつくような素振を見せた。

東京駅のホームには赤十字の看護婦が六人、荷物を中に置いて立っていた。祐三は前後を見たが、復員の兵隊は降りて来なかった。

品川からの往復に時々横須賀線を利用する祐三は、このホームでしばしば復員兵の群を見た。祐三と同じ電車から降りることもあれば、先きの電車で着いたのが並んでいることもあった。

この戦争のように多くの兵員を遠隔の外地に置き去りして後退し、そのまま見捨てて降伏した敗戦は、歴史に例があるまい。

南方の島々からの復員は栄養失調から餓死に近い姿で、東京駅にも着いた。

この復員の群を見る度に祐三は言いようのない悲痛に打たれる。しかしまた誠実な自省も目覚めて胸が清潔に洗われる思いもするのだった。いかにも共に敗れた同胞に出会ったと頭を垂れるのだった。東京の巷《ちまた》や電車の隣人達とはちがった純な隣人が帰って来た親しみも湧くのだった。

事実、復員兵達はなにか清潔な表情をしているようだった。

それは長患《ながわずら》いの病人の顔に過ぎないのかもしれない。疲労と飢餓と落胆とで衰弱し失心して、頬骨が立ち目がくぼんだ土色の顔には最早表情の出る気力も失われた。つまり虚脱の状態なのかもしれない。しかしそうばかりとも祐三は思えなかった。敗戦の日本人のさまが、外人に虚脱と見えたほどには虚脱ではなかったように、復員兵にも激情の起伏はあるのだろう。しかし、人間が食えるものでないものを食い、人間の出来ることでないことをし、生き堪えて国に戻り着いた人には一脈の清さがあるようだった。

担架の傍に赤十字の看護婦が立って、ホームのコンクリートへじかに寝かされている病兵もあった。足で踏みつけそうなその頭を祐三はよけて通ったものだ。そんな病兵も透明な目色をしていた。進駐兵が乗り降りするのも邪気なさそうに眺めていた。ある時祐三は「very pure」と言う低い声が耳に入ってはっとしたが、「very poor」の聞きちがえだったろうかと後で考えてみたりした。

赤十字の看護婦も復員兵に附き添っている今の方が、戦争中よりも祐三には美しく思えた。はたとの比較のせいだろう。

祐三はホームの階段を下りると、自然と八重洲《やえす》口の方へ足を向けていたが、通路に朝鮮人の群が屯《たむろ》しているのを見て、急に気がついたように、

「表へ出よう。いつも裏口へ出るもんだから、うっかりした。」と言って引き返した。

帰国の汽車を待つ朝鮮人の群も祐三はここで度々見かけた。ホームへ行列しては待てない長時間なので、階段の下に屯して待つらしかった。荷物にもたれ、よごれた布や蒲団《ふとん》を敷いて、通路にうずくまっていた。鍋《なべ》やバケツの類を縄でしばった荷物もあ

った。夜通しそうしていることもあるらしかった。家族づれが多かった。子供達は日本人と区別がつきにくかった。朝鮮人の妻になった日本の女もまじっているのだろう。新しい朝鮮服の白い姿や桃色の上着が目立っている時もあった。

新《あら》たに独立した祖国へ帰る人達だが、難民のように見え、戦災者も少くない様子だった。

そこから八重洲口を出たところには、また日本人の切符を買う行列があるのだった。翌日の売出しを待つ前夜からの行列は、祐三が夜ふけの帰りに通りかかると、行列の形のままうずくまったりごろ寝していたりで、その先きは橋桁《はしげた》にもたれかかっていた。橋の袂《たもと》には人糞《じんぷん》が点々とつづいていた。野宿の行列の排泄《はいせつ》だろう。祐三は通勤の折々目につくが、雨の日は少し遠退いて、車道を通った。

毎日のそんなことがふと頭に来たので、祐三は表口へ出たのだった。

広場の木の葉がかすかに鳴って、丸ビルの横に薄い夕焼があった。

丸ビルの前へ来かかると、十六七の汚い娘が、片手に細長い糊《のり》の瓶と短い鉛筆とをつかんで立っていた。胴が樺色《かばいろ》で袖が灰色の古ブラウスのようなものを着て、男型の大きい古下駄をはいて、乞食《こじき》になる途中の浮浪とでもいう恰好だった。娘はアメリカ兵に行き会うたびに取りすがるように呼んだ。しかし娘をまともに見て行く者もなかった。ズボンに手を触れられた者がちょっとけげんそうに小さい娘を見おろすくらいのものだった。無言で無関心で歩み去った。

液体の糊が相手のズボンに附きはしないかと、祐三は懸念《けねん》した。

娘は片方の肩を痙攣《けいれん》させながら傾けて、大きい下駄が裏返るような歩き方で、一人広場を横切って薄暗がりの駅の方へ消えて行った。

「いやあねえ。」

富士子は後を見送っていた。

「気ちがいだね、乞食かと思ったら。」

「このごろはなにかああいうのを見ると、今に自分もそうなりそうで、いやよ。……でも、あなたにお会い出来たから、もうそんな心配ないわね。死ななくてよかったわ。生きていたからあなたに会えたのだわ。」

「そう思うよりしかたがないさ。僕は地震の時、神田で倒れた家の下敷きになってね、柱におさえられて、死ぬところだったんだよ。」

「ええ、知ってるわ。右の腰のところの疵《きず》の痕《あと》ね……。うかがったことあるじゃないの？」

「あ……。僕はまだ中学だったがね。しかしあの時は、無論日本も世界の前に据えられた罪人ではなかった。地震の破壊は天災だからね。」

「地震の時は私生れてたかしら。」

「生れてたさ。」

「田舎で、なにも知らないわ。私にも子供が出来るなら、日本が少しよくなってから生んでやりたいわ。」

「なあに……。さっき君が言った通り、火のなかでも人間が一番丈夫に出来てるよ。こんどの戦争中、僕は地震の時ほど危い目に遭わなかった。一瞬の天災の方が僕には危険だったわけだ。このごろだって、子供ほど平気じゃないか。遠慮なしに生れて来るらしい。」

「ほんとう……？　私ね、あなたにお別れしてから、もしあなたが戦争にいらしてるのなら、子供を生んでおきたかったと、時々思いましたのよ。ですから、こうして生きてお会い出来て……いつでもいいことよ。」と富士子は肩を擦り寄せて来た。

「私生児ということだって、これからはなくなるんでしょう。」

「えっ……？」

祐三は眉をひそめた。不意に一段踏み下りて、軽い眩暈《めまい》を感じたようだった。

富士子は真剣に言ってるのかもしれない。しかし、鎌倉で会った時から、二人とも、荒い、乾いた、怪しい言葉ばかり交して来たと、今祐三は気がついたようで心寒くなった。

さっきも祐三が疑ったように、富士子の思い切った言葉の裏にも打算がのぞいていないとは言えないが、まだなにかの麻痺が醒めないで無計算に身を投げかけて来るようでもあった。

祐三も富士子に対する、また富士子と会っている自分に対する判断の足場がふらふら動いて定まらなかった。

富士子を一目見た時から腐れ縁の蒸し返しをおそれる現実的な打算はありながら、その打算が実際になる現実の地面には足がつかないようだった。

疎開の妻子を離れ秩序の毀《こわ》れた都市にさまよって、無拘束自由の時だから、無造作に富士子を拾ってみたようでありながら、一方、どうにもならない本能の呪縛《じゅばく》で富士子につながれてしまったようでもあった。

自己と現実とを戦争に献納して陶酔していた後だからにちがいない。しかし、八幡宮で富士子を発見した時の、自己に再会したような驚きにも、ここまで富士子を連れて歩いているうちに、なにか暗い毒によごれて来た重苦しさが加わった。

そうなると却《かえ》って、戦争前の女に再会した宿縁、戦争前の過去を再び背負わされた刑罰が、富士子への哀憐ともなるのだった。

電車通に突きあたって、祐三は日比谷《ひびや》の方へ行こうか銀座へ出ようかと迷った。公園が近くに見えるので入口まで行った。しかし、この公園の変りように驚いて引き返した。銀座で暗くなった。

富士子がいどころも明さないので、祐三からそこへ行こうとは言い出しかねた。一人でいないのかもしれなかった。富士子の方でもなにか心後れがあるのか、行先きの催促もなしに、根比べのような形でついて来た。人通りの稀《まれ》な焼跡の暗さを恐ろしいとも言わなかった。祐三はじりじりした。

築地《つきじ》あたりには泊れる家も残っていそうだが、祐三は不案内だった。あてはないながら歌舞伎座《かぶきざ》の方へ歩いた。

祐三は黙って横町に折れると、物蔭に入った。富士子があわてて追い縋《すが》るようなので、

「ちょっと、そこで待っててくれ。」

「いや。こわいわ。」

祐三が肘《ひじ》で押し退《の》けたいほど傍に富士子が立っていた。

煉瓦《れんが》か瓦《かわら》がごろごろと危い足場で祐三は壁に向っていたが、ふと気がついてみると、

その壁は一枚の衝立《ついたて》のように立っているのだった。つまり、あたりの家は焼け崩れたなかに、この一方の壁だけが立っているわけだ。

祐三はぎょっとした。鬼気迫る夜陰の牙《きば》のようで、焦臭いようで、祐三を吸いつけそうで、斜に削《そ》ぎ落した頂の線には暗黒がのしかかっていた。

「私ね。一度、田舎へ逃げて帰ろうと思ったことがあったのよ。こんな晩に、上野駅に行列していて……あらと気がついて、うしろへ手をやると濡れてるの。」と富士子が息をつめた口調で、

「うしろの人に、着物をよごされたのよ。」

「ふん、こんな傍にくっついて立ってるからさ。」

「あら、ちがうのよ。そうじゃないのよ、……私、ぞうっと顫えて、列を離れちゃったの。男の人って気味が悪いのねえ、あんな時によくまあ……。おお、こわい。」

富士子は肩をすくめて、そこにしゃがんだ。

「そりゃ病人だ。」

「戦災者よ。家が焼けた証明書を持って都落ちする人よ。」

祐三は向き直ったが富士子は立とうとしないで、

「駅からずっと外の真暗な道に行列してたんですけれど……。」

「さあ、行こうか。」

「ええ。くたびれたわ。こうやってると暗い地のなかへ沈んでゆきそうよ。朝から出てるんですもの……。」

富士子は目をつぶっているらしい。祐三は立ったまま見おろしていた。富士子は昼飯も食っていないのだろうと、祐三は思いながら、

「そこにも家が建ちかかってるね。」

「どこ……? ほんとう……。こんなところ、こわくて住めないわね。」

「もう誰かいるのかもしれんよ。」

「あら、こわい、こわいわ。」と富士子は叫ぶと祐三の手をつかんで立ち上った。

「いやだわあ、おどかして……。」

「大丈夫さ。……地震の時は、こういう建ちかけのバラックで、よくあいびきがあったが、こんどはなんだか凄《すご》い感じだね。」

「そうよ。」

しかし祐三は富士子を放さなかった。

温かく柔かいものはなんとも言えぬ親しさで、あまりに素直な安息に似て、むしろ神秘な驚きにしびれるようでもあった。

ながいあいだ女っ気から離れていたという荒立ちよりも、病後に会う女の甘い恢復《かいふく》があった。

手にふれる富士子の肩は痩せ出た骨だし、胸にもたれかかって来るのは深い疲労の重みなのに、祐三は異性そのものとの再会と感じるのだった。

生き生きと復活して来るものがあった。

祐三は瓦礫《がれき》の上からバラックの方へ降りた。

窓の戸も床もまだないらしく、傍によると薄い板の踏み破れる音がした。

（昭和二十一年二月、「世界」）

人間のなか

「あなたに会うことのつらさ……。あなたに会わないでいることのつらさ……。」という、桃代の手紙のなかの言葉は、志村の心にきざみこまれた。その言葉を彫りつけた碑が、心のなかに立ったようだ。

深い夜霧の虚空《こくう》に、その碑は浮いている。碑の下には、大きいけやきが二本あって、葉の落ちつくした裸木である。広い河の真直ぐな岸だが、近くの流れは霧にかくれ、やや遠い川かみのひとところがほの白い。それは木の色であろうか。――桃代の言葉を思うたびに、こんな景色が志村には見える。この景色のうちで、虚空に浮ぶ碑だけは、志村の幻である。そして、夜霧のなかでも、志村の心のなかでも、その碑は定かな形はない。ただ、碑に彫りつけられたもののように、桃代の言葉が志村に食い入っているのだった。

この言葉は、よもや、手紙文の飾りではあるまい。ものいいも異常な桃代にしては、まともな言葉であろう。――人妻が男と忍びあいする時の罪の恐れ、また、会いたさをこらえている時のもだえを、この言葉は志村に伝えて来る。桃代の手紙にこの言葉を見て、志村は自分から桃代に言うはずの言葉のように思えた。桃代とおなじ感情の自分にもあることが、これで明らかになったようだった。桃代の言葉は愛を訴えている。桃代の手紙の愛の言葉によって、志村も桃代にたいする自分の愛を覚《さと》るというのは、女につりこまれたことのようだけれども、三十二歳の若い志村には、桃代は世にもふしぎな女であったのだ。こんな女が男を愛せるのか、こんな女を男が愛せるのかと、志村を迷わせるものが、桃代にはあった。桃代は志村より六つも年下の二十六歳なのだが、年にはかかわりがない。

もっとも、志村がはじめて桃代を抱いた時、桃代は若い人妻らしくか、身をちぢめてふるえた。そして、

「あたし、心もからだも、よごれているのよ。」と言った。「よごれているのよ。」

志村は手をゆるめてためらったが、「よごれているって言えば、人間はみんなよごれている。だけど、そんなの、うそだ。人間はだれもよごれていやしない。どんなことしたって、よごれやしない、人間は……。」

「人間のなかには、いろいろなものがいるわ。いっぱいいるのよ。」

「人間のなかにって、桃代さんのなかに……？」

「そう。あたしのなかに……。こわいわ。」

「桃代さんのなかには、桃代さんがいるだけだろう。」

「そうじゃないの。桃代のなかに、桃代はいないの。」

「これはだれなの。」と志村は腕で桃代を抱きゆさぶった。

「桃代だわ。」

「このなかになにがいるのか、僕は見たいね。見せてほしいね。」

「志村さんの目には見えないわ。見えないから、いいのよ。」と桃代は少し落ちついて、目ぶたを閉じた。

　志村は桃代をむきだして、「こんなきれいなからだが、どうして、よごれていると思うんだろう。」

「志村さんには見えないのよ。」

「見えているよ。」

「見ないでちょうだい。あたしのなかにいる、なにが出て来るかわからないから……。」

「いいよ、なにが出ても……。なかにいるやつを、みんな追い出そうよ。鬼でも魔でも、みみずでも、とかげでもね。」

桃代は志村の顔の下で首を振った。「だめよ。海だっているし、雪だっているのよ。お化けがあたしを、出たりはいったりしているの。」

「それは、僕もそうなんだろうな。」

「うそだわ。あたしをなぐさめなくてもいいのよ。あたしにつかまってくれたんですもの。」

「…………。」

志村はやさしく静かに言った。「どうしてこんなものつけてるの。」

「女だから……。」

「ふしぎだねえ。」

「しかたがないわ。でも、女でよかったわ。あなたに……。」

「二度お産したとは思えないね。」

「そう……？　どうなの。いけないの？」

「ううん。」

やがて、桃代は安らかな寝息のような呼吸で、身じろぎもしなかった。それが長過ぎるので、志村は言った。

「眠ったの？」

「眠ってないわ。しあわせなの。手をちょうだい。」と桃代は目をつぶったまま、志村の腕をさぐり寄せて、自分のうなじの下に入れた。そのまま桃代が眠ってしまいそうに見えて、

「眠っていいよ。」と志村は言った。

「眠るなんて、もったいないわ。」

「眠ってしまったら、桃代さんのなかにいるというものも、眠るんじゃないの？」

「眠ってしまったら、志村さんに抱かれてるってわからなくならないかしら。短い時間だもの。惜しいわ。志村さんの夢がみられるのならいいけれど、ほかの夢をみたら、かなしいじゃないの。うたた寝すると、あたしは夢をみるの。」とゆっくり歌うように言っていた桃代は、ふっと目をあくと、おびえるように志村を見て、「あなた、あたしを眠らせたいの？　あたしを眠らせておいて、ひとりでなにかお考えになりたいの？」

「えっ？」志村は虚を突かれた。

「そうなの？　そうなの？」と桃代は志村の肩に顔を押しつけた。

「志村さん、あたしを轢《ひ》き殺せばよかったのに……。」

「あぶなかったね、ほんとに……。あんなあぶないことをする人もいるなんてね。」

と志村は桃代の髪をやさしくなでた。

「命がけだもの。」と桃代は言った。「轢き殺されるか、抱いてもらえるか、あたしはどちらでもよかったの。」

「轢き殺さないでよかった？」と言うと、志村は桃代のからだの実感が生き生きとして来て、「怪我《けが》をさせても、今ごろ、こうして抱いてはいられなかった。」

「そう思ってくださるの？」

「運がよかったとしか思えないな。車がとまってくれたのは、自分じゃわからない、運だな、ほんとうに。」

「あたしが運命をつくったのよ。運命って、つくれるものだわ。」と桃代はこともなげに言った。「人間のなかには、運命をつくるものもいるのよ。」

「……………。」

志村は桃代の言うことを、まともには聞けなかった。それにしても、桃代が「命がけ」で「運命をつくった」と思えば思えた。まったく正気の沙汰《さた》ではない、桃代の捨て身の沙汰が、桃代を志村と結びつけたのであった。桃代が命をかけて、志村をつかまえたのであった。

——冬の夜霧の河岸道を走る志村の車の前に、女の姿が不意に浮き出た。あっと志村は目をつぶった。どうして車をとめ、どうして車を河の方へ避けたか、志村はわからなかった。轢いた手ごたえはなかったが、女をはねたと思った。目をあくと、女は見えなかった。幻覚か、幽霊か。そんなことはない。志村は車をおりた。車は河岸の二本の大きいけやきに突きあたりかけて、とまっていた。女が道に倒れていた。胸を抱きあげると、女は失神しているようだった。

「あっ。三崎さんの奥さんじゃありませんか。」車の前の明りで顔が見えた。志村はおどろいて、桃代をゆさぶった。「奥さん、奥さん。」

「ああっ。」と目をひらいて、桃代は志村を見つめた。「志村さんね。志村さん……。」

「あぶなかった。ぶっつけませんでしたか。」と志村が抱き起しても、桃代は立てなかった。志村は桃代の足をいためたのかと思ったが、今の衝撃で足がきかないらしかった。志村は桃代を車にかかえ入れながら、

「奥さん、どうしてこんなところに……?」

「志村さんの車を待っていたの。」

「なんですって?」

「この河岸を通ってお帰りになるの、わかっていますから。」

「…………。」

「志村さんの車に轢かれたかったのよ。」

うわごとを言っているものと、志村は桃代の顔を見た。座席におろされた桃代は、志村にもたれかかり、志村が身をひくと、そこに倒れた。

「医者へ行きましょう。」と志村は言った。

「医者はいやよ。医者はいや。」と桃代は肘《ひじ》を突いて起きあがりかけた。「あたし、どこもなんともないのよ。」

「それじゃ、お宅へお送りします。」

「いや、いや、うちはいやよ。志村さんの車を待ってたんじゃないの。」

「落ちついてください。」

「落ちつかせて……。どこかで少し休ませて……。あたし、口のなかがひりひり渇いて、咽《のど》に火がついているの。」

志村は深い夜霧のなかを、静かに車を走らせながら、うしろをときどき振り向いた。狂った女を護送しているようだった。桃代が扉をあけてころげ落ちそうな不安を感じていた。しかし、桃代は右手で右の頰をなでさすっているだけだった。

「倒れた時に、頰を打ちましたか。」と志村は聞いた。

「いいえ。夢じゃないかと、自分にさわってみているの。志村さんが夢のように消えそうなの。」

「夢のように消えそうなのは、桃代さんでしょう。通り魔が車に乗って来て、しばらくしてふりかえると、もう姿がない。霧がたちこめている。」

「あたしは霧のなかに、志村さんの姿だけが見えていたわ。志村さんの姿があたしをここに誘って来たのよ。水の底を歩いているようだったわ。息をしていなかったわ。生きているのがふしぎだわ。」

「魔ものが桃代さんに化けているんじゃないでしょうね。」

「わからないわ。あたしのなかには、志村さんしかいないんだもの。あたしはいないわ。」

志村は河岸から町にはいると、小さい旅館を見つけて、車をとめた。

桃代は水をコップに三杯、息もつかないで飲んだ。

「ああっ、志村さんをつかまえたわ。」と言うと、かがやく目に涙を浮べて、「悪いわ。」

「僕を誘惑するのに、あんな危険をおかしたんですね？」

「しかたがないわ。あたしは雪崩《なだれ》に打たれる人間なの。ああ、こわい。」と桃代は志村の腕に取りすがった。「雪崩って言うと、雪崩が見えて来るわ。あたしを打ちつぶす雪崩が、あたしのなかに落ちるのが見えるわ。志村さん、助けて……。」

志村が抱くと、桃代は身をちぢめてふるえた。

――桃代の夫三崎と志村は大学時代の友人だった。三崎の結婚披露宴にも志村は招かれた。宴が終って客たちが帰るのを、新郎新婦は仲人《なこうど》や二組の両親とともに出口にならんで送っていたが、花嫁の目に涙がたまってこぼれ落ちそうなのが、志村の印象に残った。

その後も志村は三崎の家に呼ばれたり、自分からたずねて行ったりして、桃代が二人の子供を産んだことも知っていた。下の女の子が生まれて二月にならぬころ、志村が行くと、桃代は赤ん坊を抱いて来て見せた。志村は出産の祝いを言った。

「この子はあたしのなかに十ケ月もいたんですのよ。」

「はあ……。」赤ん坊は眠っていた。

「目をさました顔を、志村の小父さまに見ていただきましょう。」と桃代は腕のなかの赤ん坊をゆすぶった。赤ん坊は泣き出した。顔が赤くなるほど泣いた。

「あたしのなかにいる時は、泣かなかったんですのよ。」

桃代のおかしな言葉に、志村は桃代の顔を見た。

「あたしはいつまでも母のからだのなかにいたかったわ。いつまでも母のからだのなかにいる人間て、あるでしょうか。」

「………。」

それから一年ばかり後、志村は桃代が自分にただならぬ心を向けていると気がついた。三崎にすすめられて、志村は見合いをすることになったのだが、

「桃代がね、志村さんの相手のお嬢さんを、あたしが見てあげるって言い張るんだ。」と三崎は言った。「桃代はまともじゃないから、なにを言おうと、君は気にとめないでほしいんだ。」

相手の娘には母親がつきそって来た。ホテルで食事をした。愁《うれ》いをおびた桃代の顔の情感にくらべると、娘は白紙のようであった。別れぎわに、桃代は小さい紙包みを志村に渡した。黒真珠のついたネクタイ・ピンがはいっていた。見合いの場で、桃代のおくりものはおかしいが、ネクタイ・ピンはまあいいとして、それに造花のすみれの小さい花束の添えてあるのが、志村をなお怪しませた。

もちろん、しかし、桃代が危険をおかして、志村の車の前にあらわれるなどとは、夢にも志村は思っていなかった。

それがまったく命がけであったように、その後の桃代はもの狂わしく志村をもとめた。

会うことのつらさ……。会わないでいることのつらさ……。という桃代の手紙の言葉は、夜霧の虚空に浮ぶ碑に彫りつけられたように、志村にはいつも見えていた。胸にきざみこまれていた。

友人の妻を盗んでいるつらさ、罪の恐れが、志村に堪えられぬ苦痛になった。志村は桃代から遠ざかろうとつとめた。そして会わないでいると、桃代のように甘美な女は二人といないだろうと思われて来るのだった。桃代はつばにまで、ふしぎな味があったではないか。志村は河岸を車で帰りながら、二本の大きいけやきの横を通ると、いつかこのけやきに車をぶっつけそうに感じたりした。――自分が離れてしまえば、桃代はほんとうの気ちがいになるのではないか。

志村の勤め先に、三崎から電話がかかって来た。桃代のことで話したいというのだった。志村は受話器を持ったまま言葉が出なかった。五時半に銀座四丁目の角の和光の前で待っていると、三崎は言った。

冬のその時間は夕もやがおりていた。三崎は志村が近づくと、顔の合うのを避けるように歩き出して、

「人ごみを歩きながら話した方がいいと思うんだ、こんな話は……。」

「……。」

「僕は君に恥ずかしいよ。ほんとうに恥ずかしいんだ。」

「……。」

「君と桃代のことは、桃代から聞いて、みんな知っているよ。」

「すまない。君になんておわびしていいかわからない。」と志村はうなだれた。「わびて、わびて、それですむことじゃないが……。」

「いいんだよ。それはいいんだが……。」と三崎は言いづらそうな小声で、「君はこのごろ、どうして桃代に会ってやってくれなくなったの？」

「えっ？」

「桃代を精神異常と思ったからか。」

「いや。」

「会ってやってくれていいんだよ。」

志村は五六歩だまって歩いてから、「どういうつもりで、そんなことを言うんだ。君こそ異常じゃないか。」

「僕はまともだよ。桃代のお守りをさせられているだけなんだ。まあ、桃代が生きていてくれれば、死なせなければいいと思っているんだ。君もあやうく桃代を轢き殺すところだったって……。」

「……………。」

「多分、君も察しがついているだろうが、桃代には君の前にも男があった。僕と結婚する前にも、男があった。いつも男がある。」

「君はそれをゆるしてるのか。」

「ゆるしたくはないよ。しかし、男がいないと、禁断症状を起すんだ。麻薬の禁断症状のようなものだろうね。気ちがいのようになるんだ。君が会ってやってくれない、今もそうなんだ。」

「……………。」

「人間——つまり桃代自身のことだが、人間のなかには、いろんなものがいっぱいいるって、桃代は君に言わなかったか。」

「それは聞いたが……。」

あの河岸の道が、志村にふっと見えて来た。裸木のけやきのところで、また車の前に桃代が不意にあらわれるのでないか、二度と運よく車をとめられるだろうか。

（昭和三十八年二月、「文藝春秋」）

解　説

川端香男里

川端康成は二歳で父を失った。次いで三歳で母を、七歳で祖母を、十歳で姉を失い、十五歳で祖父を失って天涯孤独の身となった。その中にあって七か月の早産児であった康成が流産ではなく無事出生できたのは、父が開業医であったおかげであろう。

息子を救ったが自らは早世した父は、漢詩文、文人画をたしなむ教養人であり、祖父の方は漢方医の心得があり、易学、家相学に通じていた。康成の文学的資質を考える場合には、その体内に流れている父、祖父の二代の血を無視することはできない。康成自身『末期の眼』のなかで次のように言っている。「旧家の代々の芸術的教養が伝はつて、作家を生むとも考へられるが、また一方、旧家などの血はたいてい病み弱まつてゐるものだから、残燭の焔のやうに、滅びようとする血がいまはの果てに燃え上つたのが、作家とも見られる。既に悲劇である。」

小学校時代は病弱で、肉親との死別に出会った年には特に病欠が多かったが、成績は終始優れていて、特に作文ではしばしば上級生をしのぐと評された。明治四十五年（大正元年）尋常科六年を卒業、大阪府立茨木中学校に入学。入試成績は一番だった。宿久庄の自宅から学校まで約一里半の道を徒歩通学するようになって、生来の虚弱体質が改善された。スポーツ・体育に力を入れる質実剛健の校風もあずかって力があった。

大正三年祖父が亡くなり孤児となった康成は母の実家黒田家に引きとられるが、大正四年一月から中学の寄宿舎に入り、卒業まで寮生活を送る。家族の中での暮らしを知らず、父母の顔も知らぬ、孤児康成の感情を救ってくれるものを探し求める遍歴の旅が始まった。

川端研究の泰斗長谷川泉先生は、孤児となった康成に救いの手を差し延べてくれたものとして、四つあげておられる。

「（一）茨木中学校の寄宿舎で体験した同室の下級生の少年に対する同性愛の体験
（二）旧制一高から東大および同人雑誌時代のよい先輩や友人
（三）幼い恋愛体験
（四）伊豆の風物や人情」

この四つの項目についてコメントしておこう。

大正五年四月、康成は五年生になるとともに寄宿舎の室長になった。同室の二年生として清野少年（本名小笠原義人）がいたが、この少年と康成は深い同性愛の絆で結ばれた。孤児根性を意識して苦しんでいた康成に、清野少年は子供らしい純粋な愛を注いでくれたのであった。

大正五年から六年にかけて、『中学世界』という雑誌に『一高ロマンス』という読み物が断続的に連載されて受験生の心をゆさぶっていた。著者は二年前に入学した大仏次郎。康成の心もときめいた。中学には一番で入ったという意地がある。しかし文学への関心の深まりとともに授業に身がはいらず成績が低下していた。お前には一高は無理だと校長から説得されたが無視して、卒業式を終えると、受験勉強のため浅草の親戚を頼って上京する。七月に四日間の英数国漢中心の入試があって、八月に発表。川端少年は無事文科乙類合格。一高でも寮生活であったが、最初の一二年はなじめないところもあった。しかし思い立って伊豆旅行に行ったのちは考えが変わった。そして「若《も》し私に少しでも人間的な素地が出来てゐるとすれば、その大部分は一高の寮生活の賜である。あそこ程人間修養の道場としてすぐれた所は少ないと思ふ」と語っている。

一高合格で小説家への道もひらけた。一高同級生たちの援助もあって初恋へのきっかけもつき、婚約までしたが、あっという間に破談となってしまう。康成の恋情は、孤児根性の治療薬としては副作用の強い劇薬となり、康成はかなりの年月苦悩することになる。

伊豆の地は康成にとって第二の故郷であった。川端康成が初めて伊豆を訪れたのは、一高生になって一年後、大正七年のことだった。美しい旅の踊り子と出会って、旅芸人の道連れにしてもらって下田まで旅をする。以後約十年間、毎年のように湯ケ島温泉の湯本館へ行き、一年の大半をここで過ごすこともあった。康成にとって伊豆の最大の魅力は温泉であった。「一生温泉場から温泉場へ渡り歩いて暮らしたいと思っている。それはまたからだの強くない私に長命を保たせることになるかもしれないし」というのが本音だった。

長谷川先生の覚書へのコメントを序論として、本論―川端康成の初恋―へ入ることにしよう。伊豆旅行から帰って来て一枚皮がむけた康成は交友の輪を広げて行ったが、中でも石浜金作、鈴木彦次郎、三明永無《みあけえいむ》と川端の四人組は、寮住まいならではの緊密な文学仲間となった。仲良く盛り場やこのころはやりのカフェなどに出かけた。

パリのカフェをモデルにして明治四十四年（一九一一年）に銀座で開業したカフェ・プランタンが日本のカフェ第一号である。この種のカフェは美術家や文士に交際の場を提供することが狙いであったが、旧制高校生や大学生も大事な顧客であった。川端四人組は佐藤春夫、谷崎潤一郎、東郷青児などが出入りした本郷のカフェ・エランの常連となった。このカフェで、十三歳の少女伊藤初代と二十歳の川端が出会うこととなった。初代（ハツヨ）が本名であるが、東北出身なので、ハチヨと読まれることが多く、縮めてチヨとかチーちゃんと呼ばれた。

初代は年端も行かぬ身ながら、この年で既に人生の苦労を味わい尽くしていたと言ってもよかった。九歳の時母が亡くなり叔母のもとに預けられるが、面倒は十分に見てもらえず、子守奉公に出された。子供を背負って小学校に通って、そのために表彰されたりしたが、学校に通いとおすことはできず、各所を転々としたあげく、上京してカフェ・エランのマダム山田ますに引きとられたが、ここではまるで養女のように大切に扱われた。そんな育ちでありながら、華奢《きゃしゃ》で明るく振舞い、いつも一抹の寂しさをたたえている少女に、川端康成はすっかり心を奪われてしまった。自分と同じような孤独、寂しさに耐えている少女への思いは日増しに強くなって行った。

ところが事もあろうにカフェのマダムが帝国大学法科出身のエリート青年に恋して

しまったのである。その青年が大正九年七月、台湾銀行に就職することが決まったために、マダムはカフェを閉めて台湾に行くことになり、初代はマダムの姉に預けられることとなった。姉は岐阜の加納の西方寺の住職に嫁いでいた。初代はこうして岐阜の人となったが、このことをいち早く知った三明永無は、島根の寺の出身なので怪しまれることなく西方寺の住職に近づき、大正十年九月に康成と初代を再会させた。十月初旬、三明・川端両名は再度岐阜に赴いて初代との結婚の約束をする。息継ぐ間もなく十月下旬には川端四人組は岩手の初代の父親を訪ね、娘との結婚の許しを得る。

一方、文学の世界ではエライことが起こっていた。大正九年、一高を卒業し、帝大生になったばかりの川端が同人雑誌の発行を目指して菊池寛のもとを訪れている。東大文学部が代々受け継いでいる『新思潮』継承を願い出たのである。菊池は快く承諾し、川端等の手で第六次『新思潮』が刊行されることとなった。この同人誌第二号にのった川端の「招魂祭一景」は菊池寛、久米正雄を始め、各方面からの好意的評価を受け、川端の「出世作」となった。大正十年秋婚約成立を受けて、康成は新居、新生活の準備にかかった。まず康成は菊池寛の家を訪ねて、「娘を一人引き取ることになったから、飜訳《ほんやく》の仕事でもあれば紹介してほしいと、突然頼んだ。」力強く頷いた菊池寛の返事は、次のようなものだった――僕は近く一年の予定で洋行する。その間君にこの家を貸す。家賃は一年分僕が先払いしとく。別に毎月五十円やる。君の小説は雑誌へ紹介するように、芥川によく頼んでおいてやる――『文学的自叙伝』

順風満帆といいたいところだが、そこに初代からの婚約破棄の手紙（十一月七日付――いわゆる「非常」の手紙）がやって来る。二人はその後顔を合わせるが、初代は頑なな態度は崩さない。こうして川端康成の初恋は潰《つい》え去った。

婚約を一方的に破棄した十一月七日の手紙の中で初代は「あなた様との〇！を一生忘れません」という暗号めいたことを言いつつ、私には語ることのできない「ある非常があるのです」として婚約を破棄したのである。「非常」の実体は完全に明確になったわけではない。後の手紙で「金の力で」人を「ままにしようと思っている」と非難したことに対する反論が「彼女の盛装」の中で展開される。

「十六の小娘が上京するなり彼に身を委せなければならないことを予想して覚悟していたのであろうか、また予想して恐怖していたのであろうか。（中略）結婚と云うこととこのことを結びつけて怯えさせせないために、彼は口でも手紙でも細心の注意を払って来たのだった。彼はよく云った。〈東京へ来たって、何もしなくもいいんだよ。子供のように遊んでいればいいんだよ。君もずいぶん苦労をしたから、もう一ぺん子供になり給え。〉（中略）全く彼女をもう一度子供にしてやる必要があると、彼は思っていた。それは、彼女を得ることによって自分が子供になりたいと、彼が思っていたからだ。（中略）もう一度子供に還って、いや生れて初めて子供になって、清まらなければならないと思っていたのだ。」

このような康成の考えに初代や初代周辺の人々が納得できたであろうか。「非常」を具体的な行為やイメージと結び付けることは困難である。自分の身に合ったカフェの女給を続けたい、それが本音である。しかしひとつ断っておかなければならないのは、この時代、女給という仕事は市民権を獲得していたということである。初代は、宇野千代、林芙美子、佐多稲子という錚々たる女性たちの同時代人として、自信をもって生きたのである。

初代は浅草のカフェ・アメリカの女給になった。が、そのカフェの支配人をしていた中林忠蔵と結婚し、一女の母となったが、関東大震災でカフェが崩壊し、一家は仙台に移動した。中林忠蔵が胸を患って一家は困窮し、大正十五年末に上京、初代はカフェを転々として移りながら生計をたてた。大正十五年末から昭和二年七月のある期間、浅草の聚楽《じゅらく》で初代と佐多稲子は一緒に働いていたらしい。佐多稲子の小説ではレストラン洛陽という名を与えられているカフェ聚楽は二十一名の女給を抱えていたが、三人が主役扱いされていて、初代は「夏江」の名で登場する。夏江は「病気で寝たっきりの亭主と子供を養う」ために働いている。徳川慶喜の孫と噂されている男をパトロンとしているが、憂さ晴らしに大酒を飲んでいる母を迎えに来るかわいい子供の姿を佐多は活写している。『レストラン洛陽』と題されたこの作品は川端康成によって激賞されるが、夏江のモデルが初代であったことには気が付かなかったようである。

結果として初代（ちよ、みち子）に振り回されたあとの康成の考え方、行動は注目に値する。最大限の努力をして、不可解としか考えられぬ相手の心の中に入ろうとした。執拗に次々と書かれた一連の「ちよ」＝「みち子」ものはその営為の結果である。そのような相手を理解しようとする努力の果てに『丙午《ひのえうま》の娘讃』が生まれて来る。美しくて、勝ち気で、強情で、好戦的で、利口で、移り気で、浮気で、敏感で、鋭利で、活発で、自由で新鮮な娘が丙午生まれに多いのはなぜであるかと問いかける。丙午とつながる「南方の火」のテーマをいろいろな形で追及する。読者はそれで飽きることはない。康成はドストエフスキイに倣って強い女性を大らかに賛美する。初代はまさにこの「丙午」の生まれであった。

相手の女性の中に入り込もうとする努力は『新晴』という作品に始まる。そのあとに『南方の火』（大正十二年七月）、『篝火』（十三年三月）、『非常』（十三年十二月）、『霰』（昭和二年五月）と続く。初めに『新晴』ありきであとに色とりどりの四編が続くわけであるが、この位置はちょうど大正十一年七月―八月に書かれた『湯ケ島での思ひ出』が『伊豆の踊子』に対して占めているのと同じ位置である。失恋の痛手を癒し、疲れた心身を休めるために湯ケ島におもむいた康成は、最初は「ちよ」物を書こうと思っていたのに、ずっと前の、踊子や「清野」少年の思い出へと向かい、すらすらと百七枚も書いてしまうこととなった。

この『湯ケ島での思ひ出』からくっきりと、ごく自然に姿を現して来る作品が『伊豆の踊子』で、作者に最大の文学的成功をもたらすことになる。一方『新晴』系列の、精魂を傾けて書いた、苦渋に満ちた作品群はいずれも成功した作品とはみなされず、作者も長いこと自分の作品集の中には入れようとはしなかった。川嶋至はかつて、即興の作品である『招魂祭一景』が好評を得て、自らの体験のにじみ出た『油』のような作品が賛辞を獲得できなかったことを指摘したが、『伊豆の踊子』系列と『新晴』系列の作品についても相似たことが言えよう。つまり、実感とか告白とか、そういうナイーヴなものが信じられなくなってきた時代、旧来の私小説的文学観が崩れて行った時代に作家として出て行くめぐり合わせとなった康成の模索が、この二系列の分裂相克によく現れているように思える。

中村光夫が指摘したように、私小説とは違った手法で、一種の抽象化された「私」を語り手として位置させることによって『伊豆の踊子』は成功することになるが、このことは実生活に根差した素材、切実な体験を作品化することをさらに困難にする結果となった。しかし今回この小説集にまとめられた作品には、身近で切実な題材への、事実性への執着が脈々と流れている。だがこの種の系列の作品を多く書いたというよりも、それをあるいは発表せず、また発表したものもずっと草稿とみなし続けたというこの模索、彷徨の中に重要な意味がありそうである。生きるということ、事実や素材の重みを常に尊びながら、作品の中では一見、逆の仮構と想像の世界をもっぱら求めるようになって行くからである。事実性の尊重という骨格は決して消え去ることなく、陰に陽に作品を支える構造となっている。

（平成二十八年二月、ロシア文学者、公益財団法人川端康成記念会理事長）

伊藤初代との恋愛を題材とした主な「ちよもの」作品

初出年月は川端全集35巻による／＊印は新潮文庫版『掌の小説』に収録

題名	初出年月	内容・あらすじ
無題一	未発表	東京を逃げ出した稚枝子に結婚を申し込むため、俊夫は友人と岐阜に赴く。
日向＊	大12・11	他人の顔を凝視する癖を娘に指摘された折、ふと甦った日向に顔を向ける盲目の祖父の面影。
咲競う花	大13・7～14・3	恩師の令嬢を許嫁にもつ法学生志村が、貧しく気性の激しい丙午生れの娘・お春と関係を持ち……。
弱き器	大13・9	砕け散る骨董屋の観音像と、そのかけらを拾う少女を夢のなかに見る私。
火に行く彼女	大13・9	私の住む町を避け、あえて火の海へと進む女。女の私への想いはもう無いことを夢で知らされた。
鋸と出産＊	大13・9	夢の中のイタリアで出産直後の女と剣を交える私。刃こぼれした剣は鋸の始まりと聞く。
写真＊	大13・12	写真に永遠に残された17歳の恋人の美しさと、後年、同じ写真を見て「つまらない娘」と感じた自身への当惑。

明日の約束	大14・12	美しい姉妹が住む貸間に引っ越した吉村は、関東大震災の混乱のなか病弱だった妹の死に遭遇する。
冬近し	大15・4	山寺の和尚との囲碁に完敗した帰途、近くの温泉宿に留め置く彼女との暗い未来を思う私。
伊豆の帰り	大15・6	結婚を反故にしたりか子と汽車で乗り合わせた私。人妻となった彼女の苦しげな表情が気になる。
処女作の祟り*	昭2・5	一高交友会誌に発表した処女作「ちよ」。実在のモデルちよの運命も小説という芸術は縛るのだ。
西国紀行	昭2・8	西日本旅行記。小説「篝火」の舞台、岐阜・長良川では鵜飼船の船上で燃え盛る火柱の印象を書き留める。
海の火祭	昭2・8〜12	作品の一部を「南方の火」に再編。
雨傘*	昭7・3	写真館に出かける少年と少女。互いに照れ、相合い傘もままならぬ初々しいふたりの思い出。
父母への手紙	昭7・1〜9・1	当時17歳の女と別れたきりだったが、突然私の前に現れた。30歳となった彼女は夫と死別し、再婚していた。

文学的自叙伝	昭9・5	多くの同人雑誌に参加した川端の文士交友記。困窮する初代との新生活を陰で支えた菊池寛への感謝を綴る。
姉の和解	昭9・12	昔の恋人房子が8年ぶりに新吉の前に現れた。親戚の不始末の処理に金を融通して欲しいという。
母の初恋	昭15・1	佐山家住み込みの16歳の雪子は、昔の恋人民子の娘だ。雪子の婚礼直前、民子が無心に現れた。
再婚者	昭23・1〜27・1	幼い房子を親戚に残し、私との再婚を選んだ時子。いま婚礼を迎えた房子は、母を許せるか。
日も月も	昭27・1〜28・5	老実業家の後妻道子は若い愛人に走り、残された令嬢松子は昔自分を捨てた男を療養所に訪ねる。
離合	昭29・8	娘との結婚の許しを得るため、遠く東京からきた津田青年と、津田への感謝が溢れる福島老人の心境を描く。
美しさと哀しみと	昭36・1〜39・3	小説家大木に捨てられた過去を抱える日本画家音子。弟子けい子は大木父子への復讐を企てるが。
独影自命	昭45・10	昭和23年刊十六巻本全集の各巻に添えた自作解題を集成。「みち子」の名で往事の恋が回想される。

〔所収一覧〕

「篝火」「ちよ」「孤児の感情」「油」

川端康成『伊豆の踊子 骨拾い 川端康成初期作品集』(講談社文芸文庫)

「非常」

川端康成『非常 寒風 雪国抄 川端康成傑作短篇再発見』(講談社文芸文庫)

「青い海黒い海」

川端康成『水晶幻想/禽獣』(講談社文芸文庫)

「時代の祝福」

東雅夫編『文豪怪談傑作選 川端康成集 片腕』(ちくま文庫)

「再会」

川端康成『反橋・しぐれ・たまゆら』(講談社文芸文庫)

本書は『川端康成全集』(新潮社版、昭和五十五年刊行)を底本とした。

表記について

新潮文庫の文字表記については、原文を尊重するという見地に立ち、次のように方針を定めました。

一、旧仮名づかいで書かれた口語文の作品は、新仮名づかいに改める。
二、文語文の作品は旧仮名づかいのままとする。
三、旧字体で書かれているものは、原則として新字体に改める。
四、難読と思われる語には振仮名をつける。
五、明らかな原稿の誤りは〔　〕で補った。

なお本作品集中には、今日の観点からみると差別的表現ととられかねない箇所が散見しますが、著者自身に差別的意図はなく、作品自体のもつ文学性ならびに芸術性、また著者がすでに故人であるという事情に鑑み、原文どおりとしました。

（新潮文庫編集部）

川端《かわばた》康《やす》成《なり》初恋《はつこい》小説集《しようせつしゆう》

新潮文庫　　か－1－22

平成二十八年四月一日発行
令和七年五月五日二刷

著者　川《かわ》端《ばた》康《やす》成《なり》
発行者　佐藤隆信
発行所　株式会社新潮社

郵便番号　一六二―八七一一
東京都新宿区矢来町七一
電話　編集部（〇三）三二六六―五四四〇
　　　読者係（〇三）三二六六―五一一一
https://www.shinchosha.co.jp

価格はカバーに表示してあります。
乱丁・落丁本は、ご面倒ですが小社読者係宛ご送付ください。送料小社負担にてお取替えいたします。

印刷・錦明印刷株式会社　製本・錦明印刷株式会社

ISBN978-4-10-100127-2　C0193